徳間文庫

警察庁私設特務部隊KUDAN

ゴーストブロック

神野オキナ

徳間書店

目次

くだん（ＫＵＤＡＮ）

件とも書く。幕末頃から伝わる妖怪

牛から、あるいは人から、人の頭と牛の身体、あるいは逆に牛の頭に人の身体を持って生まれ、生まれたと同時に人言を解し、喋る。

人に害を為すことはない。

歴史に残る大凶事の前兆、あるいは警告として産まれ、流行り病、凶作豊作、天変地異、戦争など重大なことに関して様々な予言をし、凶事が終われば死ぬ、という。

承前　襲撃失敗

☆

六月の雨が駆け抜けて一日経《た》った、真っ暗な山道を、足音を殺してコンバットブーツを履いた男女が走る。

彼等を率いる橋本泉南《はしもとせんなん》は、都市迷彩服に身を包み、ガスマスクにヘルメット、防弾ベストという出《い》で立ちで、それは他の部下たちも同じである。

群馬の山奥にある倉庫兼事務所の窓の一部を、ガムテープで覆うと、持っていた車用の窓破砕ハンマーでたたき割った。

ガムテープを剝がすと、中にある回転式の鍵《クレセント錠》を外す。

開けた窓に催涙手榴弾《スモークグレネード》を放り込み、五秒待ってから側《そば》に控えていた仲間に合図した。

先月、橋本の率いる組織「ＫＵＤＡＮ《クダン》」に動員されたばかりのメンバーふたりは、ガスマスク越しに硬い表情を浮かべつつ、米軍のＭ４を構え、窓を開けて突入する。

橋本も後に続いた。

煙の立ちこめた建物の中はパニック状態で、火事か、と騒ぐ声が中国語と日本語で聞こえた。

橋本は無言のまま、手にしたＡＫ74で、ドアを開けて出て来たジャージ姿の男を射殺した。

顔に入った関羽の彫物《タトゥー》が印象的な、資料にあった台湾の外省系の黒社会、松聯幇《ソンリエンパン》の、系列《エダ》組織である「月台《ユエタイ》５６８」の構成員だった。

さらに一発、倒れた男の心臓に撃ち込む。

群馬の山奥にある、この倉庫兼事務所の構造はすでに頭に叩き込んである。

「行くぞ」

新しいメンバーふたりにそう告げて、奥のドアに入る。

はっと我に返ったふたりが後を追った。

（やはり一ヵ月じゃ素人臭さは抜けないか）

先ほどの男の襲撃に対応出来なかった背後の部下ふたりに、橋本は軽い失望を感じた。

橋本が今の「仕事」を始めて半年以上になる。

「仕事」には毎回メンバーを代えて挑むことにしていたが、この半年、修羅場をくぐって生きている者がいない。

今回のメンバーは元SATから選んだが、表だった仕事ではない性質上、どうしてもSATでも、最良の人材ではない。

体力基準は満たせても、精神的なモノに弱みがある。

(最初のメンバーがベスト、か……まるでバンドだな)

建物の裏側でも銃声が起きた。

別働隊が突入したらしい。

イヤープラグも兼ねたヘッドセットを通しても聞こえる、AK74の甲高い銃声と、M4よりも強くて鋭い反動を受け流しながら、橋本は建物の奥へと進んでいく。

催涙ガスを吸い込んで、咳《せ》き込みながら倒れる者へも、容赦無く銃弾を撃ち込む。

ここにいるのは黒社会の連中か、面白半分に銃を輸入して、都市圏での銃乱射事件を企てているような半グレ連中だったし、橋本の仕事は「目撃者はなし」が基本だ。

「傻逼《シャービー》!」

くそったれ、という意味の罵倒の言葉を叫びながら、上半身がストリングビキニに、下半身はジーンズ、顔にはガスマスクをつけた女ふたりが、青竜刀片手に飛びだしてきた。

橋本は冷徹にその身体《からだ》に銃弾を撃ち込む。

女とはいえ、黒社会の人間なら情《なさ》けはかけられない。

豊満な胸の真ん中と首に銃弾を受けて、女たちは手にした青竜刀を放り出し、くたりとその場に倒れ込む。

この状況を、抜け目なく予想していた者がいたらしい。

最近の日本ヤクザと違い、警察と命のやりとりをするのが当たり前な、国外のアンダーグラウンドな人間らしい話だった。

さらに一発ずつ撃ち込み、この事態に動けないでいた、背後の部下を叱咤《しった》しようと橋本が振り向こうとしたとき、背後で悲鳴が上がった。

脊髄反射に近い動きで、振り向きながら橋本が発砲して、今射殺したのと似たような格好をした女ふたりを撃ち殺す。

部下はふたりとも倒れていた。

ひとりは胸を、一人は頭を青竜刀で真っ二つに割られている。

確かめるまでもなく、息は停《と》まっていた。

溜息をつく。

ふたりの倒れた位置からして、「行くぞ」と橋本が命じた所から一歩も動いていない。

怯《おび》え、立ちすくんだところを襲われたのだろう。

SATの人間だから一ヵ月で訓練をすませる、というつもりはなかったが、当人たちがこの仕事を甘く見たのだから仕方がない――とはいえ、罪悪感は胸を灼《や》く。

「無線封鎖解除、〈アース〉と〈ハコヤ〉がやられた」

橋本は、それぞれに与えられた綽名《コード》で死者の名を呼んだ。

『〈ボス〉、こっちも〈サヌカシ〉、〈ミサカ〉が死亡《ダウン》！』

無線の彼方《かなた》から引きつった声が響いた。

『私と〈ダン〉、〈ナカ〉は無事ですが〈カコ〉が負傷、敵、まだ多数です！』

「わかった、〈ケイ〉、すぐ行く、三分持たせろ」

言いながら、橋本は煙の彼方に見えた人影へAKを撃った。

ベレッタM9を握りしめた金髪に染めた若いのが呆然《ぼうぜん》と倒れる。

死体の手からベレッタを蹴り飛ばし、橋本は先を急いだ。

（数で質は補えないか、やはり）

苦く思いつつ建物の中を進み、倉庫へ出る。

ここには裏手から攻め込んだ別働隊の〈ケイ〉たちが投げ込んだ催涙ガスが充満していた。

トラス構造剝《む》き出しの倉庫はシャッターが大きく開き、既に動く者は見えない。

「〈ケイ〉！」

声を張り上げると、入り口近くに転がったドラム缶の陰から橋本と同じＡＫの銃身が持ち上がって振られた。

駆け寄ると、〈ケイ〉こと比村香《ひむらかおり》は、荒い息をつきながらも無事だった。

ただし、その隣には部下たちの死体が転がっている。

銃撃戦は、最終的には良く動き、なるべく正確に撃ち……それでも最後は運が支配するところが大きい。

香は損耗しているが、まるっきりの無傷だ。

「私以外全滅です。でも敵も全滅しました」

香は唇を嚙《か》む。

たった一ヵ月とはいえ自分たちの部下であり、仲間でもある連中を失った痛みは大きい。

「……良くやった」

自分自身の徒労感や空《むな》しさ、自己嫌悪を何とか抑えつけて、橋本は香の肩を叩いた。

これまで公安の活動でも、何度か仲間を失っている。

だが、ほぼ全滅というのは橋本も初めてだった。

「私じゃないです」

そう言って、香はシャッターの彼方を指差した。

そこには闇しかない。正確に言えば山々…………いや、この先、二〇〇メートルほど先に、廃屋が何軒かある。

「誰かが狙撃で助けてくれました……多分、『ゼロ』です」

ゼロとは公安警察の実務部隊のことだ。

「なんで判《わか》る？」

「最初の一人を打つ前に、ここに」

と香はドラム缶の一つを軽く指で叩いた。

「レーザー照準が当たって、点滅しました。モールス信号で『ウシハウゴクナ《牛は動くな》』と」

「…………」

橋本が運営する組織の名前は「ＫＵＤＡＮ」という。

人頭牛身、産まれると未来を予言して死ぬという妖怪の一種から名を取った。

その名前を知っているのは警察の中でも数は少ない。

警視監クラス以上、そしてその直轄にある「ゼロ」あるいは「チヨダ」と呼ばれる公安の最前線部隊の連中だ。

「借りを作ったか」

「でも、生き延びました」

香の声に、苦く橋本は頷《うなず》いた。

序章　憂国刺殺

数日後、橋本泉南《はしもとせんなん》はその青年が御津崎孝治《みつざきこうじ》を殺す二〇分前、すでに銀座にある小さな喫茶店にいた。

☆

「『この町を守ろう』が危険単語、ですか?」

渡された資料を見て、橋本は首を傾《かし》げた。

昨今流行りのカフェではなく、古き良き昭和五〇年代を思わせる銀座の喫茶店である。

正確にはそれをイメージして作られた新しい店だ。

ガスマスクを脱いだ橋本の顔立ちは、直線で構成されたシャープそのものという印象で、一見、三〇代後半のサラリーマンの典型的な無個性の中肉中背に見える。

服も都市迷彩服ではなく、どこの量販店でも見かけるような背広で、伊達《だて》眼鏡をかけると驚く程目立たないのは元公安職員の持っている本能めいた基礎技能といっていい。

一年前までは外事課勤務で、ロシア、東欧諸国を専門に担当していた。

今は公安を退職し、資料を手渡した目の前の人物の「私設部隊」……KUDAN《クダン》を束ねている。

「ええ」

橋本の前に座った、小太りの壮漢が頷《うなず》いた。

栗原正之《くりはらまさゆき》。

よく刑事ドラマに出てくる警視庁、ではなく、その隣、警察を管理監督する警察庁の中でも、本来は四十一人しか存在しないはずの警視監、特例の四十二人目にして、警察庁統括審議官補佐という、また前例のない地位についた人物である。

現在、橋本の組織――というのも怪しいが――は彼を金主として動いている。

正確には栗原が扱うことのできる機密費から、橋本の元へ定期的に金が流れている。

「９１１」と俗称される二〇〇一年のアメリカ同時多発テロに端を発した、「誰が犯罪者になるか、テロリストなのか判《わか》らない」混沌《こんとん》の時代が始まって二〇年以上。

科学の発展とネットやウェブの普及により、個人情報の収集と分析が容易になり、犯罪の「事前予測」が出来るのでは？　という考えはついに近年「事前捜査」という形で日本以外の国において実現しつつある。

が、日本において個人情報はおろか、国家機密に関しても法律の整備は立ち後《おく》れ、情報収集や分析の技術構築は遅々として進まず、同時に事前捜査の技術の蓄積も大きく後れを取っていた。

特にこれまで公安が主な「相手」として考えていた「極右」や「極左」の組織に加え、民間人の重武装犯罪や、海外からの重武装犯罪者などの流入、およびその資金洗浄の根絶も含め、犯罪はより複雑化し、ダークウェブと呼ばれるインターネットの闇社会も国家間を軽く超えた連携を見せている。

にもかかわらず警察内で「チヨダ」あるいは「ゼロ」と呼ばれる、非合法捜査の最前線といわれる、公安の実働部隊もそれらにはまだ対応しきれず、上層部は事前捜査でこれが発覚しても「箱に入れる」——つまりなかったこととして無視し、事後即応するという方針を密《ひそ》かに固めていた。

これに栗原警視監は危機感を持って、個人の範疇《はんちゅう》で対応することを決めた。

法整備がつくまでの「時限的措置」として栗原は独断で橋本に「事前捜査によって判明した、民間人の重武装犯罪（越法事案《えっぽうじあん》と栗原が呼ぶ）、そして諜報機関以外の外国勢力によるテロ攻撃（治外案件《ちがいあんけん》と、これも栗原が呼ぶものだ）」を「処理」させることを決めた。

その白羽の矢が立ったのが、とある事情で窓際に転属させられていた橋本である。

以来、「越法事案」と「治外案件」に分類される事前捜査資料を元にして、橋本は定期的にチームを組んでは、それに対応してきた。

そして今回、アメリカから「日本の電話、メール、メッセンジャーを解析し、要注意すべき単語」をまとめたものが送られてきたのである。

これから三ヵ月間、これらの単語が頻出する通信、通話は重要犯罪に結びついている可能性が高い、という「ご託宣」だ。

「殺す」や「計画」「埋める」「やってこい」などの判りやすい言葉や、「カラテ」「カテラ」「エビール」「エランス」など意味不明の単語、ネットスラングに混じって「この町を守ろう」というささやかなスケールの単語はやけに目立った。

「彼らからすると親切心なのでしょうね。今の政権がやたら長く居座ってる割には、うちの国は経済も内政も今大分不安定ですし、中国と台湾、香港にベトナム……韓国まで揺れている現状、日本までひっくり返る騒ぎになっては、せっかく削減した環太平洋関係の軍事予算がまた膨れあがることになりかねない」

「にしてもまあ……『弑《しい》す』『メギヘン』とか『コロコロ』とかって普通に最近使われて

るネットスラングだと思うんですが……アメリカさんはよくここまで調べてますね」

　そんなものをなぜアメリカが送ってくることができるのか。

　分析の根幹にある、通信や通話の傍受をどうやって実行しているのか、を橋本は聞かない。

　エシュロンと呼ばれるアメリカの全方位型通信傍受システムが、陰謀論者の口に上るようになって数十年、それがアップグレードと規模拡大をくり返しつつ、世界をカバーするものに成長していることは、治安に関わるものなら公然の秘密と言ってよい。

「まあこれは早い話、今回は新しい事案や案件がないから、話の種にということですよ」

「そうでしたか」

　橋本はそう言って大きく息を吸った。

　栗原は重要な仕事を任せた運命共同体である相手とはいえ、意味もなくたんなるご機嫌伺いをするような男ではない。

「……ところで、先日企画課の永田《ながた》理事官からお小言を頂きましたよ」

（そら来た）

　今日、ここに呼び出された本題が始まった。

　栗原の言う企画課、とは警察庁警備局警備企画課のことであり、「チヨダ」あるいは

「ゼロ」と呼ばれる公安警察の実働部隊の直轄管理部署にあたる。

「基本、我々の『共同事業』は『目撃者はなし』ではありますが、彼等まで、とはいきません。それに、君、それどころじゃなかったそうですね」

「申し訳ありません」

素直に橋本は頭を下げた。

全滅まで「ゼロ」の狙撃手が動かなかったことを攻める気は無い。元々、橋本たちを助ける義理は彼等にはないのだ。

それよりも、元SATということに期待してしまい、一ヵ月の速成で、実戦投入してしまった自分を改めて恥じた。

「どうですか。毎回のメンバーの質は？　安定してないのでは？」

「そこそこに安定はしています……が、正直言ってかなりの損耗率ですね。殆《ほと》ど生き残りません」

正直に答えた。

罪悪感は切り離す。

命を賭けるに足る、と彼等が思う金額を払い、彼等は仕事を受けた。

ＫＵＤＡＮは基本的に橋本と、彼の片腕である比村《ひむら》香《かおり》警部補以外は一回の事件ごとに取り替えていくことを基本にしている。

金次第で何でもやる連中のほうが、何かと都合がいいからだと考えてのことだ。

「毎回全員更新では、メンバーの質の安定化はやはり難しいでしょう」

栗原はテーブルの上にある紅茶をすすりながら静かに言った。

「アメリカのように人口が多いならともかく、日本はたかだか一億人、それもかなりの割合で老人が人口を占める。つまり使い物になる若い人はかなり少ない」

「何が仰《おっしゃ》りたいんですか？」

「どうです？　一番最初のメンバーを再招集して、彼らをコアにして組織の枝葉を伸ばすやり方に変えては？　彼らは『持っている』と思うんですが」

言われた瞬間、最初のメンバーたちの顔が脳裏をよぎる。

元自衛官の〈ツネマサ〉、警視庁のサイバー犯罪課からスカウトした〈トマ〉、そして元死刑囚の〈時雨《しぐれ》〉。

「『持ってる』ですか」

「ええ」

栗原は頷いた。

これは単にサバイバル能力や戦闘技術だけの問題ではない。

強運というか、物事の流れに乗り、流れきることも、逆らうことも出来る潮目を見つけられる、という意味だ。

「特に〈時雨〉君はかなりムチャを言って出してもらったわけですから、コストパフォーマンス的にも初期メンバーが一番豪華だといえると思いますよ？」

「確かにそうですね。あの時の栗原さんはかなりご機嫌斜めでした」

橋本の言葉に栗原は苦笑した。

最後に、唯一の殉職者の顔が脳裏をよぎった。

有野《ありの》武彦《たけひこ》。

中学時代からの親友だった男だ。

最初に組んだKUDANのチームの中ではまとめ役で、他の若い連中と橋本を繋《つな》ぐ要の役割を果たしてくれていた。

だが、情に流され、ブルドーザーを改造した装甲車で暴れ回ろうとした連中を説得しようとして無残に殺された。

その責任は、未《いま》だに橋本の腹の底に沈んでいる。

「……いいんですか？」

だがあくまでも橋本は事務的かつ職業的な冷徹さに戻って質問を返す。

この半年以上の間に十五件の事件を処理してきたが、たしかに「毎回、人員を全て入れ替える」というやり方は限界が来ていた。

それでも続けていたのはＫＵＤＡＮの任務の機密性にこだわっていたからである。

橋本から栗原に繋がる線が見えてしまえば、ＫＵＤＡＮは消失どころの騒ぎではなく、栗原も橋本も刑務所に送られ、さらには事前捜査という新しい技術と行為そのものが社会問題にされかねない。

現状、不景気から来る保守化で、人々は自由よりも安全を求める傾向にあるとはいえ、それでも警察が密かに外部組織を作り、凶悪犯罪を「事前抹消」していると判るのは「まだ」問題なのである。

それは「チヨダ」あるいは「ゼロ」と呼ばれる公安組織の活動内容が秘されているのと同じ類《たぐ》いの必要悪問題に繋がる。

「任務が続行できなくなるほど質が低下する危険より、選んだ人間を育て、裏切らないかを監視する面倒を選ぶべきかと、私は考えますが、あなたはどうですか？」

「……考えさせてください」

「お任せします。あなたのチームですから」

微笑《ほほえ》んで栗原はレシートを持って立ち上がった。

「では」

カードではなく現金で栗原は払った。警察庁に勤め、公安がらみに身を置くと、どうしてもクレジットカードで支払いすることに禁忌が生じるようになる。

ムッとする熱気が自動ドアの向こうから吹き付けてきた。

銀座の街はすでに夕暮れだ。

夏が近く、東京はこのところ常套句《じょうとうく》となった「例年にない暑さ」をまた更新していて、日が落ちてきて、やや表情の緩んだ通行人たちが、それでも汗をふきふき歩いていく。

橋本もその中に混じった。

南町奉行所の跡地であることを示す石碑の前で、どこかで見た顔が拡声器を肩から下げて街頭演説をしている。

普段なら絶対に許可がおりない。

『今の我が国、この日本において私めに禊《みそ》ぎをさせてください!』

御津崎孝治《みつざきこうじ》。

父親は首相も務めた逸材、叔父が元経済産業省の大臣で、ともに「切れ者」だったその薫陶よろしきを得て出てきたサラブレッドと呼ばれた四世議員だが、二年前に秘書を殴る蹴るした動画がSNSで拡散された。

それだけでも騒動だったのに、さらに後日、二〇〇万を渡して「なかったことに」と言い含める様まで録画され、動画が拡散されたことから議員辞職に追い込まれた。

今時の保守系議員の若手にしては珍しく厳しい処分だったが、週刊誌の噂では彼の下、二番目の若手に甘んじていた一年生議員、美土里川烈夫《みどりかわれつお》の祖父で、財界の大物と言われた美土里川神前《みどりかわしんぜん》が動いたのでは、とされた。

どうやら今度の選挙に打って出るつもりらしく、なにやら声高に叫んでいる。

皮肉なのはその背後に今月末に埼玉でオープンする一大文化商業施設、『グラントリアエランス埼玉』の壁全面を使った巨大な看板広告があって、そこには「当社の救援基金に二〇〇万円ご寄贈の方へＶＩＰルームでのご接待を！」という文字が躍っていることだ。

単なる商業店舗ではなく、印刷工場に出版社、本屋までを擁し、東村山に出来る某社の巨大文化事業都市と張り合おうという考えらしい。

この不景気、入場するだけで三〇万、ＶＩＰルームとやらへ入るだけで二〇〇万も取るというのは豪儀な話だが、特に「二〇〇」の文字が巨大に描かれていた。

まるでこの元議員のために作られたセットと言えた。

（ＳＮＳは皮肉な『絵』が大好きだが、これは少々やり過ぎだな）

橋本は白けた気分でそれを眺めた。

ネットは皮肉を好む。

だが、それ以上に好きなものは「遠慮なしに叩ける相手」だ。

恐らくこの風景はスマホで撮影され、拡散され、皮肉と怒りとヤジのキャプションがつくだろう。

だが、それは同時に「有名になる」ことでもある。

恐らく、あの元議員の選挙対策員は、彼を「炎上キャラ」として売り出すつもりなのだ。

一度悪いイメージがついていたとしても、注目される中で彼等が望むように振る舞っていけば、「あいつは改心した」「いい事をいってる」と容易《たやす》くコロリと味方に転じる者はネットに多い。

そして、その意図を薄々感じ取りながらも、ネットで憂さを晴らさねばやっていけないほど多くのストレスをかかえた「一般市民」はその宣伝という名前のゲームに乗っかる。

二〇年前ならごく一部の警察官や公安の人間しか見ないような、差別や偏見、無知や思い込みからくる差別、無邪気な悪意に基づく、様々に腐った匂いのする昏《くら》い感情や思想、思考の部分を表にしてしまった。

そして、殆どの人間が驚く程それに慣れ、怒りや義憤という名目でそれを楽しんでいる。

「……いかんな」

暗鬱《あんうつ》とした気分になりかけていると気付いて、橋本は頭を振った。

チェーン店のカフェで何か軽いものでも食べ、思考を切り替える必要があった。

そこを離れて、有楽町駅前の交通会館を右手に見ながら、真っ直ぐ進もうとした。

喫茶店などのある方角ではない。

うだるような暑さではあるが、歩きながらチームの今後に関して、思考をまとめたかった。

「頑張れ……を、守ろう……いや、守るんだ」

不意にそんな言葉が耳に入った。

振り向く。

あと五分後に殺人を行う青年は、そこにいた。

雑踏の中、のぼりを立てるために置かれた有楽町献血ルームの表示モニュメントにもたれるようにして、百円ショップで売っているような細い杖を傍らに、水のペットボトルを苦労して開けていた。

洗いざらしのジーンズに、アイロンのプレスもしっかりした半袖のワイシャツに安っぽい青のネクタイ。

生真面目そうな顔立ちだった。

明らかに着ているもののサイズがひと回りは違うが、清潔感はあった。

身長は橋本と同じぐらいだから一七〇センチ台後半。

死相が出ている。

頬がこけるほど痩せているだけではなく、小鼻の部分の肉が削《そ》いだように落ち込んでいるし、肌が黒ずんでいる。

ファンデーションで健康そうな肌色に誤魔化しているが、間違いない。

よほど急なダイエットをした者にもたまにこういう顔になるものがいるが、気配が違っていた。

驚く程か細く、消えてしまいそうな。

公安の「外テロ」と呼ばれる国際部署にいた頃、海外任務の中で撃たれ、刺され……あるいは病で死ぬ直前の人間に出会い、その死にも立ち会った。

驚く程、青年は彼等に似た、死に際の気配を持っていた。

立っているのが不思議なほどに。

青年はペットボトルの水で、ジーンズの前ポケットから取り出した錠剤シートの中から一粒を取り出して飲み干し、弱々しく目を閉じた。

青年は安っぽい腕時計を見て、頷き、杖にもたれるようにして歩き出した。

橋本が来た方角へ。

「…………」

橋本は奇妙な事に気がついた。

二〇代頭ぐらいの年齢なのに、スマホも携帯も持っている気配がない。

そしてどこにも財布の膨らみすらなかった。

嫌な予感が膨れあがった。

だが、今の橋本は警察関係者ではなく、KUDANの業務を考えれば目立つ行動は控えなければならない。

迷っているうちに、交通会館の出入り口から、大量の中国人観光客があふれ出してきて、橋本と青年の間を遮る。

中国では正直さと公正さを表す、日本人が引くほどの大声での会話を繰り広げる観光客の頭の彼方《かなた》、青年は杖にすがるように歩き、角を左手に曲がった。

観光客もその後をついていくように流れていった。

（これ以上は追えない。諦めていいはずだ）

橋本の頭の中で誰かが囁《ささや》いた。

自分はもう警官ではない。今の商売は目立つわけにはいかない。

しかも有楽町駅前交番はすぐ側《そば》にある。

彼等にまかせればいいじゃないか。

二秒間、橋本は躊躇《ちゅうちょ》した。

躊躇しながらも、結局は歩き出す。

少なくとも、気になったことの行く末は見届けたいと決断していた。

観光客の流れの後ろをくっついていく。

やがて御津崎孝治の辻演説の声が聞こえて来た。

注意してみると警護の人間らしいのがそこかしこにいる。

ここを過ぎれば……と思ったが、青年は真っ直ぐ御津崎へと向かった。

「御津崎先生！　応援してます！」

痩せこけた身体のどこから出るのだろうというほどの大声で、青年は満面の笑みを浮かべ、思いっきり手を振った。

驚いた顔になった御津崎だが、すぐに満面の笑みになった。

「がんばってください！　がんばってください！　僕は応援しています！」

涙さえ流しながら、青年は手を振った。

『ありがとう、ありがとう、君！』

御津崎は拡声器のマイクを切り、白手袋を脱いで青年に駆け寄った。

警護の者たちが数名持っていたスマホを向けるのが見える。

動画で醜態をさらして失脚した人物が、逆に感動的な動画で盛り返す、というのはいかにもウェブやマスコミには受けがいい。

「ありがとう、ありがとう！　君！」

御津崎は杖を持っていないほうの左手を握ろうとした。

青年の手が、杖を持ち替えるような動きになる。

それはいかにも、右手で握手をしたいかのように見えた。

一瞬、自分の配慮を袖にされ、御津崎はムッ、となったが、すぐ笑顔を取りもどす。

青年は、杖の持ち手と、杖本体を握り、捻《ひね》った。

次の瞬間、持ち手が外れた。

銀色の刃が、持ち手にはついていた。

手作りの、器用に磨かれた両刃のナイフ……短剣《ダガー》だと橋本は見て取った。

それが御津崎元議員の首に深々と突き刺さり、素早く引き抜かれ、また刺さるのを何度もくり返した。

一秒たらずの間に五回は刺突はくり返された。

呆然《ぼうぜん》と目を見開いた御津崎の首から鮮血がほとばしり、群衆が悲鳴を上げる中、警護の連中が駆け寄り、青年を取り抑えようとする。

青年は鮮血を噴き出しながらみるみる青ざめていく御津崎元議員に覆い被《かぶ》さるようにして、自らも地面に倒れ込んだ。

「救急車！　救急車！」

護衛の男たちのリーダーらしい男が叫ぶ中、橋本は警護の男たちに引き起こされながら、右脚で断末魔の痙攣《けいれん》を始めている御津崎より、放り出された青年を凝視していた。

血に染まった顔は満足げで、息をしていないのは明白だった。

先ほどペットボトルの水で飲み干したのは毒薬だったのだろうか。

「頑張れ……を、守ろう……いや、守るんだ」

橋本の耳に、青年の声が蘇《よみがえ》る。

あれは自分自身を鼓舞していたのだろう。

だが、何を守ると言ったのか。

余りにも偶然が重なりすぎていて、確信が持てなかったが、今はわかる。

青年は「町を、守るんだ」と言ったのだ——栗原が見せてくれたあの表にあった言葉そのままに。

第一章　毒殺爆破

☆

赤坂の高級料亭「まみち」で瀬戸内敦子《せとうちあつこ》が勤めるようになって三〇年になる。

ほっそりとした、という以外これと言って特徴があるとは言えない顔立ちである。

今年五十五になる敦子は、酷《ひど》く目が悪い。これは子供の頃からだ。

眼鏡無しでは視力は０・３にも満たない。

和服姿に瓶底メガネ……ただでさえ和服にメガネをかける従業員を嫌う飲食業界だが、彼女はその経歴の長さと心遣いの細やかさ、何よりもその、愛嬌《あいきょう》のある受け答えが、政財界の大物たちに好まれた、ということもあって、特別に許されている。

創業半世紀になる「まみち」は四代目。

三代目が不幸にも事故死したからであるが、二代目から引き継ぐ形になった四代目は優秀な板前ではないが、有能な経営者で、店が三年後に経営が悪化するという判断をして今年の秋で店を閉めると従業員に通達していた。

寒い日になると指がもつれるようになったのはこの二年だった。

ある日の朝から、手足の軽いしびれが取れず、やがて、酷く筋力が落ちたと感じるようになった。

今年。気になって、かかり付けの病院で検査を受けたら、筋萎縮性側索硬化症――ALSと診断された。

愕然《がくぜん》としていると次第に進行が早まってきた。

足がもつれるようになり、ものが嚥下《えんか》しにくくなり。

通常、ALSはその進行を先延ばしにするための投薬治療がメインであり、優れた薬品も多い。

だが、敦子の病状は進行した。

再検査をした。

運の悪いことに、ALSだけではなく、脳腫瘍が見つかった。

かなり難しい部位で、手術は難しく、投薬では治らない位置にあり、いつ、運動機能そのものを停止させるか判らない、と医者は告げた。

そんなはずはないと敦子は涙ながらに医者を責めた。不幸な偶然が重なるなんて、あんまりじゃないですか、と。

だが、事実は変わらなかった。

死の影を身近に感じるようになったが、料亭勤めは辞めなかった。

四代目にも他の従業員にも病のことは言わなかった。

子供や孫がいるわけではない。

三〇になってからこの料亭の板前と結婚したが、板前は交通事故で、敦子が四十三の時に亡くなっている。

それでも、ひっそりと埼玉のとある町で暮らし、往復四時間かけて、ここへ通う日々は変わらなかった。

さほど蓄えがあるわけではないが、このまま身動きが取れないまま、あるいは脳の腫瘍が破れるか、あるいは彼女の生命を絶つ程に肥大化するまで待つのは、ゾッとしなかった。

生きたいという渇望は驚く程早く消えた。

むしろ死に際を決めたいという願いが強くなった。

以前、同僚が脳梗塞で倒れ、数年寝たきりのまま世を去った。

デップリ太った「アンパンさん」と渾名《あだな》されるような人だったが、お別れの時、棺桶の中にいたのは鶏ガラのような姿だった。

「ああは、なりたくない」

その願いがあった。

だが、自殺するには抵抗があった。

「話」が舞い込んだのはそんな頃だった。

簡単だが、身の破滅でもあった。

だが『町を守るため』という言葉は、敦子にとって重要な意味を持っていた。

三〇年前、逃げるように転がり込んだこの町で、彼女は「生きる」ことが出来た。

「話」はいくつかあったが、敦子が出来るものは一つだけだった。

それで充分だった。

「町」への恩を返し、「町」を守る。

そんな勇ましいことが、自分に出来るとは思わなかった。

まず、町を出た。

自分が結婚以来、二〇年住んでいた家は、近所にいるとある母子家庭の女性に譲った。

その女性は貧しく、無償で彼女に引き渡すことは、余計な憶測を生むため、表向きは彼女がそれなりの金を払ったことにして、その金は敦子が渡すという手段を使った。

敦子は夫の遺産以外、自分の金の八割を現金で自宅に隠している……それが必要な人生だった。新しい家の主になった女性にも家の鍵を渡しながら「そうしなさい」と告げた。

今の小さなアパートに住んで三ヵ月。

今日が実行の時だ。

三代目のころだったら、躊躇《ためら》って、違う場所を選んだだろうが、どうせ秋には閉まる店だ、と思うと気は軽い。

それでも少し良心が咎《とが》めたので、アパートには、これから起きることは全て自分の個人的な事情である、と書き置きを残してある。

それよりも実行前に病気が悪化したらどうしよう、と敦子は不安だったが、そこはどうやら上手《うま》くいったようだった。

同じように「町を守る」ことを決めた青年が、見事に仕事を成し遂げたのを知ってからは、確信するようになっていた。

その通り、今自分は実行の段階にいる。

携帯電話が震えた。

時候の挨拶と予約確認をする、という文面を使った「確認」のメッセージだった。

相手は本来、自分が親しく言葉を交わすこともない女性からだ……すぐメッセージに「当分店を離れますので、お問い合わせは店のほうにお願いします」と素っ気ない文面のメッセージを返し、全てを消去する。

最後に、料亭の庭に出て、池の中に携帯を沈めた。

帯の中に入れた紙包みを取り出して握りしめる。

厨房に赴いた。

三〇年働いてきた場所だ、ちょうど読み通りに料理が出来上がっていた。

「瀬戸内さん、私たちが持ちます」

にこやかに若い仲居たちが頷《うなず》いた。

「ありがとう」

運ぶことは出来ても政財界から芸能界の大物まで、そつなくかつ、楽しませる話術は、店では敦子にかなう仲居は、もういない。

だからいつの間にか、皆、敦子を助けるのが普通だという空気になっていた。

箱膳を持って、しずしずと歩く若い仲居たちの後ろを、敦子はゆく。

今日は、薬を多めに飲んだせいか、足は不思議ともつれなかった。

いや、ただの気分か、それともこれが最後ということで身体が奇跡を起こしているのかも知れない。

敦子は、奥の座敷に来た。

予定通り、そこには経済学者がふたりと、「経済に強い俳優」ということでコメンテイターも兼ねる俳優がにこやかに杯を交わす用意をしていた。

「やあやあ、アツコさん。来たよまた！」

「ようこそ、羽根崎《はねざき》先生、跡井《あとい》先生、鷹羽《たかはね》さん」

「なんか僕だけさんづけというのは身分が軽いのか、特別なのかわからないねえ」

普段はいぶし銀の知性派を気取るこの俳優も、この料亭では子供のように笑う。まだ駈《か》け出しの頃、ここに今は亡き国際的名優に連れてこられたときは借りてきた猫のようだったものだが。

経済学者ふたりは、テレビの上では保守と革新に分かれてしばしば舌戦を行う間柄だが、ここでは竹馬の友のように仲がいい。

テレビの画面の中で行われる迫真の喧嘩は、実はこういうところで仕組まれた演技なのだと、視聴者は知らないが、敦子たちのような料亭の人間は皆知るところだ。

「じゃ、ここから先は私がおもてなしを」

そういって若い仲居たちを下がらせ、敦子はさりげなく給仕しながら、タイミングを計る。

さらに三人をここへ呼び寄せた、民放テレビ局の大物ディレクターを交えての話となった。

敦子はいつも通りニコニコとその会話の流れを読み、相づちを打ったり、時に険悪な空気を逸《そ》らしたりした。

やがて男たちは打ち合わせを終えると、酒宴はますます深くなった。

「ところで、あの町のことだけどね」

ディレクターが口にしたとき、敦子は器を片付ける手が止まりそうになった。

が、克己心で何事もなかったかのように膳を片付け、次の料理と酒を運ばせる。

「美土里川《みどりがわ》のお殿様の町ですか？」

「そうなんだよ、なにかないかいま調べてるんだが」

心臓が跳ね上がりそうになる。

なるほど、「話」は正しかった。

「あらあら、どういうお話ですの」

微笑《ほほえ》みながら、敦子は深酒になった男たちの杯に酒を注ぐ。

「そうそう、こういうものを頂きましたの。二日酔いに効くそうですよ」

「ウコンかね？　あれは僕には効かないんだよなあ」

「いえいえ、違いますよ、もっといいものだそうです、漢方だそうで。最近見つかった処方だそうですの……若い人だと元気になりすぎちゃう、とか」

軽いシモの話を入れるのは、こういう料亭でも、たまになら許される。

「漢方？」

「最近、日本でも売りに出されたばかりだとか」

と敦子は同じ局で女性向けトレンド番組を担当する新人ディレクターの名前を出した。

「とっても良く効くそうですよ？」

「ホントかい？」

「ええ、私も飲んでますから」

そう言って、一つ薬を取り出して、敦子は飲んで見せた。

「お流れを頂けますか？」

「おいおい、酒で二日酔いの薬を流しこむのかい？」

「大丈夫ですよ、もとは全部お水」

「確かに違いない」

男たちは笑い、敦子から次々と粒を受け取り、自ら飲み干した。

「これ、効くのかね、ホントに？」

経済学者の一人が首を捻《ひね》るのへ、敦子は、

「ええ、効かなかったら私、死んでみせますわ」

そう言って微笑んだ。

「また随分と大きく出たねえ」

笑う男たちの声は、暫《しばら》く廊下にまで響いていたが、不意に途切れた。

庭先で鹿威《ししおど》しの音が、かん、と響く。

☆

「まー、とりあえず、こちらのオファーとしては家土地建物含めて三〇〇〇万、ってところなんですが、どうでしょうかね？」

ぬめぬめした笑顔を浮かべて、オールバックにした男はそう言った。

着ているものは、滑らかに輝く素材で出来た高級ジャージで、金色のアクセサリーがじゃらじゃらと手首や首から下がっている。

差し出された名刺には、「不動産・MAGDANファクトリー社長・曲背《まがせ》断征《たつまさ》」と書かれていた。

城谷《しろたに》弥《や》一郎《いちろう》は、じいっとその男を見つめた。

確か以前見た時、週刊誌の写真の下にはマガセタツマサ、とあった。

どういう字なのか判《わか》らなかったが、今、判った。

「変わった字を使われるんですね」

顔立ちは二〇年前と変わっていなかった。

特に、目だ。

「ええ、格好いいでしょう？　自慢の名前なんですよ。へへへ」

人なつっこそうな笑顔を浮かべても、どこか空っぽの目。

瞳孔が、木のうろのように見える。

「…………」

城谷はただ、だまって男を見つめた。

二〇年前、十六歳だから今、この男は三十六歳になる。

不動産屋だと言っていたし、名刺にもそう書いてある。

「そうか、曲背さんと仰るんですか」

自分の声が穏やかなことに、城谷は満足した。

二〇年前は未成年であることを理由に名前さえ明かされなかった。

噂には聞いていたし、ネットでその姿も見ていたが、当人を見るまでは、と思っていたが、これで確信が持てた。

二〇年前、息子夫婦と孫娘を殺した高校生はこいつだ。

「どうでしょうね？」

「すみません、何分、唐突なお話なもので……」

「唐突ですよね、ええ。でも唐突と言えば隣町の商業施設、ご存知でしょう？」

「ええ、こんど開業するところですよね」

「あそこが出来ればこの辺は再開発が始まるんですよ。そうなると今までみたいな静かな環境ではなくなるんですよね。失礼ですが、これから先、環境が良くなるとは思えないんですよ、当社との取引で、このご自宅から別の、もっと静かで便利な場所にお引っ越しされるというのは如何《いかが》でしょうか？」

「はい、そうでしょうねえ」

つとめて、大人しい老人を演じる。

「でも家族の了承を得ませんと、特に妻が……」

曖昧《あいまい》に誤魔化すことにした。

家の中は片付いていて、掃除も行き届いている。

妻が生きている時からの定期契約で、年に一回は業者を呼んでいるから、一人暮らしには見えないだろう。

「いやあ、奥さんもキーット、五月蠅《うるさ》い工事の騒音から逃げ出したくなると思いますよー」

へらへらと笑いながら、男は立ち上がった。

「まあ、あと最近物騒ですから。外国人が泥棒に入ったりとか、居眠り運転の車が突っ込んだりとか……」

遠回しな脅しなのだと気付くのに少しかかった。

「そうですか。そうですか」

目を伏せてくり返す。気の弱い老人に見える様に。

「あの、決まりましたらお名刺のほうの電話番号に必ず、必ず」

深々と頭を下げた。

「そっすか、じゃまた来ますわ」

さらっと言って曲背は出て行った。

扉は開けたままである。

姿が門の向こう側に消えて暫くした後、城谷は顔をあげた。

今年で七〇歳になる顔には暗い影が刻まれていた。

☆

曲背は角を曲がって駐車してあった中古のベンツに乗り込むと、持っていたグッチのシグニチャーソフトメンズクラッチバッグからスマホを取り出した。

「よ、久しぶり」

『なんで出ねえんだよ！』

「商談中だったんだよ、文句言うなよ」

『商談？　例のあれか、今度開く埼玉のあそこかよ？』

「そうそ、グラントリアエランス埼玉。アレがらみよ」

『やっぱ五年後？』

「あー、まちげーねーな。役所のホレ、あいついんだろ、闇スロで五〇〇摘まんだバカ」

『あー、あの。たしかマー君に一週間貸し出して、ケツボロボロになったんだろ？』

「いんや、ぎり一回だけで助けてやってよ、今俺に情報流してんだわ」

『マー君ボッキしたら十回はヤらないとだめじゃん。どうしたん？』

「あー、前と一緒。バットでボコった。あいつ頑丈だから」

『やるぅ』

「まあな」

「でな、五年後この可手良町《かてらちょう》まで開発広がンのは間違いねーと思うんだわー。バブルの頃に住民増えたけど、キレーなもんよ。ヤの字もいねーし」

『いてもこの前みたいに沈めンだろ？』

「たりめーだろ？　破防法様々《ハボーホーさまさま》よ。やつらあれでヤワになっちまったからよ、本家筋でもなきゃとっとと手ェ引くからな」

実際には暴対法《ぼうたいほう》だが、雑な人生の男たちにとってはどうでもいいことだった。

『本家筋出てきたらやばくね？』

「大丈夫だよ、本家筋は今地上げなんて地味仕事にでてこねーよ。で、なんの用？」

『グラントリなんとか埼玉の話よ。お前、ＶＩＰ席買ったって？』

「まー、うちのカイシャに前、世話になってた不動産屋のサトーいたじゃん？　あいつＦＸで当てたらしくって、お礼にくれたんだよー」

『あー、節税対策かー。てっきり例の国会議員の坊ちゃんから貰《もら》ったんだと思ったぜぇ』

「烈夫《れつお》くんかー、ありゃ妹のケツに敷かれてるから無理だな、下手するとチンコまで握られてるかも知れねー」

『でよー、俺もＶＩＰ席連れてってくれよ』

「んなことかよ、おめーならトーゼンだろ、トーゼン。その代わり気合い入れてコスプレしろよな？　ドンキだったら高いの買えよ、ヤッスイのはだめだぞ」

『わーってるよお……そーいや、先週だっけ？　有楽町で刺し殺された元議員って烈夫君のライバルだった奴じゃん？　やっぱあれ、お前？』

「せーじ《政治》は面倒くさいから億積まれないとやんねーよ」

『じゃあ、偶然か――』

「烈夫はホッとしてるだろうよ、元総理の息子のあいつが戻ってきたら、爺さんが死んで後ろ盾のないあいつは党内で潰れるからナア」

『おー、ニュース解説員みたいじゃん』

☆

三階建ての古い廃屋を改造して作った施設で、鋭い笛の音がなった。

三人の男女が走る。

ベニヤ板のドアを蹴破り、半眼にして広くした視界の中、敵を見つけて引き金を引く。けたたましい反動と共にＡＫ74は弾丸を標的に叩き込んだ。

トレーニングウェポン、と呼ばれサイズ、重さ、バランスの全てが、実銃と同じものに、実銃ほどではないが、発射時かなり激しい反動を発生させる装置までつけた代物である。

「正面クリア！」

横からすり抜けた味方が、今度は間違えずに左のドアにエントリーする。

相棒を横からさらにカバー。

右利きが銃を構えればどうしても左側への反応が遅くなる。

互いに左右をカバーしつつ、次々と標的を倒していく。

三人ひと組になって、七つの部屋、一階から三階までを駆け抜ける。

最後の標的は撃ってはいけない一体の標的の影にある。

それを撃ち抜くと、ブザーが鳴った。

『お疲れ様。七分五十七秒。最高記録だ。今日はコレで上がろう』

スピーカーからの音声に三人のうち、ひとりはへなへなとその場に崩れ落ちた。

顔をＢＢ弾から守る為のフェイスガードとゴーグルを外すと、実年齢の二十二より五歳は幼く見える素顔が現れた。

「よかったぁ……もう一回、って言われたらもう動けないッス……」

「まー、前みたいに鉄砲が重くって動けねえ、からずいぶん大進歩したよ」

三人の中で大柄な一人――〈ツネマサ〉が崩れ落ちた一人の肩を叩いた。

「たしかに、以前よりは大分頼りになるようになりましたもんね、〈トマ〉君」

――〈ツネマサ〉の反対から、ロングヘアをゴムで束ねてまとめ上げた女性、〈時雨《しぐれ》〉が、〈トマ〉の肩を叩く。

「君ら凄《すご》いねえ、トレポンつかってその動きは。海の向こうで実弾訓練してきた甲斐《かい》があったねえ」

三階から一階に降りてくると、下の事務所で三人の動きをモニタリングしているトレーナーが笑顔で出迎えてくれた。

細身ながら引き締まった身体は、元自衛官なだけではなく、アメリカで本格的な警備の訓練を受けた賜物《たまもの》である。

この手の経歴は詐称する者も多いが、このトレーナーは防衛省からも時折相談事があると呼ばれるという「本物」である。

ここで訓練を受けるだけでなく、渡米してラスベガスでフルオート射撃もこみの訓練を二ヵ月ぶっ通しでもやっていた。

「ねえ、君たちやっぱりこの前の民警の仕事、受けないかね？　今なら僕、推薦状書くよ？　ホルムズ海峡のタンカーはちゃんと鉄砲扱える人がいないと……」

「ありがとうございます。でもせめてあと十秒縮めないと」

にこやかに〈ツネマサ〉が言うとトレーナーはにやりと笑った。

「まあ、あと一人いるんだったら無理矢理にでも推薦状出すんだけど、君ら、やっぱり三人でやるの?」

「ええ、まあ……もう一人補充って、簡単にはいきませんから」

そう言って〈ツネマサ〉が笑い、〈時雨〉と〈トマ〉も頷いた。

三人がもう一人の父親か、叔父のように慕っていた〈ソロバン〉あるいは〈ソロさん〉と呼んでいた人物の穴は早々埋まるものでもない。

あの時、最後に橋本《はしもと》に「同じ面子《メンツ》では二度と仕事をしない」と言われ、実際半年以上、何の音沙汰もないのに、こういう訓練を細々と続けているのは三人が、まだその穴を感情的に埋め切れていないからだった。

☆

昼日中の、郊外型スーパーの無駄に広い駐車場は出会い系サイトの待ち合わせと、密会にも便利である。

橋本と比村《ひむら》香《かおり》は、そんな、ろくに監視カメラもない駐車場で久々に顔を合わせていた。

「身分が分かる物は？」

髪の毛をシニヨンでまとめ、黒縁眼鏡な上に、黒地にグレーストライプのビジネススーツにタイトスカート、というかにも切れ者女史、という姿の香が助手席に入るなり、橋本は前置きなしに訊《たず》ねた。

香は驚きもせず、持っていた書類封筒を開ける。

中は先週、橋本の目の前で起きた、御津崎《みつざき》元議員の刺殺事件の捜査資料だ。

昼日中、しかも有楽町のど真ん中で起きた事件なだけに、かなりの大ニュースとして連日報道されている。

当然、書類管理も厳しく、本庁の香でもなかなか難しかったらしい。

書類袋の厚みはかなり薄い。

「どうも都心のコンビニで働いてたらしいんですが、住所はデタラメ、身分証もなし……ただ、勤務態度はすごぶる真面目で、台風の日でも出勤を任せられる人だったそうです」

「このご時世、履歴書がマトモに書けてれば、人手不足のコンビニだったら一も二もなく雇い入れるか……で、名前は？」

「田中次郎《たなかじろう》。逆にここまで偽名らしいと誰も疑わないものですね」

「おい、あとは履歴書のコピーだけか？　ウェブの履歴とかは？」

「覚悟してたんでしょう。何もないです。このSNSの時代に」

「前もって消去してた、ってことか」

「いえ……そう思って本庁のサイバー犯罪課が動いたんですが、最初から何もないんです」

「何もない？　登録してないということか？」

「いえ、彼自身のスマホとか携帯がないんですよ。身分証明書もなし、指紋も引っかからず、顔認識でどこから来たのか探ってるんですが、駅のほうの監視カメラじゃ、東京駅で見つかったのが最初というぐらいで……ひょっとしたら相当距離を歩いてきたのかも」

「今時のバイトだと出勤要請とかは全部スマホのメッセンジャー機能だろう？」

「そのはずなんですが、どうもトバシの携帯《ガラケー》だったようで……スマホじゃなく。しかも毎日、自分のほうから電話を入れてきて、予定やヘルプに入るかどうかを聞いてきてたそうです……多分、公衆電話から」

「携帯の位置情報からの割り出しは難しそうだな」

言いながら、橋本はこの「田中次郎」の用心深さに首を捻《ひね》っていた。

前科者だったり、逃亡犯なら判る……だが、どう見ても、あの青年の顔はこの五年の手配書に見覚えがないし、それならもう指紋などで素性が判っているはずだ。

「おまけにスマホと違って携帯電話には常駐アプリはありませんし……」

「計画的というか、少々偏執的な感じもするな……『背乗り《ハイノリ》』の可能性は？」

戸籍を丸ごと買い、十年、二〇年かけて地域に密着してしまう外国工作員のことをそう呼ぶ。

北朝鮮や中国、アジア系の人員が豊富な諜報機関がよくやる手である。

中には二世代、三世代にわたる存在もいるほどだ。

それなら、用心深さにも納得がいくが、橋本は少し引っかかった。

（あまりにも、用心深すぎる）

「背乗り」の目的は長期の情報工作だ。

ここまで用心深すぎると何もできない。

「『チヨダ』が動いたみたいですけれど、どうも筋が違うンじゃないか、って話が流れてきました」

「筋が違う？」

「このところ『北』関係は、かなりあぶり出されてますし、たしかに親が首相経験者の若手ホープとはいえ、アジア外交に関してはなんの立場もない四世議員、それもあんな不名誉な辞め方をしてる人ですから――」

「暗殺してもなんの旨みもないか……そもそも犯行声明もないしなあ」

「元議員に対する個人的な怨みじゃないか、という話が捜査本部《チョウバ》じゃ主流になってます」

香は、

「そうだ『カラテ』『カテラ』『エビール』『エランス』という名前は彼の周辺にないか？」

「今の所は何も――そうそう、勤務態度は真面目だったそうですが、誰も彼の家を知らなかったそうです。飲み会も三回誘って一回出てくるけど、すぐに用事が入って帰る、というパターンだったそうで」

「――」

「所轄の刑事の一人が言ってましたけど、ひょっとしたら、田中は無戸籍、無国籍じゃないか、って」

「――なるほど」

橋本は頷いた。

世界に名高い身分証明制度、戸籍はその法律の根幹が明治時代に作られ、殆《ほとん》ど変更されていないため、そこから漏れてしまう人を生みやすい。

有名なところでは離婚夫婦が出たとして、離婚後三〇〇日以内に生まれた子供は法律的には自動的に別れた夫の子供であるとされ、認知してもらう必要があり、その出生届の提出期限は出産後十四日以内。

　これを過ぎてしまったり、前夫が認知しない場合、あるいは別れた途端に連絡が取れなくなった場合、その子は無戸籍となる。

　他にも家族の無知、あるいは宗教的な理由、様々な理由で戸籍を持たない人というのは存在するのだ。

　さらにこれが外国籍の夫、ないし妻であった場合は無国籍ともなりかねない。

　あるいは、意図的に戸籍を消した存在、というのもある。

　バブルが弾《はじ》けた頃に続出した当時は高利であったサラ金、あるいはヤミ金融と呼ばれた悪質な金貸しから逃れるために全てを「棄《す》てた」人たちとその家族である。

「背乗りした側ではなく、された側の可能性もあるか……」

「無戸籍の人たちは交友関係を滅多に持ちませんし、住所も特定が難しい。特に、あんな事件を起こした人間が店子《たなこ》だと、よっぽど社会的道義心が強い大家じゃなければ通報しないでしょうし、そもそも何処《どこ》に住んでいるかを突き止めることもかなり時間がかかりそうで……」

「ああいう人たちはヤクザにでもならない限りは、まず地道に真面目に生きてるからなあ」

無戸籍、無国籍の人間はその「後腐れの無さ」から犯罪関係に利用されることも多いが、逆に、まるで蜻蛉《かげろう》のように息を殺すようにして目立たないことを第一として生きる人も多い。

「だとしたらなんでそんな奴が……」

「判らないんですが、このところ激痩せしたそうです。もとから中肉中背だったのが、二〇キロも痩せたらしくって、夏バテだと」

「それは嘘だろうな」

「ええ、彼、末期の膵臓《すいぞう》ガンでした」

「解剖所見によると……死因事態はやっぱり毒物か……ニコチン？」

「ええ、大量の煙草を水で煮込んでタール状にしたものを市販のゼラチンカプセルに詰めて、何度かに分けて飲んだんじゃないか、という話で」

だとすると、あの時、橋本が目撃したのは最後のカプセルを飲む姿だったということになる。

酷く顔色が悪かったのは、すでにニコチンの毒に侵されていたからか、それとも膵臓ガンによる体力の低下か——どちらも、なのだろう。

「——毒からも辿《たど》れないのか」

煙草なら勤めているコンビニでいくらでも手に入る。

(それにしてもなぜ『町を守る』と……)

考え込む橋本は、やがて熱っぽい香の視線に気がついた。

あの、と香は言い、助手席でスカートをたくし上げた。

下着はなかった。

下着を穿《は》くとギリギリで隠れる位置に彫られた翼型のタトゥーの下、無毛の秘唇はすでに潤みきっていて、パンストを濡らしていた。

牝の匂いがむっと橋本の鼻腔に押し寄せる。

香の顔から、切れ者という感じの鋭利な目つきが消えて、頬が紅潮し、いつもはキリリと結ばれている口元が緩んで、牝犬の顔だった。

はだけた上着から覗《のぞ》くブラウスの下で98Dの乳房の先端が尖《とが》っているのが見えた。

比村香の隠された性癖……実は高校時代からのドがつくM《マゾ》で、最初に師事した橋本を「ご主人様」だと思い定めている。

「ご褒美を……いただけますでしょうか?」

目を潤ませて熱っぽくこちらを見る香の声は潤んでいる。

「ダメだ。さっさと戻れ。捜査資料がたまったら連絡しろ。少なくとも今回の倍以上の厚みになるまでは会わない」

「そんな……」

物欲しそうな目で見る香だが、橋本は平然としてドアを開けた。

「いけ」

こういうMには即応してはならない。

☆

小洒落《こじゃれ》た外見だが量が多くて美味、という評判の店は、駅前通りから少し入った坂の途中にあった。

「どっかで見覚えがある通りだなあと思ってたら、この先にある銀行、ＱＧＨの資金源だったところか」

〈ツネマサ〉がようやく思い出して頷いた。

ＱＧＨとは「神よりの試練の時《クエスト・オブ・ゴッドアワー》」の名前を持つ新興宗教の略称である。

約一年前。諸事情あってそこの教祖と友人であるＩＴ長者を〈ツネマサ〉たちはこれから起きる犯罪……「未然犯罪」の首謀者たちの一部として射殺した。

表向きは教祖とその友人が密貿易などの危ないサイドビジネスを巡って争いになり、殺し合ったこととされている。

スキャンダラスな死ゆえに、その後教団には地検特捜部の手が入り、内部分裂もあって、とっくに解散したと勘違いしている一般人は多い。

「正確には今でもQGHは存在してるんで、メインバンクの一つ、ってのが正しいですけどもね」

前髪で目元を隠すような、いつもの髪型に戻した〈トマ〉が補足する。

「因縁の場所、ってわけか」

「別にそういう意味で選んだわけではありませんわよ？」

今時珍しい言葉遣いで微笑む〈時雨〉。

こちらもロングヘアをたなびかせ、ジーンズにブラウスという出で立ちが清楚《せいそ》だ。

夏の陽射しにキラキラと輝いて見えた。

これでも父親の復讐《ふくしゅう》の為に単身、半グレたちのアジトに乗り込み、二〇人以上を殺傷して死刑宣告をされたこともある元死刑囚である。

（ああ、やっぱりこの人は可憐《かれん》だ）

〈ツネマサ〉は目を細めながらそう思う。

かつてKUDANに集められて以来、つかず離れず「戦友」としての付き合いだが、

〈ツネマサ〉は初対面で自分を一瞬で叩きのめした〈時雨〉に深い憧憬に近い愛情を抱いていた。

もちろん、面と向かって口には出していない。

純情なのである。

自衛隊時代、海外派遣に行かされたときも、他の隊員たちは現地恋愛が普通だったが、〈ツネマサ〉だけは現地のとある女性に想いを寄せたものの、手さえ握らずに帰国したほどである。

ただし、性欲まで純情とは言えず、KUDANとの仕事の前から、出会い系サイトで行きずりの関係は数多いのだが。

〈時雨〉たちとは月に一回か二回しか会わない関係だが、それだけに食事をするぐらいまで距離は縮まった。

（なんとか、もう一歩……）

〈ツネマサ〉は、つい、そんなことを思ってしまう。

「そういえば先週、ようやくバイクを買いましたわ。中古ですけれどいい子で！」

「な、何を買ったんですか？」

食いつき気味に訊ねる〈ツネマサ〉に、

「ホンダの400Xです、CBとどっちにしようか迷ったんですが、赤の発色が良かったのと良い出物だという話なので……本当は今日も乗ってこようかと思ってました」

「ホントに〈時雨〉さんはバイク好きになっちゃいましたよねえ」

「じ、自分も自衛隊時代はよく乗っておりました」

「あら、バイク部隊だったんですか？」

「いえ、派遣先では時間が余ることが多々ありまして、バイクの連中から借りてよくダートをやったりとかしておりました」

内心「よし！」と拳を握りしめつつ、ここから話を広げようとした〈ツネマサ〉の視界に、見知った顔がよぎった。

店の入り口から、店主らしいコック姿の男性に何度も頭を下げられつつ出てくる夫婦。

「た、達川《たつかわ》三尉！」

自衛隊時代に叩き込まれた条件反射は、〈ツネマサ〉に直立不動と敬礼の体勢を取らせた。

「やあ、〈ツネマサ〉じゃないか！」

振り向いた五〇過ぎの壮漢はそう言って微笑んだ。

数年前、中東某国に行ったときの最初の上官だ。

職種は施設科……いわゆる工兵である。

普通科にいた〈ツネマサ〉は彼の護衛ということで部下についた。

派遣されていた中東某国の地域において、それぐらい達川三尉は周辺住民に信頼された重要人物だった。

側《そば》で怪訝《けげん》そうにする四〇代の女性に「ほら、同じ苗字なんで〈ツネマサ〉と呼んでたほうだよ」と囁《ささや》くと、女性……達川の妻は、思い出したように頷いて笑みを浮かべた。

「思い出しましたわ、〈ツネマサ〉さんね？　うちで佃煮をふた瓶たべちゃった人！」

「いや憶《おぼ》えておいでしたか、汗顔の至りです」

一時帰国のさい、行くあてがないとコボしたら、この達川の家に連れて行かれた〈ツネマサ〉は、そこで達川手製の佃煮が余りにも美味《うま》くて、ふた瓶を空っぽにして苦笑交じりに達川に叱られたことがある。

「たしか陸士長さんになったのよね？」

「はい。三尉のご指導ご鞭撻《べんたつ》により帰国後、お情けで上げていただけました！」

「こら、お情けで、なんて言うんじゃない」

細面の達川三尉はそう言って苦笑しながら窘《たしな》めた。

「それに敬礼もいいよ。オレも三年前に退職したんだ、知っているだろう？」

「はい、でも上官は生涯上官であります」

〈ツネマサ〉は笑みを向けた。

「今はどうしてるんだ？」

「自分も二年前から地方人であります」

「そうか。だが身体はまだ鍛えているようだね」

「はい、それしか取り柄が無いものですから！」

「ここへは食事かね？」

「はい、友人たちと一緒であります」

「ならここはいい。オレのやってたころと同じで量も味も抜群だからな」

「あ、きょ、恐縮です」

慌ててコック帽の人物が頭を下げる。

「ここ、三尉のお店だったんですか？」

「ああ、だが色々あってな。こちらの人に任せることにしたんだ」

そういえば、駐屯地や派遣先でも、達川は当番でもないのに料理をしたがり、それがまた玄人はだしで美味いものだから、炊事班からは半ば当てにされ、自分たちだけで担当すると「マズイと叱られるから」と嫌がる程だったし、周辺の部族の長からも喜ばれ、これが一種の外交になっていたほどだった。

「三尉はこれからどうなされるんですか？」

「引退だよ、楽隠居さ」

そう言った達川三尉の顔はどこか痛々しい陰りがあり、〈ツネマサ〉は一目で嘘だと理解したが、それを口にはしなかった。

「そうですか」

頷くだけだ。

自衛隊員は、程度の差はあれ殆《ほとん》どの場合、職場への強い愛着と愛情を持っている。そこを定年前に去ってまで始めた場所を人に譲る……それも丸ごと委譲するには、どれだけの経緯があったのか、知る権利は自分にはない。

何よりも、人に訊《き》かれて困る過去に繋《つな》がった現在を、自分は持ってしまっている。

「引き留めて悪かったです」

「いや、最後に君に会えるのも何かの縁を感じる……嬉しかった」

「今どこに住んでいるんですか？」

「可手良町《かてらちょう》だよ。埼玉の」

「カテラ？」

珍しい音の名前だった。

「本来はかてよし、と呼んでたらしいがね。小さな町なんだ……なあ、〈ツネマサ〉」

「はい」

「俺は国を守るために、一度は人生を捧《ささ》げようと思ったが、あちこち行かされて、出世だ気遣いだとバタバタしているうちに、国なんて大きなものを守れる器じゃないと思うようになったんだ」

なぜ、不意にそんな話をしだしたのか、〈ツネマサ〉は聞き返さなかった。

達川の声と表情には、何か今、誰かにそっと告白したい男の辛《つら》さが表れていたからだ。

海外派遣先の夜、自分も、仲間たちも、ふと、そういう「照れくさい心情」を話したくなることがあって、それはなぜ今、という問いそのものに意味がない。

答えすら求めていない。

黙って話を聞いて、頷いて欲しい、それだけなのだと、〈ツネマサ〉は理解していた。

「俺は住んでる町を守るぐらいがちょうどいい、こいつとも離れずに済むしな……病気なんだ」

ふと目をやると達川の妻は微笑んだ。

確かに昔見た時よりもやつれた感じはあるが、それほどの大病だとは思えなかった。

いや、違う。

かなり化粧で誤魔化しているが、よく見れば病のやつれ方だった。幼い時に母を亡くした〈ツネマサ〉は、達川の妻の顔が、幼いときに死別した母親の、最後の時期のそれと重なって見えた。

「では、そろそろ行くよ。楽しんでいってくれ」

「はい」

「そうだ、町を守るぐらいが、俺にはちょうどよかったんだよ」

〈ツネマサ〉にではなく、自分に言い聞かせる声で、達川は言い、それが妙に〈ツネマサ〉の耳に残る。

(もう少し、話をすべきじゃないのか?)

とも思ったが、〈時雨〉たちにもしっかり頭をさげて、達川夫妻は店を後にした。

すぐにふたりは角を曲がり、一度も振り返らない。

達川の歩き方は妻に合わせているのか、かつての自衛官とは思えないほど老人のようにゆっくりとしていて、おぼつかなくさえあった。

それがさらに〈ツネマサ〉の心をざわつかせた。

〈トマ〉が痛々しい目になる。

「辛いですね、〈ツネマサ〉さん」

「……お前、判るのか？」

〈ツネマサ〉の問いに〈トマ〉は頷いた。

「お二人とも、長くないですよね」

「え？」

　達川のほうは普段と変わらないので、〈ツネマサ〉は驚いた。

「お二人から、ボルタレンと、オピオイド系の薬物の匂いが少ししました」

〈時雨〉も肯定する──彼女の鼻は驚くほどに鋭い。

　そして、どちらも強力な痛み止めだ。

「友だちが一昨年死んだ時、警察病院の病棟で嗅いだんです。同じ匂いでした」

「……………この店にお別れを言いに来たんですね、きっと」

　なんとなく、三人は二人が曲がった街角を眺めていたが、やがて恐縮した新しい店の店主に声をかけられ、店の中に入った。

☆

　達川元三尉は、妻と一緒に暫く歩き、近くの路地に隠しておいたキャリーケースを取り出した。

「いいお日和ね」

「ああ、こんな日が最後なのは、残念だけど——同時に、満足でもあるなあ」

「ええ」

妻の頷きに達川はじっとその顔を見つめて、

「ありがとう。こんなオレに付き合ってくれて」

「今回の事は私が言い出したんですよ？」

「違うよ、これまでの人生だ。二〇年も君の時間を奪ってしまった」

「二〇年もあなたにあげられたことが、私の幸せ」

そう言って唇を重ねる。

初々しい、学生の頃のように。

「さあ、いこうか……夫婦最後の冒険だな」

「ええ。大冒険ね、犯罪なんて」

罪悪感を吹っ切るように、明るく妻が笑った。

夫婦は道を曲がり、銀行の正面入り口へと向かった。

中に入ると、二階の為替部門に移動するための洒落た螺旋《らせん》階段が見え、左手にＡＴＭ、右には絵画が並んでいる。

奥が通常のロビーだ。この辺が昔の建物の中の銀行である。

銀行は平日の午後三時前ならではの、ノンビリした時間と終業時間に向けての喧噪《けんそう》の狭《はざ》間《ま》にあった。

一般窓口には緩やかに人が並び、待ち人数一ケタを示す表示が出て、融資関連は人待ち顔で職員は書類チェックで時間を潰している。

高度経済成長のど真ん中、昭和四〇年代初期に建てられただけあって、内装は豪華で、天井も高い。

壁には抽象的な半立体彫刻が設置されているのもあの時代ならでは、だ。

さすがにソファの類《たぐ》いは今のものに変わっているが、それもシックで落ち着いたものに統一されている……この銀行の他の支店とは明らかに内装のイメージが違っていた。

本店でもこれほどクラシックでゴージャスではない。

理由は銀行内のそこかしこにある。

警備員にも行員にも、ＱＧＨのシンボルを首から提げているものが多い。

あれだけの大スキャンダルとはいえ、テロを画策したわけではなく、現場検証などにより、教祖のほうが被害者であるという発表もあってか、この支店がＱＧＨの大金庫である事実は変わらない。

あくびをかみ殺している行員が何名かいるのもそのためだ。

この支店に預けられている数百億円とも言われる活動資金によって、この銀行内の職員の九割、顧客の七割はＱＧＨに関わりのある人間である。

下手に本店が手を出せない支店となっていた。

達川は、一般窓口の選択ボタンで「口座を開く、閉鎖する」を選択する。

ふたりはロビーで音を小さくして流しているテレビを見つめた。

環境ビデオが延々と流れ、間に銀行商品のＣＭが流れる退屈な画面だが、二人は手を握り合って楽しげに待ち時間を過ごす。

閉店時間が来て、シャッターが降りてくる。

螺旋階段の上もシャッターが降りていく音が響いた。

さらに十分ほど待たされて、呼び出し番号が表示された。

窓口にいく。

窓口の職員たちの胸にもＱＧＨのシンボルを着用している者が多い。

「あ、達川様、お久しぶりです。本日は何でしょうか？」

「すまないんだけど、取引じゃないんだ」

達川は上着の内側から銃を抜いた。

米軍の旧制式拳銃、ベレッタM９。

振り向くと、両手で銃をしっかり構え、引き金を引いた。

警備員の太腿に穴が開いて、がっしりした大柄な元ラガーマンの警備員は倒れた。

そしてあっけにとられた行員にまだ紫煙たなびく銃口を向けた。

「すまないが、カウンターの中の人たちは全員手を挙げてくれ。この銃は十五連発で、予備弾倉もあるんだ。君たち全員を射殺してもまだおつりが来る」

悲鳴は、ようやくその時に上がった。

「な、なんで……」

「そろそろ死ぬものでね、少し世の中を良くしようと思うんだよ」

達川の妻がキャリーケースを開けた。

中には透明な液体を満たした大きな食品保存袋がぎっしり詰めこまれている。

達川の妻が、カウンターにあるボールペンで食品保存袋を突き刺しては、片っ端から銀行内のあちこちに放り投げはじめた。

悲鳴がさらに上がる。

何がばらまかれているかは理解しなくても、この状況から不吉なことを想像するのは容易い。

当然カウンターの中にも飛びこむ。

床や机の上に落ちた食品保存袋はその衝撃で封が破れたり、ボールペンの先で開いた穴から中身を漏らした。

ケミカルな甘ったるさを伴ったナフサの強烈な匂いが充満していく。

「それに、私たちは町を守らなくちゃいけない」

☆

料理は確かに達川の言うとおり、量が多く、でも味付けは繊細だった。

ペスカトーレひと皿を頼んだだけで明らかに四人前が来た。

もっと意外だったのはぺろりと〈時雨〉が半分を平らげたことだが。

だが、和気藹々《あいあい》とはいかなかった。

どうにも引っかかる。

三人ともKUDANでくぐった修羅場の経験から何かを感じるセンサーのようなものが意識の中に生まれていて、それがずっと警報を鳴らしている。

「やっぱりあの銀行……」

〈トマ〉が言うと、〈ツネマサ〉は片手を上げてそれ以上を制した。

「俺が様子を見てくる。いざとなったら善良な一般市民として通報だ」

「そこいら辺が妥協点ですよね……」

「私もそう思います」

「じゃあ、支払い分、先に置いとく」

そういって〈ツネマサ〉が財布から千円札数枚を取り出す途中で、微《かす》かな銃声が聞こえて来た。

「9ミリ？」

「バックファイヤの音じゃないですよね、あれ」

思わず〈ツネマサ〉は駆け出していた。

「私たちも」

〈時雨〉が後を追って颯爽《さっそう》と走る。

「あ、えーと、全員分僕、払います？　いえ払いますから！」

わたわたと、〈トマ〉は自分の財布からクレジットカードを取り出した。

☆

〈ツネマサ〉が駆けつけた頃には、数名の客たちが悲鳴を上げながら、裏の非常口から出てくるところだった。

ひとりだけ奇妙な人物を〈ツネマサ〉は見かけた。

この暑い中、白地に青のラインが入った革のツナギを着け、真っ青なフルフェイスのヘルメットを被《かぶ》った女だ。

〈時雨〉よりも頭一つ高く、彼女ほどではないが、かなりいいプロポーションをしている。

十数名がわっと駆け出していく中、一人だけ、二〇メートルほど離れた場所、電柱の陰からスマホをかざして撮影している。

〈ツネマサ〉がそっちに声をかけようとした瞬間、

「ぎ、銀行強盗！　夫婦の銀行強盗よ！」

逃げてきた客の一人らしい老婆が、手近な頼りになりそうな男として〈ツネマサ〉にすがって叫んだ。

よほど混乱しているらしく、金縁の眼鏡が歪《ゆが》んだままだ。

「夫婦？」

嫌な予感が重なってきた。

警察のサイレン音が鳴り響く。

「まさか達川三尉！」

シャッターの降りたロビーから二階へ抜ける洒落た螺旋階段、その奥にシャッターと非常口があった。

「だめよ！　ガソリン撒《ま》いているの！」

振り払った老婆の声が〈ツネマサ〉の耳に届いた瞬間、建物の奥、分厚い非常扉が内側から膨れあがった。

爆発の轟音《ごうおん》と共に、古くて分厚い非常扉が飛んでくる。

反射的にしゃがんだ〈ツネマサ〉の眼前で非常扉は天井に跳ね返り、螺旋階段を突き破る。

「！」

砕けた螺旋階段の欠片《かけら》が、入り口に足をかけた〈ツネマサ〉の右脚、向こうずねを直撃する。

間違いなく、折れた。

無様に倒れる〈ツネマサ〉の身体の上ギリギリを炎の舌が過ぎ去っていく。

典型的な気化した燃焼促進剤に火がついた状態で起こる爆発燃焼だった。

「〈ツネマサ〉さん！」

〈時雨〉が〈ツネマサ〉の着ていたTシャツの襟首を摑《つか》んで引っ張った。

外見から想像も出来ないほどに鍛え上げた〈時雨〉の筋力で、みるみる〈ツネマサ〉を現場から遠ざけてくれる。

轟々と炎は音を立てて銀行の中に渦巻き、何もかもが紅蓮《ぐれん》の炎の彼方《かなた》でシルエットとなり、崩れていく。

「大丈夫ですか？」

息せき切って走ってきた〈トマ〉も肩を貸し、三人はなるべくビルから離れた。

一〇〇メートルほど離れて腰を下ろし、〈ツネマサ〉の背を電柱にもたれかけさせる。

「女探してくれ、白地に青のライダースーツ、青のヘルメット、あっちのほうで爆発前からスマホかざしてた」

激しい傷みが来る中、〈ツネマサ〉が記憶を頼りに指差す先に、女はまだいた。

「行きます。荷物と〈ツネマサ〉さんよろしく」

おろおろとしている〈トマ〉へ短く言い置いて〈時雨〉が走る。

青いヘルメットの女の足はかなり速い。

だが、ヘルメットを被り、本来は走るためではないライダーブーツを履いているため、相手の足は速度が落ちていて、辛うじて〈時雨〉が追いつくことが出来た。

有無を言わさずタックルした。

細い腰にしがみつき地面に押し倒す。

ヘルメットをしているから頭を打って死なせる心配はなかった。

相手のスマホが地面を転がる。

素早く〈時雨〉は相手の右腕を取ってそのまま抑えつけようとした。

青いヘルメットの女の手が、ライダースーツの胸元に入り、何かを取り出した。

紅《あか》い霧が見えた瞬間、〈時雨〉はきつく目を閉じ、手で顔を覆ったが、それでもいくらか吸い込んで激しく咳《せ》き込む。

護身用のペッパースプレーだ。

下手に目を開けるとまずい。

相手が逃げる方角を察したが、追いかけようとして転んだ。

咄嗟《とっさ》に地面を両手で叩き、顔面を打たないで済んだのは幼い頃から習っていた武道の賜物だ。

「〈時雨〉さん！」

〈トマ〉が追いついてきた。

「あの女はどっち？」

叫ぶように〈トマ〉に訊ねた瞬間、４５０ＣＣのエンジン音が響く。

ドンドン遠ざかっていく。

「バイクです！　埼玉方面へ！」

「ナンバー撮影して！」

「は、はいっ！」

〈トマ〉が慌ててスマホのシャッターを押す音が聞こえた。

「ペッパースプレーですか？」

「そう！」

〈トマ〉が近くの自販機からミネラルウォーターを買う音が聞こえる。

「〈時雨〉さん、顔上げて！」

言われるままに顔をあげると、冷たい氷のような水が顔に注がれた。

ペッパースプレーは水溶性だ。とにかく水で洗い流すしかない。

二本のミネラルウォーターで顔を洗いようやく〈時雨〉は目を開けることが出来た。

「ナンバーは撮れた？」

「それが……」

〈トマ〉が申し訳なさそうな顔でスマホの画面を見せた。

逃走用のバイクは奇《く》しくも〈時雨〉が買おうかどうか迷ったＣＢＲの４５０。

ナンバープレートはガムテープと紙で覆われていた。

「………」

〈時雨〉は深い溜息をついた。

「〈ツネマサ〉さんは？」

「救急車です、搬送先は後で教えて貰えると思います」

☆

スマホの中で、人々が逃げ出した後、爆発炎上する銀行の様子が映る。

「………」

深い溜息が、シャッターを閉めた食堂の中で響いた。

古い業務用クーラーの音が壁の向こうで響く。

よく掃除されているが、年季の入った食堂である。

花柄ビニールのテーブルクロスと、箸立ての古びたプラスティックの味わいがそれを物語る。

そこに「彼ら」は集まっていた。

「達川さん……」

誰かが食堂の椅子の上で呟《つぶや》いた。

次々と老若男女、はてはぎこちない日本語にいたるまで、様々な声が達川の名を呼んだ。

追悼の祈りの代わりのように。

「奥さん、大した人だったねえ……」

エプロンを着けた、八〇近い老婆が顎を杖の上に乗せるようにしてしみじみと言った

……ここの主である。

「優シイ人、ワタシ、大好キダッタ。旦那サンモイイヒトダッタ」

中東系の若者が頭《こうべ》を垂れ、彼の国の神の名を呟いた。

「次郎ちゃんに、瀬戸内の敦子さんに、達川さんたち……次は、私たちの番だねえ」

黒縁眼鏡にはげ上がった頭の老人が呟いた。

「お葬式は出せないが、手を合わせよう。次郎君の分も」

城谷はそう言って、持って来たブリキの箱の中から、四人分の免許証と、交通用ＩＣカードを取り出した。

それを、刃が何枚もついた、シュレッダーハサミで細かく刻み、ブリキの箱の中に納める。

これを後で近くの公園の木の根元に埋める……それが彼等の葬式代わり。

「達川さんたちはただ、この町に引っ越してきてくれただけだったのにねえ……」

「もう十年ぐらい前だったかねえ？　あれから自衛隊辞めて、レストランも上手くいってて、本来なら私たちを手伝う必要なんかないのに……」

すすり泣きが聞こえる。

裏口にしかないチャイムが鳴った。

食堂の主である老婆が、杖を突いて向かう。

重厚な黒塗りの自動車を背に、帽子にサングラス、夏なのに長袖ワンピース姿の女性がそこにいた。

サングラスを外し、帽子を脱いだ。

二〇代後半か、三〇代頭であろうか。酷く無表情で、それがまた実年齢を不明にさせていた。

美土里川《みどりかわ》玲於奈《れおな》。

二年前に死亡した経済界の重鎮、美土里川神前《しんぜん》の孫娘で、美土里川グループのＣＥＯである。

そして、この町――可手良町の人間にとって、不吉と試練の使者でもあった。

「動画、拝見いたしました」

硬い声。

老婆は何も言わず、中に女性を誘う。

緩やかに、足音を立てずに女性は食堂の中に入ってきた。

「美土里川のお嬢さん……」

数名が同じ名前を口にした。

表情は変わらない。

「次郎さんの御家族は?」

全員の視線が集中するのは、五〇代の夫婦だ。

「ありがとうございました」

そう言って、美女は持っていたハンドバッグから、分厚い箱のような大判封筒を取り出して、テーブルの上に置いた。

「一〇〇〇万あります。ご子息の命には代えがたいですが、どうか」

「……ありがとうございます」

「皆さん、本当にありがとうございます」

女は深々と頭を下げた。

「祖父と、皆さんが作ったこの町を、なんとか残すためにも……どうか」

そうして、城谷に向き直ると、女はもうひとつ分厚い大判の封筒を置いた。

「こちらも一〇〇〇万あります。次の準備をお願いします」

「判りました」

再び深々と頭を下げて、女は出て行った。

誰も見送りはしなかった。

彼女の祖父に、この町の住人は多大な恩がある。

だが、彼女がその祖父の死後持ち込んできたのは途轍《とてつ》もない厄介ごとの報《しら》せと、選択肢のない、その解決策だった。

「なあ、城谷さん。あんたはいいんだぜ？　これまでも町のためにさんざん尽くしてきたんだ。あんたと死んだ江井《えい》さんがいなければ、この町……俺たちはこうしてられなかったんだ」

「そうだよ、城谷さん。俺たちだけでやるよ。元々あんたに射撃の趣味を教えたのは俺たちなんだから」

八〇を幾つか超えた老人たちが口々に言うが、城谷は首を横に振った。

「いいんだ、もうね」

「でも〈狭霧《さぎり》〉ちゃんがいるだろ?」

「あいつにはこの金を渡す……あんたらの取り分が減るのはすまないが」

「そんなことはいいんだよ。なんなら俺の分、全額あんたにくれてやってもいい」

「俺もだ」

「私もだ」

「でも、この次の標的は、私にとっても仇《かたき》なんだよ」

城谷は微笑んだ。

「頼むよ、みんな。仲間はずれにしないでくれ」

そう言われると老人たちは黙り込んだ。

この町は、今危機にある。

それをなんとかするためには、書類とそれを押し通す権力者の後ろ盾が必要で、それを得る為にはどうしても殺人まで含めた非合法な行為が必要なのだ。

同時に、それは一切注意を引かない必要がある。

老い先短いもの、不治の病にかかった人が行うと決めたのは三ヵ月前だ。

その時、真っ先に手を挙げたのが達川の妻で、田中次郎はその次だった。

達川の妻は肺ガンを患い、田中次郎は膵臓ガンを患っていた。

どちらも酒も煙草も縁遠く、達川夫妻に至っては夫婦揃って健康に留意する人たちでオーガニック素材を扱うほどだったのだが。

「モナークや愛川《あいかわ》さんたちも今夜、危ない橋を渡るんだろう？　なら私も渡りたいんだよ。もう何もないんだからね」

そう言って城谷が微笑むと、誰も、何も言わずに俯《うつむ》いた。

☆

保守最大派閥の会合が都内の某ホテルで行われ、終わった。

前首相の政権下で弱体化した……と言うより悪化した中国との交流の再検討のため、十年間停止していた勉強会の復活を問う話し合いで、満場一致でそのゴーサインが下りた。

税制の改革や、軍事費の見直しなどの話し合いも行われたが、日本がこれから先、英国よろしく下り坂になることで納得してしまった上層部と、それに従う若手議員たちの間で軋轢《あつれき》がおこることもなく、会議は比較的速やかに終了した。

会議場を出ると美土里川烈夫《みどりかわれつお》議員は早速スマホを取り出して機内モードを解除した。

八年前、美土里川グループの、甘いマスクの御曹司が、十年前急死した父親の地盤を継いでの立候補ということで、それまで「番頭」として地盤を預かってきた元秘書の鮮やかすぎる政界引退に関する黒い噂もあったが、その後、所属した先の国内最大の派閥の地位が揺るがないことが彼に有利に働いた。それまで若手のホープと言われていた御津崎議員がSNSがらみのスキャンダルで失脚、更迭されたことも大きい。

なんとか二期目に入ったばかりの若手議員としては、二年前、大きな後ろ盾だった祖父を亡くしたこともあり、情報に乗って刻一刻と変わる状勢に対応せねばならない。

メッセージやメールをチェックする。

と、普段は隠しアイコンになっているアプリが点滅して現れた。

アプリショップにはなく、USBメモリを接続することで直接流しこまれる特異なものだ。

送れるのは文字と二〇秒ほどの動画だけだが、内容は暗号化され、今のところ解読できない。

烈夫が作らせたわけでも、探してきたものでもない。

（玲於奈か）

妹は、烈夫にとって憂鬱《ゆううつ》の種だった。

兄より優秀な妹で、驚く程頭が切れ、度胸がある。

ＩＴ関係にも詳しく、このアプリを探してきて、烈夫のスマホに仕込んだのも彼女だ。

十年前に心筋梗塞で外遊先のホテルで急死した父親も、哀しみの余り後追い自殺をした母親も、玲於奈が美土里川グループのＣＥＯとなり、烈夫は議員としてその便宜を図る構図を未来のものとして望んでいた。

そして、二年前に死んだ祖父も。

ふさぎ込む気持ちを抑えながらアイコンをタップする。

妹、玲於奈からのメッセージは動画だった。

例のＱＧＨのメインバンクが爆発炎上している。

ニュース速報をチェックする。

一時間前の事件は大騒ぎになって報道されていた。

烈夫は歩きながらすぐに動画を消去する。

昨日までは駅前で刺殺された御津崎孝治に関するコメントを取るためのカメラマンと記者たちが山ほど待ち受けていたホテルの入り口は閑散としていた。

恐らく全員、銀行の方へ行ったのだろう。火事は未《いま》だに続いているという。

恐らく建物全体が崩れるほどの火勢になるだろうと烈夫は理解していた。

燃焼剤に使っているのはナフサが主成分のホワイトガソリンだ。

充分に揮発させてから点火すれば、通常のガソリンよりも高温かつ長く燃えさかる。

燃えるものは全て燃え、そうでないものは溶け、あるいはあらゆるDNAや証拠が残らないようになる。

書類も、パソコンのハードディスク、USBメモリなども。

アメリカでプロの犯罪者が使用した車などを処分するのによく使われるのもそのためだ。

烈夫はパスワードで再びアプリを起動し、メッセンジャーに返信を書き込む。

〈あの町に関わる戸籍持ちだがいいのか?〉

玲於奈からの返事は簡潔だった。

〈それぐらいは必要。警察も見えてこないものは必死に見ようとするが、一瞬見えたものは気にしない〉

何か言い返すべきか考えているうちに秘書が車を回してきた。

中に乗り込む。

タイミングを計ったように着信が来た。

メッセンジャーを終了させ電話を受ける。

『美土里川議員《センセイ》、おひさ』

烈夫の口元が一瞬への字に歪む。

気の重いところへ持って来て、さらに今一番口を利きたくない相手だった。

相手を確認すれば良かったが、受けてしまったものは仕方がない。

「やあ、曲背さん」

『あのさー、うちの商売の件だけど。ケーサツどーにかしてくれねー？　なんかさ。二課？　っていうのかね？　そこの連中がうちの会社の周り漁《あさ》り始めてるんだよね。知り合いのヤーさんが教えてくれなかったら俺、知らなかったよ。美土里川センセのお力でどーにかしてくんねえ？』

警察に嗅ぎ回られるようなことをしなければいいのだ、という意見が通じる相手ではない。

今から十年前、まだ美土里川グループの社員だった烈夫が池袋でうっかりチーマーに絡まれたときに助けてくれたのが、最初の出会いだった。

後に色々——特に、妹にばかり期待が寄せられることに反発して——愚かなことをしでかした尻ぬぐいをしてくれたが、同時に、自分と利害が衝突する相手に躊躇《ちゅうちょ》なく持っていた金属バットを振るう姿を見ている。

曲背が二〇年前、まだ十代の頃にパチンコ屋に出入りし、前日十万円をスった、という理由で何の関係もない親子連れを撲殺するような人間だと知ったのは、二ヵ月ほどあとのこと。

曲背が「お助け料」を求めてしばしば美土里川の邸《やしき》に現れるようになってからだ。まず、彼等に借りを作ったこと、さらに要求に応じて、何度か金を支払ってしまったことが、八年前、議員初当選のころから烈夫にとって「致命傷予備軍」になっている。

二年前までは祖父の威光もあって、まだその要求を呑んだり、別の要求に置き換えたりが出来たが、今は下手な頼み事は政界でも財界でも用心せねばならぬ身だ。

先週までなら、迷いつつ何とか言い訳をして、逃れようと考えたが、今日はそんなことは考えなかった。

妹の玲於奈は憂鬱の種だが、同時に必ず最後は自分を守ってくれる存在だ。

その計画がもう、動き出している。

「……難しいですね」

とりあえず、相手に気を持たせ、怒る寸前に、

「でもやってみましょう。あなたには娑婆にいて貰わないと困りますから」

『おー、清濁併せ飲む大物だねえ』

「でも、しばらくはこれっきりにして下さい。御津崎さんがあんな死に方をして、昔のラ

イバルだった、ということで私は注目されてますから」

『わーってる、わーってるって』

へへへ、と軽薄な声がした。

「来週までには何とかしましょう」

『ありがとよぅ、センセイ』

電話はブツリと切れた。

☆

翌日。

「……まあ、臑《すね》の単純骨折で良かったよ。下手すりゃ粉砕だと思ってたから」

病院のベッドの上で〈ツネマサ〉は溜息をついた。

右脚の膝から下はギプスで固められている。

「一歩間違ってたら炎に巻かれてあの世行きだ」

「ニュースじゃ客と銀行員合わせて三〇人が犠牲になったって言ってますね」

見舞いのコンビニスイーツの入ったビニール袋をベッドの脇のテーブルに置きながら
〈トマ〉。

「しかも全員QGHの関係者だって話です。無関係な客と行員は外に出して、その関係者三〇人と一緒に、ばらまいて充分気化した燃焼促進剤に点火して、って話です」

「達川さんがなんでまた……」

「これもニュースの話ですけれど、去年、QGHの信者だった親戚の親子三人が失踪した事件に絡んでるんじゃないか、って」

「……おかしい」

「ええ。私もそう思います」

〈トマ〉と一緒に見舞いに来た〈時雨〉も頷いた。

「あのご夫婦、確かに病で先が長くないとは思いましたけど、どちらもとても幸せそうで、張り切った感じもしました。復讐の陰惨さはなかったと思います」

自分自身が父親の復讐で十八人の半グレたちの命を奪って死刑囚になった経験があるだけに、〈時雨〉の言葉には説得力がある。

「俺もだ。どうにも腑《ふ》に落ちない」

特に最後に会ったとき、達川がくり返した、
町を守るぐらいが、俺にはちょうどよかったんだよ

という言葉と、あの銀行の放火がどうしても結びつかない。

「僕はおふたりほど勘は良くないですけれど、なんかこう――嫌な感じがします」

「だよなあ」

三人は暫く沈黙した。

その先、三人とも言いたい言葉がある。

だが、それを言ってしまっていいものか。

「――〈トマ〉、あの人の連絡先は知ってるんだろう？」

「〈ボス〉に関しては全然ダメです、でも……〈ケイ〉さんなら」

「本当か？」

「でも……いまも使えるかどうかは判りません」

かつて〈トマ〉は警視庁のサイバー犯罪課に雇われていて、〈ケイ〉こと比村香とはそこで知り合っている。

〈トマ〉の言う連絡先は、その頃のメールアドレスだ。

「やってみろ。もしも今回の事が以前みたいにダークウェブに絡む話で、ＩＮＣＯ《インコ》が元なら……」

「私たちがカタを付ける必要がありますものね」

〈ツネマサ〉の意見に〈時雨〉が同意する。

インターネットの最深部に存在する犯罪者専用のウェブサービス「ダークウェブ」が人々の口の端に上るようになって久しい。

そこではあらゆるものが取引されている。武器、麻薬、人間、情報……そして、犯罪そのものも。

INCOとは犯罪のプロデューサーであり、同時に実況者でもある。

「即興芝居の管理者《インプロビゼーションコミッショナー》」の略称だとされる彼らの名前は、裏社会において巨万の富を生み出す。

同時に悲劇も。

半年前、〈ツネマサ〉たちはKUDANとしてその計画の阻止に関わった。

結局その犯罪を計画したINCOは小ずるい小鳥のように逃げおおせて、今もダークウェブの何処《どこ》かで次の歌を歌おうとしていることは間違いない。

今回の事件がその始まりではないか——先ほど、三人が言いたいが言えなかったことというのはこれであった。

情報収集だけなら〈トマ〉のハッカーとしての能力と、〈ツネマサ〉たちだけでも何とかなるかも知れない。

だが、収集された情報を俯瞰《ふかん》出来るだけの見識を持って、推理や推測にまとめ上げ、裏だけでなく表社会にも通じる判断を下しつつ、武器弾薬の調達が出来る人間はＫＵＤＡＮの〈ボス〉こと、橋本泉南《せんなん》しかいない。

少なくとも〈ツネマサ〉たち三人には、彼だけだ。

「じゃあ……やってみますね」

〈トマ〉は緊張の面持ちでスマホを取りだし、メールを作成する。

「文面、どうします？」

「ありのまま書け。俺たちがあの事件の現場に居合わせたこと、加害者夫婦がどう見ても報道通りの動機を持っているとは思えなかったこと、ひょっとしたらＩＮＣＯがらみかもしれない、と」

あと、そうだな、と〈ツネマサ〉は付け加えた。

『町を守るぐらいがちょうどいい』といった人がなんでその直後に銀行員を道連れに焼身自殺したのかが引っかかると」

「はい」

カチカチとフリック操作で〈トマ〉が文面を打ち込む間、少し〈時雨〉が考えて、口を開いた。

「〈トマ〉君、最後に付け加えて」

「あ、はい」

「以上全てのことから、私たちをもう一度選んで欲しい、と」

☆

同時刻。御徒町《おかちまち》駅付近の駐車場。

『そうまでして御津崎元議員殺害事件の捜査資料が見たいと?』

「自分に捜査させろというんじゃないんですが、何かあるように思えるんです」

橋本は車内から栗原《くりはら》に電話をかけていた。

『何か、とは?』

「この前、そちらが見せてくれたアメリカさんの資料ですよ。あの中にあった言葉を、犯人《ク》が口《ロ》にしたのを聞いたもんで」

『ふむ……』

「私の『臆病《かんがえすぎ》』だとは思うんですが。ダークウェブとＩＮＣＯが絡んでいるんじゃないか、という妄想がどうにも」

『なら、条件があります。万が一、あなたの直感が正しかったことを考えて、最初のメンバーを揃えること。これなら全ての資料をそちらに送りましょう』

「……判りました。でも何故？」

『君は頑固ですからね。それに教条主義者のところもある。こういう状況じゃない限り最初に決めた『メンバーは一つの事件ごとに雇い止め』という条件を変更しないでしょう？』

「お見通しですか」

『そういう人間でなければ、事前捜査などというくらでも拡大解釈出来ることの、最も危ない部分を任せたりはしません』

「誉《ほ》めていただいてるんですか、今の？」

『受け取りかたはそれぞれですね……それでは』

栗原は笑って電話を切った。

香からのメッセージはその直後に来た。

☆

翌日は急な雨になった。

有野の墓の前に、香に連れられて〈トマ〉と〈時雨〉がやってきた。

「〈ツネマサ〉は本当に入院してるのか？」

「ですからこっちで参加します」

〈トマ〉がそう言ってスマホをかざすと、Ｓｋｙｐｅで繋がった画面で、病室の〈ツネマサ〉が映った。

耳にはイヤホンを塡《は》めている。

「香からメッセージを見せて貰った。あの中で、加害者の夫婦が『町を守る』と言ったというのは本当か？」

『間違いないです。達川三尉の最後の言葉ですから』

〈ツネマサ〉が断言した。

「どうでしょう、僕らの考えは間違ってますか？」

〈トマ〉が真剣な表情で訊いた。

〈時雨〉と手を握り合っているところを見ると、未だに男女の関係は続いているのだろう。

「判った。俺はルールを変えることにする」

橋本は頷いた。

おかしなことに、これから修羅場に舞い戻るということが確定したのに、〈トマ〉も

〈時雨〉も〈ツネマサ〉も表情がぱあっと明るくなった。
香まで苦笑している。
自分も薄く笑みを浮かべているのに、橋本は気付いた。
ちらりと有野の墓を見る。
なんとなく、そこで有野も笑っている気がした。

第二章　追憶

☆

平成が始まる少し前のある日の午後。

「どういうことなのかね」

まだ四〇代半ばだった城谷《しろたに》は狼狽《うろた》えた表情を浮かべていた。

改装工事の終わったばかりの家の仏間で、女が頭を下げていた。

「戸籍がないんです、私」

頭を下げているのは、息子の嫁になるはずの女性だった。

「母が、前の父と離婚してすぐに産まれたのが私で、父は書類に印鑑を押して欲しいなら復縁しろと母に……それで、それで……今の父も頑張ってくれたんですけれど、どうしても……」

「父さん、俺はこの人と結婚したい」

城谷の息子の大介《だいすけ》はそう言って真っ直ぐ城谷と、そして小学校の時からの城谷の親友で、この可手良町《かてらちょう》で小さな印刷会社の社長を営んでいる江井孝夫《えいたかお》に頭を下げた。

「江井のおじさん、おじさんが昔やってた『戸籍屋』、もういっぺんやってくれないか。この人のために」

真っ白な五分刈り頭、しゃくれた顎の江井はすでに当時五〇歳を超えている。

工場にいる時以外はいつも和服で、この日も濃紺の着物に海老茶の帯という出《い》で立ちだった。

「……なあ、俺はそういう仕事は辞めたんだよ。まっとうな本業の印刷屋一本だ。大介ちゃん、あんたも知ってるだろ？」

「だけど、こんなこと頼めるのは江井のおじさんだけなんだよ！」

江井は大介を真っ直ぐに見、大介も江井を真っ直ぐに見た。

「ここに、俺と彼女の全財産がある」

大介は、背広の懐から取りだした、厚い札束の入った、箱のような封筒を自分の前に置いて、真っ直ぐ江井を見返した。

「八五〇万。これでこの人の戸籍を作ってやって欲しいんだ」

江井は答えず、じっと大介を見つめ、大介もまた見つめ返す。

「江井さん、私からもお願いします」

どうやら全てを心得ていたらしい城谷の妻の八重《やえ》が、そう言って頭を下げた。

長い沈黙が仏間に落ちた。

沈黙を破ったのは江井だった。

「俺はね、大介ちゃん。もう金ずくで仕事はしないんだよ」

怒るでなく、諭《さと》すでなく、むしろ愚痴をこぼしているような口調だった。

「うちの若いのが同人誌…………っていうのかい？　マンガ好きな人たちが描いてる奴、あんだろ？　あれの仕事を取ってきてさ……それがまた面白いぐらいに儲かる。素人だけどこっちの話も真面目に聞いてくれるし、打てば響く感じで仕事が進んでな。俺が死ぬまではこれでうちの会社は食ってける、そう思ってる」

「…………でも！」

食い下がろうとする大介に江井は掌《てのひら》を向けて「抑えて」という動きをした。

長い沈黙。

「……判《わか》ったよ。戸籍屋稼業に鍵かけて五年、上手《うま》くいくかどうかは判らねえがやってみよう」

「ありがとうございます」

大介は頭を下げた。

「……でな、お姉さん……お姉さんでいいよな？」

「はい」

大介の妻になる女は初めて顔をあげた。

美人だが苦労を重ねてきたのだろう、と城谷は初めて息子から引き合わされたときに感じたが、その苦労がまさかこういう形のものだとは思わなかった。

「あんた、他にも無戸籍の知り合いはいるかい？　そうじゃなきゃ、夜逃げとかして新しく戸籍が欲しい奴」

一瞬、女は言葉に詰まった。心当たりがあるが、言っていいものか悪いものかと考えているのだ。

「どういうことだね、江井さん？」

「書類ってのは、一枚二枚偽造したものが紛れ込んで見つかると騒ぎになるが、まとめて見つかると偽物じゃなくてミスだと思い込む『こともある』のがお役所だ」

江井は懐手で目を閉じて続けた。

「どうせなら一〇〇人ぐらいやっちまったほうがいい。町丸ごと一個ぐらいにしときゃあ、お役人はまさかこれだけの分量が、全部偽造書類とは思わねえだろう」

「そう思わなかったら？」

城谷は勢い込んで訊《たず》ねた。

電子化はまだ完全とはいかず、可手良町を含めた埼玉県のこのあたりの市役所では、昭和の気楽さがまだ役所にも残っていた時代である。

現在と違って可能性はあったが、同時にそれは生真面目な役所の職員が一人いれば覆される。

危険な賭けと言えた。

「思うようにする。昔の伝手《つて》があるんだ……美土里川のお殿様さ。あと、役場に強い書類屋を知ってる……まあ、面倒くさいオバハンだが」

「江井さん、でもそれはおっかない筋の話だろう？」

会社員で勤め上げている城谷と違って江井は実家である印刷会社を持たせるためにバブル時代にも色々と危ない橋を渡った。

その一つが「戸籍屋」と言われる戸籍の売り買いをする仕事だったが、大抵のことは酒の肴《さかな》か、バカ話にしてしまう江井が、唯一ニュースで取り上げられたというようなことでも「あの人のことはちょっと」と言葉を濁し、「出来れば二度と近づきたくない」という相手。

美土里川の殿様こと、美土里川グループの会長、美土里川神前《みどりかわしんぜん》とはそういう人物であった。

当時、美土里川神前は地域社会において政治経済だけでなく、裏社会にまで十全な顔を利かせる「黒幕《フィクサー》」の一人だったのである。

「あのお殿様、変に人情に厚いところがあってな。そこをうまく突いたら、協力してくれるかも知れない。だから人数が必要なんだ」

「でもそんなに無戸籍の人なんか……」

城谷の考えは、杞憂《きゆう》に終わった。

僅《わず》か数ヵ月で、大介の妻になる女性からのクチコミで広がった話を聞きつけた人々が江井の元に集まり、その数は一五〇人。さらにそこへ借金に追われて夜逃げした家族、不法滞在してしまう形になった外国人たちも加わって三〇〇人あまりになった。

当時まだ、無戸籍の人間に対する世間の認識は低く、城谷もまたその世間の一人だったのである。

☆

KUDANの根城は〈トマ〉たちの知らぬ間に最初の御徒町に戻っていた。

「てっきりここは引き払ったものだとばかり……」

「なんだかんだで本部だ。そうそうには動かせないもんだよ」

施錠されている扉を、新しい暗証番号で開けながら、橋本《はしもと》は言い訳のようにそう説明する自分に、奇妙なおかしさを感じた。

「そういえば僕のPCはどうなりました？」

「接続してるとお前が何もかもハッキングしそうだと思ったんで全部の回線外して電源を抜いて、そのまま置いてある」

「あの、触ってもいいですか？」

「お前のPCだ、お前が使うのは当たり前だろう」

橋本が言うと〈トマ〉は嬉しそうに事務所の奥へ行き、配線を始める。

「あれから半年以上の間、IT関係の処理はどうしてたんですか？」

奥から〈トマ〉が問うと、

「そこは私がやってたの」

と〈ケイ〉こと香《かおり》が答える。

「こっそり仕事場の連中に『臨時業務』ってことで残業させたりしてね……あなたたちの代わりは、なかなか見つからなくて」

「あれから何回ぐらい仕事を？」

「四、五回だ」

「その人たちは？」

「七割は前金だけで後金を受け取る前に死んだ。残りは国外にいる」

事実だけを淡々と橋本は告げた。

すこし、〈トマ〉と〈時雨《しぐれ》〉の顔が誇らしげになったのは何故だろうか。

「私の武器は？」

〈時雨〉が少し心配そうに言う。

「弓矢と刀はそのままだ。あと拳銃もな。あれだけ派手だと誰も使いたがらない」

「それは嬉しいです……見てきていいですか？」

「ああ」

頷《うなず》くと〈時雨〉も奥にある武器ロッカーへ向かう。

「ああ、まだあった！　本当に誰も使ってないんですね！」

「あとAKの数が増えた。弾薬もかなり豊富になった」

と、彼らの背中に呼びかけ、橋本は苦笑を浮かべた。

「まるで久々に里帰りした子供だな」

☆

「……つまり、アメリカの事前捜査プログラムが『町を守る』を大きな犯罪のキーワードだと予測した、ってことですね」

自分のPCを久々に起動させ、チェックを終えてご機嫌の〈トマ〉へ、「偶然目にした」ことにして、栗原から見せてもらった資料の話をすると、彼は笑わずに頷いた。

『そんなもんでわかるのか？』

〈ツネマサ〉が、テーブルの上に置かれた〈トマ〉のスマホの画面の向こう側で首を捻《ひね》る
……足の骨折は、二週間で退院出来る、という話だったが、三日経《た》った経緯を医者が診て、どうやらだいぶ早まりそうだという。

「僕らも何かを計画するときに言葉をルーチンさせるじゃないですか。例えば場所とか、時間とか、それだけじゃなく『例の話』とか『あの計画』とか『こんどの夏のことだけど』とか……多分、その〈ボス〉が見た資料の話ってのはそれにクロス検索をかけるよう

にして、要注意人物をあぶり出すためのプログラムの中間報告みたいなもんでしょうね」

「じゃあ、そのうちメールや通話の音声から犯罪が未然に防げるようになる、ってことか？」

「計画犯罪だけ、だと思いますけれども……まあ実際には未然に、じゃなくて起こったら即、というレベルだと思います。大抵は」

「管理社会ってこういうことか……」

〈ツネマサ〉が溜息をつくが、〈時雨《しぐれ》〉は、

「それならあとは量刑だけ充分にやってくれればいいじゃないですか」

と能天気な答えを出していた。

この辺は犯罪被害者であり、その後の修羅場の大きさが一人だけ突出している彼女らしい。

「で、もう一回その表という奴を借りてきた」

橋本が香から受け取った封筒を取り出す。

出所が分からない様にところどころ墨で潰されたコピー資料である。

ペラで五枚ほど。

受け取った〈トマ〉と〈時雨〉がページをめくる。

「……えーと『殺す』『計画』『埋める』に『やってこい』『取ってこい』――はストレート系ですね。『カラテ』『カテラ』『エビール』『エランス』は多分、仲間内だけの用語なんでしょうね――『弑《しい》す』『メギヘン』『コロコロ』これはネットスラング――たしかに、『この町を守る』ってのは、なんか、この中でも異質ですね。だとすると絞り込めてないわけで。アメリカ側もだいぶ数打ちゃ当たる、の段階なんだろうなあ」

「いつも思うんですけれど、どうしてこうウェブの人たちの言葉って言語感覚が独特すぎるんでしょう？」

〈トマ〉の感慨に対して、〈時雨〉。

「子供の悪ふざけが基本のセンスですから」

〈トマ〉は肩をすくめた。

「プロの犯罪者ならもっと用心した言葉を選びますよ」

「出来ればアメリカさんにこの単語をどうしてピックアップしたのか聞き返したいが、何しろあちらも機密のベールの向こう側で仕事してる」

「聞き出せないですよね、多分」

「そうだ――で、我々は可能性をまず一つずつ潰す必要がある。どんなに不条理でも、そうして残ったことが事実だ。真実はどうでもいい。視点で変わるもんだからな。事実だけを残していく」

「はい」

「まず、元議員刺殺の件」

「田中次郎《たなかじろう》に関しては相変わらず裏が取れません。職場でも本当に目立たない人物だったみたいで誰もが『いい人だった』『気配が薄い』以外は何も判らない状態です」

「本当にクレジットカードやスマホの履歴もないのか」

「ええ、ウェブに関しても全然痕跡がありません」

「その人、本当に二〇代なんですか？」

〈トマ〉が信じられないものを見る目つきで言う。

「まあ、インターネットやウェブはあっても無くても、別に関係ないですもの。私も刑務所の中で無縁でしたけど、苦しかったのは最初の二週間ぐらいで」

「〈時雨〉さんはちょっと特殊だと思います。ええ」

「顔認証の件はどうだった？」

放っておくと痴話喧嘩が始まりそうなので、橋本は少々声のトーンをあげ、〈トマ〉は我に返った。

「結局、勤め先のコンビニ近くから電車に乗ってきているのは間違いないですけれど、それ以前、職場にどうやって来ていたのかは不明です。徒歩か、自転車か……とりあえず電車のほうで当たってますが、街角の防犯カメラや駅の監視カメラの映像を洗い出すのは結局人力ですから。聞き込みもしてるんですけれど、なかなか思い込みの情報と、事実のより分けが難しいみたいですね」

あれから香の持って来た捜査員用の資料も、あまりページ数は増えていない。

「あれだけセンセーショナルに扱われた事件だ、『彼を見た』と思い込む人間は続出するだろうな」

「大雑把に言えば埼玉方面へ去って行くのを何人かが目撃しているのは確かです」

「ザックリしてるなあ」

「詰まるところ情報が不足しすぎというワケか……次、銀行炎上の件」

「こちらは証拠が全部燃えてます。大金庫の中にあった書類、紙幣、貴金属、全部です」

「貸金庫もやってたのか？」

「ええ。主な顧客はやっぱりＱＧＨの関係者と教祖様ですけれど」

「どれくらいの被害総額なんだ？」

「建物自体を除けばせいぜいが十億ぐらいでしょう」

「随分少ないんですね」

〈時雨〉が意外そうに言う。

「QGHはあそこの銀行に、一〇〇億ぐらい預けているんではありませんでしたっけ?」

「銀行に今時大金はそうそう保管されてません。まして平日の昼間です。あのふたりはQGHの信者を罰したかったのかも知れませんね」

〈トマ〉の言葉も一理あったが、橋本には少々納得出来ない点がある。

「幹部連中を狙わなかったのはともかく、支店長がいなかった、というのが気に掛かる。達川《たつかわ》夫婦は両方とも、あの辺に店を構えていた頃は、よくあの銀行を使ってて、資金融資などもそこから受けてた」

「ええ。支店自体の金融プールがあるし、半分独立したところだから、融資に関してはかなり鷹揚《おうよう》だったようです」

『一番判らないのは燃焼促進剤の種類です。灯油のほうが簡単に入手できるのに、なんでナフサなんか使ったんだろうって』

『ナフサの含有量が多いホワイトガソリンは日本じゃ機械清掃用がメインだから、そんなに大量に売ってない。大量に買えば目立つし、QGHに打撃を与えるなら絶対支店長を狙うと思う』

「よく知ってるな」

『陸自時代、機械整備もやらされたんで、整備関係からよくその手の愚痴を聞かされました』

「で、支店長は？」

「ショックを受けて今朝退職したそうです。ＱＧＨで彼の入ってた派閥は彼の銀行をアテにしてましたから、元支店長には辛《つら》い道が待っているでしょうね」

香が顔色も変えずに告げた。

「まあ、かれらは〈法難〉としてますます結束を固めるかも知れませんが、難局を乗り切るには人材が不足してますからね。それに自衛と称して過激な行動にでる者もでるでしょうから、むしろ逮捕して組織を縮小させるにはいい機会です」

「……ではどうしてふたつの現場で『町を守る』という単語がでたのか」

「偶然、と考えるのが自然でしょうけど。なんか引っかかりますよね」

〈トマ〉が首を傾《かし》げる。

「この表に載ってなかったら、俺も不審には思わなかっただろうな」

「それこそが偶然、という可能性もあるのではありませんか？」

「〈時雨〉の言うことももっともなんだが、偶然は三つも重ならない、これが原則だ……

特に同じ犯罪というジャンルの中ではな」

「警視庁に情報を流したほうがよいのではありませんか？」

「なんで知ったか、という問題が出てくる……俺たちの存在もこの資料も、表の警察に明かしたくない」

「つまり、私たちで全部解決しなければならない、ということですのね」

にっこりと〈時雨〉は微笑《ほほえ》んだ。楽しくて仕方がない、という風情である。

☆

平成が始まって五年も経たぬ頃。

滅多に足を踏み入れたことのない、都内の某高級ホテルの最上階スイートに城谷たちは通された。

私生活では、ほとんど和服以外袖を通さない江井が、丸一日日干ししてナフタレン臭さを抜いた背広をかっちり着こなし、少々青ざめている。

城谷は会社の公式パーティなどでしか着ない高級背広——といっても彼の給料二ヵ月分のものをローンで買った、という代物だが——を着こなしている。

何重ものチェックを受け、部屋に通されると、そこには誰かが飲んだコーヒーを片付けて去って行くホテルの従業員の姿が見えた。

「十分間だけだ」

ソファに座ったその人物は、経済ニュースで見るとき以上に圧倒的な威圧感のある雰囲気と声で、そう告げた。

「江井君の顔を立てて、話を訊《き》こう」

かつて、会社の業務でアメリカ国務省代表と話をしたときとは比べものにならない緊張感が、城谷の背中にのしかかり、ちらりと見た江井の顔はそれ以上に青ざめていた。

「判りました」

城谷は腹を決めて、美土里川神前の前に腰を下ろした。

「誰が座れと言ったか」

江井はびくっとして、同じ様に座ろうとした姿勢のまま凍り付いたが、

「座らないと腹をくくれません。あなたを見下ろす位置であなたの目を見れば、失礼になります。もっと下へというのであれば、椅子を降りて地面に座りますが」

「ふん」

冷たく言いはしたが、神前の目に一瞬和やかな光が差すのを、城谷は見逃さなかった。

どうやらこの経済界の大物の小手調べに合格したらしい。

これは、いけるかもしれない。

確信が胸に灯《とも》った。

まだ四〇代で、当時の城谷の胸には、情熱の炎の欠片《かけら》があった。

☆

気がつくと夕方だった。

七〇歳になった城谷は溜息をついて、手の中にある散弾銃をもう一度古くなったTシャツを切って作ったウェスで拭いて余分のガンオイルを取り去り、ガンロッカーの中にしまい込んだ。

狩猟趣味は二〇代の頃に始めた。城谷の世代は昭和三〇年代の熱狂的なガンブームの直中《ただなか》で少年時代を過ごしたお陰もあってか、こういう趣味に憧れがあった。

大学を出、オイルショックを経験したものの「働けば豊かになる」という約束事は揺るがず、こういう趣味を維持し続けられた。

妻も狩猟趣味を通じて出会った。

変わった女性で、狩猟免許を取って空気銃片手に山に入るようなところがあった。

山小屋で出会ったとき、すでに城谷は散弾銃の免許に進んでいたが、そこから西部劇の話で盛り上がり、そのまま付き合うようになったから、狩猟に対する理解は深かった。

息子が結婚する時に、孫の件で辞めるように言われるかと思ったが、嫁はむしろ城谷が狩猟で山谷を駆け巡り、時折持ち込んでくる本物の猪や山鳥の肉を喜んだ。

「これまで無戸籍でしたから、遠くへ行くのが怖くて、山谷を走る猪や鳥の肉ってテレビでしか見たことがなくって、憧れだったんです」

その言葉が痛切に城谷の胸に響いた。

まだジビエなどという気取った言葉がない時代だったが、孫娘も不思議にそういう肉を「他のお肉と味が違う！」と喜んでくれた。

いささか神経質と猟師仲間に笑われながらも、徹底して寄生虫を警戒し、手を洗い、肉の処理に気を遣ったせいもあるのだろう。

妻を失った時に猟銃と免許を返納しようと思った時期もあったが、今は一人、食べてくれる者がいる。

城谷は台所へ向かった。

台所は広く、猪肉が丸ごと入るようにと、業務用冷蔵庫が備え付けてある。

今年の四月、病院の検査前に行った時仕留めた猪肉がまだ中にある。

ゴム手袋を塡《は》めて、肉を取り出す。

冷温室に移動させた肉は、上手い具合に軟らかく解凍されていた。

幾つか大まかに切った後、フードプロセッサに塩胡椒と共に放り込み、挽肉にしていると、聞き慣れた４５０ＣＣのエンジン音が聞こえて来て停《と》まった。

家のある路地の入り口でエンジンを切り、押してくる——あのバイクを買った時に、そうするように条件をだし、乗り手はそれを守っていた。

タイヤの回る音が家の裏手の車庫で停まった。

キーを抜く音、タイヤにチェーンロックを巻く音。

「ただいま」

青いヘルメットと青い革のバイク用ツナギをつけた褐色の肌の女性が勝手口から顔を出す。

髪の毛が茶色だが、これは地毛。彫りが深いのは父親が中東系だったからだろう。

「あ、今日はハンバーグ？」

「まあな」

「あたしが代わるよ」

一週間前までは「明日の飯の時にしてくれ」と言っていたが、今は素直に「頼む」と代わることが出来る様になった。

「ジイちゃん、休んでなよ」

「そう病人扱いにするな、〈狭霧《さぎり》〉」

苦笑しながらも、城谷は言われたとおり、居間のソファに横になった。

先ほど〈狭霧〉、と呼んだが本名ではない。

別に名前はあるらしいが、〈狭霧〉は家族に棄《す》てられたとき、名前も棄てた、だから新しくつけてくれと城谷に言い、城谷は二〇年前、息子の嫁の腹の中にいた子が、女の子だったらつける名前をそのまま、事情を話した上でつけた。

その時まだ彼女は少女と呼ぶべき年齢だったが、嫌な顔ひとつせず、「じゃああたしこれでジイちゃんの孫娘だね」と微笑んでくれた。

〈狭霧〉と呼ばれる彼女が、城谷の家に出入りするようになったのは十年前。

ここに居着くようになってからは五年になる。

☆

十年前、〈狭霧〉の侵入に気付いたのはまだ存命だった城谷の妻の八重だった。

「お父さん、誰かいますよ」

そう言って起こされた。

確かに耳を澄ますと物色する音がする。

こういう時に家にあるから、と猟銃を持ち出すのはアメリカの話だ。

日本では自衛のためでも「銃」という道具を人間に向ける行為は過剰防衛に問われる。

だから、城谷は学生時代習っていた剣道の時につかっていた素振り用の木刀を取り出した。

昔のように振り回すことは出来ない。

刀身の途中を握って、短い槍のように使う。

重い赤樫で出来た素振り用の木刀は、ずっしりと城谷の腕にのしかかった。

一階に降りると、台所で冷蔵庫を開けて、誰かがうずくまっていた。

しゃりしゃりと音を立てているのは林檎らしい。

無言で、城谷は電気をつけると同時に木刀を振りかざした。

そのまま裂帛《れっぱく》の気合いで振り下ろそうとした瞬間、脅えた少女と目があった。

まだ十四、五歳ぐらいだろうか。

「あ……あ……」

酷《ひど》く薄汚れたTシャツに、おしゃれではなく単純にすり切れてあちこち破れたジーンズ。

足は真っ黒だった。

饐《す》えた匂いがした。

城谷が子供の頃はよく嗅いだ匂い。

何日も洗うことができない身体《からだ》……彷徨《さまよ》い続けた街の匂いがそれに渾然《こんぜん》となった、不幸の匂いだ。

「ご、ごめんなさい、ごめんなさい！」

土下座して少女は何度も頭を下げた。

「ごめんなさいごめんなさいごめんなさいごめんなさいごめんなさいごめんなさいごめんなさいごめんなさいごめんなさいごめんなさい」

息もつかせず少女は続けた。

きっと、そうやって生きていくしかなかったのだろう。

「ごめんなさいごめんなさい、エッチなことでもなんでもします、だから許して下さい、ごめんなさいごめんなさいごめんなさい」

下げる頭、耳の後ろに縫ったではなく、そのまま癒着した傷が見えた。

他にも背中や腕にも傷があった。

「腹が減ったのか」

「はい」

「身体、臭いな」

「はい」

「八重、風呂に入れて、あの子の服を着せてやりなさい。まだ……取ってあるんだろう?」

城谷の妻は、「はい」と頷《うなず》いてニッコリ笑った。

「あ、ありがとうございます!」

大声でそう言って頭を下げた瞬間、少女の目にチラッと嘲笑《ちょうしょう》のようなものが見えたのを、城谷は見逃さなかった。

風呂に入って服を着替え、妻が腕によりをかけて作った食事を平らげて、少女は夜中の三時過ぎに恐縮しながら仏間の床に入った。

彼女が、そこから抜けだしたのは一時間後だ。

台所で包丁を取ろうと流しの下を開ける。

だが、そこに包丁は一本もなかった。

前もって城谷が全て別の場所に移していた。

「私はね」

城谷はそれまで消していた気配を現し、愛用の猟銃を構えた。

野生動物を相手にするには時折こういうことをせねばならない。

人間相手は初めてだった。

「生まれや育ちで、善行を施されるのが当たり前だと思うのは仕方がないと思ってる――

だが、舐められるのは嫌いだ」

「じ、爺さん、ヤクザなのか」

猟銃を見て、少女は凍り付いていた。

「本物が判るのか」

「二ヵ月前、忍び込んだところのオッサンが持ってた。撃たれた」

「だろうな。耳の後ろだろう」

「なんで判る?」

「同じ傷を負った仲間を知ってる」

狩猟仲間で、獲物を追うあまり、他のハンターに注意喚起することを忘れて、撃たれたのだ。

「そいつは右の耳が一生聞こえなくなったが、お前はどうだ?」

「あたしは……聞こえる……」

どうやら少女は、城谷が人殺しの経験があるヤクザだ、と思ったらしい。

夜目にも判るほど青ざめていた。

「お願いします、コロサナイデ下さい」

殺さないで、のところの声が上ずっていた。

「殺す気は無い。だからお前さんも俺たちを殺すな」

城谷は懐から金の入った薄い封筒を投げた。

「十五万入ってる。うちは年寄りだからな。何かあったときのためにそれぐらいは家に置いてある」

「…………」

「それで、何処《どこ》へなりともいけ。ウチの子になれ、と言いたいが、お前は一つ所に止まりたくないんだろう？」

「……まあ、うん」

「私はね、ずい分前に息子夫婦を殺された。正直、殺されてももう構わないとは思うが、片方が残されるのは耐えられない」

じっと、少女は目を見つめた。

城谷の目が、少女にどう映ったかは判らない。

「だから、あのバアさんには知られずに出ていって欲しい」

少女は暫《しばら》く城谷を見つめ、それからオズオズと封筒を手に取った。

パジャマの中にそれを入れて出て行こうとする。

「枕元に着替えがあっただろう。それを着て行きなさい。パジャマも持っていっていい」

「あの……これ、いったい」

「殺されたのは息子夫婦だけじゃない。十六歳になったばかりの私の孫娘も、だ」

「………」

城谷が嘘を言っているのか、本当のことを言っているのか、俄《にわか》には測りかねる顔で、少女はこちらを見ていたが、やがて意を決したように仏間に足音も立てずに戻ると、ややあって、孫娘のブラウスとズボンを身につけて戻ってきた。

いささか少女のほうが手足が長く、袖と裾が足りない。

「袖と裾を折り曲げなさい。そのほうが可愛らしい」

妻から以前聞いたことの受け売りを、城谷は口にしたが、少女は答えず、そのままこちらを見ながら後ずさり、後ろ手でドアを開けて出て行った。

妻は起きた後、少女がいないことに悲しんだが、城谷は「あの子にはあの子の事情があるんだろうさ」と慰めた。

包丁は、朝までに元の位置に戻していたのは言うまでもない。

次に、彼女がやってきたのは二年後。城谷の妻が脳梗塞で命を落とした、初七日の夜だった。

長年連れ添った妻が、ある日の夕方、不意にお喋《しゃべ》りを途切れさせた、と思って振り向くと倒れていた。

救急車は間に合わず、病院ですぐ医師が死亡宣告を出した。

長く苦しまなかったのがせめても、だと割り切るには、息子夫婦と孫娘同様、余りにも理不尽な死の訪れだった。

弔問客も帰り、惚《ほう》けているとバイクのエンジン音が家の前で停《と》まり、真夜中なのに呼び鈴が鳴った。

「あの……奥さん、死んだんだって？」

革のジャンパーにタンクトップ、ジーンズ、古ぼけて傷だらけのヘルメットをかかえて、成長した少女が、玄関に立っていたが、一瞬、誰なのか城谷は思い出せなかった。

僅か二年の間に少女の背は伸び、美しく成長していたのだ。

「ああ。一週間前だ。よく来たな」

「うん、お線香、上げさせて貰《もら》っていい？」

「あいつも喜ぶ」

ラフな格好だったが、薄汚れてはいないこと、そして……殊勝にも香典袋を尻ポケットに入れたチェーン付きの長財布から取り出すのを見ると、どうやらそれなりに安定した生活をしていると城谷は知った。

「よく分かったな」

息子たちが死んだ時以来、マスコミを喜ばせたくなかったので、新聞にも死亡広告は載せていない。

「この辺に知り合いがいるんだ。四つ先のアパートの山崎《やまざき》さんって人」

一瞬、城谷は驚いた。

この四つ先のアパートは全員、住民が城谷と江井が作った書類による、偽造戸籍者で占められている……彼等の殆《ほとん》どはこの町外に交流をもたず、ひっそりと暮らしている。

「現場が同じで、よく話しているうちに……あんなにおっかなくって、あんなに親切な目にあった所って他になかったから、ずっと憶《おぼ》えてた……ようやくさ、マトモに稼げるようになったから、いつか、お詫びとお礼しに行こうと思ってたんだけど……」

「そうか」

城谷は頷いた。

少女は黙って手を合わせた。

「ごめんね、バアちゃん」

「頼み事が、あるんだ」

少女はこちらを見た。

「あたし、戸籍がないの……親父はお袋をレイプしてあたしを産ませたから。お袋の国じゃ、レイプされた時に出来た子供は恥の子供なの。だから……」

「お袋さんは、帰化してたのか」

「うん。でも心はムスリムのままで……だから……」

この町にも何人かムスリムの元教徒がいる。彼等から漏れ聞く話を総合すれば、この少女の上に起こったことは想像が出来た。

ムスリムにおいては男性が全てにおいて優位だ。

レイプされても「女のほうが誘惑した」と言えば減刑され、下手すればレイプされた側が刑に問われる。

母親にとっては「淫らな女」とされる危険とセットになった我が子、である。

それでも愛してくれる母親はいるだろうが、少女の場合は違ったようだ。

「気付いた時には堕ろせない時期だったから、しかたなく産んだけど……」

じっと城谷は少女を見た。

二年前の時と違って、狡猾《こうかつ》な光は何処にもない。

切実さがあった。

「そんなことは、もういいの」

少女は革ジャンの内ポケットからかなりの厚みの封筒を取り出した。

「この町じゃ、無戸籍の人間に戸籍を作ってくれるんでしょう？」

封筒の中には五十万入っていた。

「今のご時世は、ちゃんと行政もやってくれる。特に埼玉は無戸籍者の戸籍再取得には熱心だ」

「それじゃ困るんだよ。あたし……十四の時に母親の結婚相手の腕、切り落として逃げたから」

ぎょっとするようなことを少女は口にした。

「どういうことなんだ」

「母親と結婚した男が屑《くず》で、あたしも犯そうとした。山小屋でね。そこには薪《まき》割り用の斧《おの》があった……あとは判るでしょ」

「死んだのか？」

「判らない、でも殺していたとしても罪悪感はないわ」

「…………」

「ねえ、お願い。私に綺麗な戸籍を作って欲しい」

「……あとで山崎さんたちには注意しなきゃな。ここのことは誰かに喋ったか？」

「しない。そんなことすれば、あたしが山崎さんに殺される」

城谷は山崎の顔を思い浮かべた。

この町にはもうひとり、書店を経営してる山崎継夫《やまざきつぐお》、という男がいるが、それとは別人だ。

母親が一人で産み、その無知さから無戸籍になってしまった中年男だ。

大人しく、黙々と工事作業の仕事に通い、声を荒らげるところを見たことがない。

そんな男がどうして彼女と繋《つな》がり、ここのことを漏らしたのか、という部分よりこのそれなりに世間にスレた少女が、「殺される」というような部分を、彼が持っているのが不思議に思えた。

（いや、不思議じゃないのかもな）

無戸籍、無国籍の人間に対して、この国の制度も人も冷たい。

かりそめのものでも戸籍が手に入るというのは彼等にとっては「新しい人生」以上の重みのある事実なのだ。

「判った」

翌日、城谷は江井に電話を入れた。

そして、この少女の戸籍が、江井が作った最後の戸籍になった。

最後に、城谷は少女に名前を聞いた。

「いらない、ジイちゃんがつけてよ」

「……狭霧《さぎり》というのはどうだ。生まれる筈だったもう一人の孫娘の名前だ。君みたいに元気な娘になって欲しかった」

「……それ、貰う」

少女は嫌な顔もせず、むしろぱっと晴れやかな顔で頷いた。

「ありがとう。あたし今日から狭霧になる」

「いっそ、うちの子になれ。養子という名目にしておけば、私が死んだ後、この家を継げるぞ」

そう言った城谷の顔を、まじまじと狭霧は見つめた。

「何言ってるか、判ってる？　昔この家に忍び込んで強盗しようとした奴に、全財産くれてやろうっての？」

「どうせ継ぐ者もない家だ。放っておけば国に取られる。お前の手にあれば少しはマシだろう。私の葬儀が終わったら売るも良し、そのまま住むも良し……まあ、将来を考えたら、ここに住んで仕事をするのが一番いいだろうが」

「どうして、そこまで……」

「物事は巡り合わせというものがある。私は子供と孫を失った。そこへ親のいない君が転がり込んだ、欠けた者どうしだ、仲良くしよう、ということさ」

「でもさ、あたし……その、結構出鱈目《でたらめ》な生き方してんだよ？　ジイちゃんと一緒に暮らしたりとかすると……その」

言葉を切り、狭霧は真っ赤な顔で城谷を見て、

「惚れられたら、困る」

大真面目な顔でそう言い、城谷は笑った。

息子夫婦と孫娘が死んで、妻が死んで、二度と笑えないと思っていたのに、笑っていた。

☆

狭霧は、油を引いたフライパンに、暫《しばら》くコンロの熱が通るのをまってからハンバーグを

滑り込ませる。

ちゃらりという油の弾《はじ》ける音が連続して響くのが心地よい。

肉の焼ける香ばしい匂いを胸一杯に吸い込む。

狭霧はここへ来て、初めて手作りの料理を食べさせて貰った。

亡くなった城谷の妻は優しく、掌の暖かさを憶えている。

その後の城谷の恐ろしい目つき、完全に気配を消した相手に背後を取られる恐怖も。

それまでの十数年の人生で、こんな両極端な目に遭った家はなかった。

いつも勝手に上がり込み、飯を食い、留守なら金を物色して逃げる。

靴はなく、素足で、夜が明けるまでには橋の下や人の家の縁の下、廃屋などに逃げ込む日々。

時にはハトを公園で殺して、羽をむしって、焼いて食べた事もある。

あとはコンビニの廃棄弁当。

鍵をかけた箱に棄てる、ということに表向きなっているが、たまに、昔のようにバイトが持っていくことを許している所がある。そこを見つけて、裏口から入って失敬する。

あとはゴミ箱。

食中毒はしょっちゅうだった。

ホームレスに襲われたこともある。

社会の集団から外れて生きていく、ということは「豊か」と言われた日本でも……いや
かつてそうだったからこそ過酷だ。

後でドラマなどを見られる様になったとき、聖人君子として描かれることの多いホーム
レスの描写に苦笑した。

そのうち、身体は大きくなり、生活の知恵も憶えた。

野生の獣のような褐色の筋肉質。喧嘩のやり方も憶えた。

銃で撃たれたこともある経験が、大抵の喧嘩で冷静さを失わせない。

一八〇センチ、七十五キロ、体脂肪率十五パーセント以下。いくら食べても、これ以上
体重が増えない身体になっていたし、それほど量も欲しない。

最初に憶えた武器は、針金に工事現場に転がってるネジのワッシャーを大量に塡めたブ
ラックジャック。

その次が古いバイクのタイヤチューブ。

刃物よりも棍棒の打撃が自分の大きな体格《ガタイ》には似合っていると狭霧は理解していた。

だが、荒事の世界に足を突っ込みながらも、それだけで生きていく事は、女には難しい。

だれかの女になるとか、徒党を組めば簡単だろうが、どうにも性に合わなかった。

ある日、ふと思い立って工事現場に入った。顔を汚して二、三日風呂に入らず、胸はサラシを巻いて誤魔化すと「背が高くて少々なよっとしたアンちゃん」で通った。

現場にはそれ以外にも外国人技能実習制度から逃げた連中などもいて。仲良くなるのはすぐだった。……ただし、互いの秘密には踏み込まない程度のデリカシーのある連中だけにした。

その中に、山崎という中年男がいて、自分も無戸籍だったと明かしてくれた。

可手良町には無戸籍者、無国籍者に安全な戸籍と国籍を与えてくれる人間がいる、と。

城谷の妻が死んだと知ったのはそのすぐ後のことだった。

☆

「いっそ、うちの子になれ」

と言われた年の暮れ、狭霧は城谷に説得されて、それまでねぐらにしていたネカフェを出て、家に来た。

部屋は息子の使っていた部屋が余っていたのでそこを使わせてもらうことにした。

安心すると、本来の野放図さが顔を出す。

家にいて、ぶらぶらして、帰ってきて寝る。

城谷は「ちゃんとしろ」とはひと言も言わない。

毎日、城谷は食事を作ってくれていた。

やがて、狭霧はちゃんと夕方には帰ってくるようになった。

「ただいま」

と言うと、

「お帰り」

という言葉が返ってくる。それが嬉しい。

狭霧という自分に城谷がくれた名前も気に入っている。

本当の名前より、耳に響きが良かった。

何よりもあの爺さんの孫娘につけられるはずだった名前、というのが特別な繋《つな》がりを感じさせるようで。

それに——これが最も大きいが——本当の名前はいやだったから。

城谷の家で暮らすようになって浮いた金で去年、車とバイクの免許を取った。

城谷とハンティングにも行った。

命を奪うことの重さと、自分たちがそういう生き物を食べているという責任を教えられた。

城谷の名前でバイクを購入した。

テレビで見るような微笑ましい祖父と孫……そんな夢を見ていた。

幸せすぎて怖いな、と思ったのも事実だ。

ある日、家に帰ると札束が積んであった。

そして猟銃を城谷は手入れしていた。

「俺はもう長くない。余命は半年だそうだ。心臓の裏に腫瘍が出来てて、もう手術も出来ん」

城谷は言った。

「だから、最後にこの世の掃除をする。お前はここを出て行け。三ヵ月以内にここにも警察が踏み込むことになるだろう。それだけあれば、お前なら何処へでも行ける。日本はもうお終《しま》いだしな」

十年近く前のあの日、台所の暗がりで気配を殺して潜んでいたときの目で、城谷は言った。

その瞬間、「あたしも手伝う」と狭霧は躊躇《ちゅうちょ》なく、老人に告げていた。

「ノーはなし。あたしには爺さんの孫の名前がついてるんだ、孫として、あんたの最後は見届けるし、手伝いもする」

頑として、主張した。

焼き上がったハンバーグを皿に載せ、焼き上がるまでに手早くスライサーで刻んだキャベツを添え、レンジで蒸して柔らかくしたニンジンの薄切りを添え、市販のデミグラスソースをかけ回すと、なんとなく形的には整った。

この猪ハンバーグはたまらなく美味《おい》しい。

ジビエであろうとなかろうと、とにかく美味しい。

それが、「一緒にたべる相手がいる」からだと狭霧は知っている。

あと何回、この食事が出来るのか。

誰もいなくなった後、どうするのか。

ふと考えそうになって狭霧は茶髪の頭を振って考えを追い出した。

第三章　血統

☆

枕元でスマホが震動して朝が来た。

美土里川烈夫《みどりかわれつお》は情欲の証《あかし》で湿ったシーツから身を起こす。

邸《やしき》の中にある専用の部屋だ。

高い天井も、床も、コンクリートが打ちっぱなしで、灰色の表面を見せ、高く斜めになった窓から差し込む陽射しはまだ淡い。

引き裂かれたドレスや下着、鞭《むち》、溶けかけた低温蠟燭《ろうそく》や、浣腸器、バイブレーターが散乱している。

心は重いが、身体《からだ》は爽快だった。

彼のベッドの中で、汗ばんだ裸体を晒《さら》して、玲於奈《れおな》が寝息を立てている。

滑らかな白い肌。パンケーキ型のささやかな、しかし形のいい胸の先端には、銀のピアス。

そして鞭と蠟燭による赤みの色。

玲於奈のほっそりした上品な顔立ちに反する、濃い茂みの奥からは大量の、生乾きの精液が溢《あふ》れている。

己の情欲のピリオドより、玲於奈の細い喉に、くっきりとついた手形の痣《あざ》から、烈夫は目をそらした。

己の魂の奥底に刻印された忌々《いまいま》しい性癖、サディストの結晶。

同時に玲於奈との切れない絆の証。

☆

かつて、父が烈夫の同級生の娘とその父親を家に呼んだことがある。

まだ十六歳の烈夫はその同級生の娘にほのかな好意を抱いていた。

父親は、この邸に来る者特有の媚《こ》びへつらう笑みを浮かべ、娘はやや硬いながらも、父に多少の好意の籠《こ》もった目を向けていた。

それが、烈夫には気にくわなかった。

しかもいつも鍵がかかっていて、父母が「決して近づくな」と厳命している邸の中の小さな部屋へ、連れ込んだのを見た。

子供は「だめだ」と言われるものほど興味を持つ。

だから、その三つ隣の部屋から、すぐ隣の部屋まで入れることを烈夫は十四歳の正月には、探り当ててしまった。

隣の部屋に、昔から備え付けられている覗《のぞ》き穴から、こっそり父の部屋を覗くと、父は同級生の父親と何らかの取引をしたらしい。

学校の制服を着けた同級生の娘を秘書たちを使って足がMの字になるように両足首を鉄パイプに革の足枷《あしかせ》で固定した後、両膝を曲げた状態で縛り上げた。

少女はショックを受けているようだった。

どうやら烈夫の父は「裕福な議員で優しいおじさま」をこれまで演じていたらしい。

そしてバイブレーターで股間を延々と刺激しながら、その口の中に何かを放り込ませ、秘書たちの中でも特に美しい女の秘書に口移しで水を飲ませた。

後で知ったが、それは当事国内で出始めたばかりの「エクスタシー」と呼ばれる麻薬の一種だった。

やがて少女は麻薬の快楽と刺激、そして恐怖による逃避感情から、快楽に集中し始めた。

さらに「エクスタシー」が与えられ、烈夫の父は、隆々と勃起したペニスを自分の娘ほどの年齢の少女へ挿入した。

破瓜の痛みも一瞬で、すぐ麻薬の作り出す快楽物質と、現実からの逃避欲求が少女をセックスに夢中にさせた。

少女の父親は、その場で正座をしながら顔を伏せ、肩を震わせていたが、烈夫にとってはどうでもよかった。

唖然《あぜん》としたまま股間を硬直させていく烈夫がさらに激しく心を引かれたのは少女の中に射精したあとの父の行為だった。

黒い革紐のような水着を着せて、再び縛り上げ、今度は鞭で打ち始めた。

「お前は豚だ、父親に売り飛ばされ、私の為に奉仕する雌豚だ！」

父は見たこともないほど爛々《らんらん》と目を輝かせ、異様に歪《ゆが》んだ笑みを浮かべて少女を鞭打った。

秘所から精液を垂れ流し、白い滑らかな尻肉には次々と乗馬鞭でミミズ腫れの線が走る。

「お前は鞭打たれて喜ぶ淫乱だ！　見ろ、濡れているぞ！　認めろ、お前は雌豚だ、ち○ぽが好きな牝犬だ、そうしたら楽になるぞ！　どうだ、どうだ！」

後になって考えれば麻薬で快楽に混乱した脳に、異常な痛みというシチュエーション、そこへ「楽になる」というキーワードを混ぜた、荒っぽい洗脳に近いことを、烈夫の父はやっていたのだが、烈夫はその時、父の振るまいが王者のそれなのだ、と理解していた。

「イケ、鞭でぶたれてイケ！　お前はそういう身体だ！」

やがて、何十発目かの鞭で、少女は膣奥から熱いほとばしりを噴射しながら絶頂の声をあげた。

がっくりとうなだれる少女には、次の試練が待っていた。

父の秘書たちは、馬に使うような浣腸器を、泣き叫ぶ彼女のアナルに突き刺し、中身を全て注ぎ込んだ。

少女のしなやかで細い腹は蛙《かえる》のように膨らむ。

少女は泣きわめき、トイレに行かせてくれと叫んだ。

「今から言うとおり、くり返せ『私は美土里川様の雌豚です、ち◯ぽ大好きな雌豚高校生です、だからここで◯◯をします』……ホラ言え！」

少女は最初拒否していたが、時間が経《た》つにつれて腹の中がグルグルと鳴り響き、最後にはその言葉をわめいた。

少女の排泄物は秘書たちの手で、業務用のバケツの中に全て収められた。

それを更に三回繰り返し、精神も肉体も限界に達した少女のアナルの中に、烈夫の父は銘柄も何も書かれていないチューブからひねり出した軟膏を、腸壁に塗り始めた……。

これもまた、別の麻薬が混入された軟膏であった。

「そうら、ケツでイケ！」

父はこれまで以上の荒い腰使いで少女を責めた。

アナルセックスで少女は口から泡を吹きながら絶頂を迎え、その瞬間、烈夫はズボンの中で初めての射精をしていた。

烈夫はそれ以来、父のこの秘密の部屋を定期的に覗くようになった。

普段は冷静で温厚で思慮深く、笑みを絶やさない父親が悪鬼の表情で少女を、熟女を、若い女を犯し、鞭打ち、その尊厳を剝がしていく行為は、インターネットに氾濫しているどんなポルノ画像よりも、烈夫を興奮させていた。

母も、父にここで鞭打たれて何度も絶頂していた。やがて両親の秘事はこれまでにない強烈な欲求を、烈夫に芽生えさせていた。

自分にも同じ様なM奴隷が欲しい。

十七歳になったある日、父の射精に合わせ、自慰行為を終えた烈夫が振り向くと、誰もいないはずの隠し部屋に妹がいた。

「お兄様も知ってたのね、この部屋」

まだ十四歳の玲於奈は、これまで見たことのない、明らかに性的な興奮を隠せない顔で、続けた。

「このお部屋、お母様も使ってるの、いつも女の人や、男の人に鞭打たれてるの」

にっこりと、パーティで見せる天使の笑顔を、烈夫に向けた。

この妹は幼い頃からずっと烈夫を見下していた。

少なくともパーティ会場や、ひと目のある場所以外で「お兄様」と、可愛らしく抱きつくことがないのは、物心ついて以来当然のこととなっていた。

「男であれば問答無用で私の後を継がせるのだが」という祖父の言葉は兄妹のヒエラルキーを決定づけている。

その天使の笑みが、こちらに向けられていた。

「ねえ、お兄様、お父様が女の人にするようなことを、私にして」

そして少女は少年の手を取り、自分の首へと導いた。

「絞めて」

という囁《ささや》きよりも先に烈夫は妹の首を絞めていた。

歓喜の涙を流しながら兄妹は共に絶頂していた。

☆

それ以来、ＳＭクラブや、海外の秘密クラブで何十人もの「Ｍ奴隷」とされる女たちを相手に——時には女装した少年の娼婦まで「使って」みたが、玲於奈ほどの満足を得ることが、未《いま》だに烈夫には出来ない。

「もう、行くの、兄さん」

身体を起こす。開いた小さな目が妖しく光るように思え、烈夫は目をそらした。

見つめ続ければ、せっかく昨日ひと晩かけて眠らせた、自分の中の獣が目を醒《さ》ます。

「ああ。十時には勉強会だ」

事務的に、突き放すようにいいながら、壁に掛かったワイシャツと背広に着替えた。

十七歳の時、玲於奈と自分は「仲間」になれたと思った。

それが違うと判るのに、時間は掛からない。

少年は大人になり、そして冷静に自分と他者の関係、玲於奈と自分の関係のデメリットを理解出来るようになった——そういう意味ではやはり烈夫も美土里川家の人間であり、政治家を父親に持つ血筋だったことになる。

玲於奈は烈夫というSにとって代えがたいMになることで、逆に烈夫を操る手段を得たのだ。

彼女の被虐性は、生死の境を彷徨《さまよ》うところまでを望む激しいもので、その淫蕩さは母親のそれを遥《はる》かに凌《しの》いでいた。

二十歳になる前に、酷《ひど》く重い生理に苦しんでいた玲於奈は、自分が子宮筋腫だと判明し、子宮を取り去った以後はさらに激しくなった。

医者は当初、投薬などで子宮を温存すべきだと主張したが、玲於奈がそれを退けた。

子供を産むことより、肉欲を味わい尽くすために子宮を不要と判断したのだ。

事情を烈夫にだけ打ち明けた病室のベッドの上で、高校を卒業したばかりの玲於奈は笑った。

「世界は刻一刻と変わっていくわ、兄さん。私たちは立ち止まっているヒマなんかないのよ」

この女は、男よりも貪欲に権力を欲しているのだ、とその時理解した。

(この女は化け物だ)

烈夫はそう自分に言い聞かせながら、背広の上着を直した。

「後始末は頼むぞ」

冷徹に言い置いて、部屋を出る。

ドアが閉まる瞬間、自分の心底を見透かして、玲於奈が笑みを浮かべているような気がした。

☆

「来週の月曜日には退院出来ます」

病院へ見舞いに来た橋本《はしもと》に、開口一番〈ツネマサ〉が拳《こぶし》を握って断言した。

「そうか」

頷《うなず》いて、橋本は側《そば》にあるパイプ椅子に座った。

「今回の仕事ではお前はベンチにいろ。足にボルトが入った状態で下手に動いてボルトが抜けなくなりました、は洒落《しゃれ》にならん」

「古いですよ〈ボス〉。今の医療用ネジってのは……」

「それでも、だ。可能性がゼロになるわけじゃない」

橋本は「命令」という口調で〈ツネマサ〉に告げた。

「じゃあ、あの俺は……このままここで？」

「心配するな、仕事をここでやって貰うだけだ。〈ケイ〉と一緒にな」

橋本の言葉に〈ツネマサ〉が安堵《あんど》する。

「よかった……」

「毎月七万の支払いはキツいからな」

にやりと橋本が笑うと、〈ツネマサ〉は一瞬ぎくりとした表情になった。

「いや、あの、お、俺は本当に達川《たつかわ》さんが……」

「判《わか》ってる。お前が達川元三尉のことが気になるから今回の事件に関わりたい、というのは本音で、事実だ。だが足柄《あしがら》からまた三〇〇摘まんだんだろ？　奴の場合返すには三倍以上、毎月七万は入れないとキツイ」

足柄というのは、以前〈ツネマサ〉が一〇〇〇万ほど借りたことのあるヤクザだ。

いわゆるインテリ系経済ヤクザだが、ヤクザと名のつく人間の例に漏れず、暴力を振るうことも辞さないし、その腕前はプロの自衛官の〈ツネマサ〉でさえ手もなく捻《ひね》られるほどだし、配下の数も多い。

一度返済期日に遅れたらもう少しで、というところで、〈ソロバン〉こと有野《ありの》に助けられて、命拾いしたことがある。

「前払いしておくか？」

人間は単純なものではない。

葬儀に参列して本気でその人のために泣きながらも、香典代はもう少し減らすべきか否かを悩むところもある――橋本はそう考えている。

「――お願いします」

「断っておくが、そろそろギャンブルから手を引け。仏の顔も三度までというが、俺は二度しか助けない」

じっと、橋本は〈ツネマサ〉の目を見た。

最初は冗談めかして誤魔化そうとする〈ツネマサ〉の目が次第に動揺を始め、顔色が青ざめた。

〈ソロバン〉が死んで少し丸くなったと橋本のことを思っていたのだろうが、そうでもないことを自覚したらしい。

「わ、判りました」

「次はない。場合によってはお前も処理する」

本気だった。この仕事に私情を挟む余地は紙切れ一枚分もない。

〈ツネマサ〉を助けるのも効率性の問題から判断した。

好悪の問題ではない。少なくとも橋本は仕事上の判断を下す基準をそこに設けている。効率性だけが問題だ。特にKUDANは法整備がなされれば、いずれ消え去る組織である。

裏を返せばそれまでは何が何でも存続しなければならない。

「後のことは〈ケイ〉から聞け」

「はい」

そう言って橋本は立ち上がった。

これから、地道極まる書類の精査《マイニング》が自分の主な仕事だと知ったらどんな顔になるか、少し見てみたくもあったが、今は自分の言葉の意味を重く受け止めて貰わないと困る。

☆

車で御徒町のKUDANの本部に戻ると、橋本の顔を見るなり、〈トマ〉が半泣き状態で「助けて下さいよ」と言い出した。

〈ケイ〉こと香《かおり》は警視庁に戻って資料の横流し準備、〈時雨《しぐれ》〉はノンビリと応接セットのテーブルの上で、彼女専用の二挺の銃、ラウゴアームズ社製〈エイリアン〉を、海外の動画サイトにアップされた分解手順動画を元に、分解清掃していた。

「何がだ」

「膨大すぎるんです、指定された範囲が」

「それは昨日の夜にも言ってたが、何とかなるんじゃなかったのか？」

「いえ、僕が間違ってました。これ膨大すぎます」

〈トマ〉には昨夜、栗原《くりはら》から流れてきた、警察庁や公安警察が傍受した大量の、東京都内の音声データから「町を守る」、そして元議員刺殺事件と銀行爆破炎上事件の加害者の名前を音声検索にかけることを命じた。

「日本語がフラット発音なのを忘れてました」

ほとほとくたびれた様子で、〈トマ〉は応接用のソファに身を沈めた。

「どういうことだ？」

「英語や日本語以外の言語って、基本、発音のイントネーションは意味ごとに決まってて、歌でもない限りそこから外れることはないですけど、日本語は半音上げるだけで疑問形になるようなところがあるでしょう？」

〈トマ〉はどうやら昨夜から寝ていないらしい。

クーラー対策でいつも着ている、薄手のパーカー付きの上着がヨレヨレになっていた。

「音声認識ソフトって基本アメリカ製ですから、標準イントネーションでよく似ているけど全然別の言葉まで拾っちゃうんです。調整しようにもどこから手をつければいいのか」

「それぐらい何とかならないのか？」

「〈ボス〉、検索上手、ってことば、知ってます？」

「どういう意味だ？」

橋本は、聞き慣れない言葉は素直に聞くようにしている。

「ひとつの何かを見つけるために、Ｇｏｏｇｌｅとかで検索をかけるときに、それを見つけるための単語を選ぶ事が物凄《ものすご》く上手《うま》い人がいるんです。僕の専門はハッキングと監視、そこからの照合、つまりえーと……」

「『餅は餅屋』だと言いたいのか？」

「ああ、それです、それ」

〈トマ〉は元々警視庁のサイバー犯罪課で働いていたこともあるハッカーだ。

橋本よりも遥かに物わかりが悪い老人たちを相手に説明することに慣れている——慣れているからこそ、現場から離れさせられてクサッていたのだが。

「映画に出てくるような万能ハッカーってなかなかいないんですよ。あの〈ボス〉、自分のポケットマネーで、助っ人チーム作っていいですか？」

「誰でも引っ張り込める仕事じゃないぞ」

橋本は難色を示した。最低限の人数で行うからこそ機密は守られる。

「香さんの知り合いにもう二、三人引っ張り込めそうなのがいます」

「口が軽いと意味がないぞ。人間は外に出ると喋《しゃべ》る生き物だ」

「それは大丈夫です、今刑務所にいますから」

「おい、ムショから引っ張り出すのは〈時雨〉が限界だ。ムチャを言うな」

「いえ、そういう意味じゃなく。ヤクザの刑務所です」

「どういう意味だ？」

☆

戦後すぐは果物と食料の「町」、昭和は電気製品の「街」から電子関係の「電気街」へと変貌を遂げ、今や日本が世界に誇るオタクカルチャーの街となった秋葉原は、都民以外には余り知られていない話だが、オフィス街のど真ん中に存在する。

華やかなアニメや漫画のノボリや壁面広告がチカチカするほど眩《まぶ》しい駅から数百メートル離れると、そこは無味乾燥なビル街が広がる空間となる。

その、オフィス街とオタク街の境にあたる小さな裏路地に、そのメイドカフェはあった。

「ちーす」

腕に根性焼きの痕も生々しい、やる気のないメイドが座る玄関先を通って、橋本と〈トマ〉はメイドカフェという明るくて華やかで少々ついていけないワルノリとは無縁の、薄暗い、昭和のキャバレーのような内装と照明の店内奥へと進んだ。

メイドと言うより、やさぐれヤンキーの悪ふざけのパーティが、夜更けを過ぎてしまったかのような、どんよりした雰囲気の店員たちが、胡散臭《うさんくさ》げな目でこちらを見る。

明らかに「言い訳」としてたむろさせているのだろう。

「こんにちは」とにこやかに挨拶する〈時雨〉とは裏腹に〈トマ〉は明らかに不穏な空気を感じて狼狽《うろた》えているのが背中で判る。

構わず橋本は進み、トイレの横、「関係者以外立ち入り禁止」とコピー用紙にマジックで殴り書きされたドアをノックする。

執事の格好をした、剃《そ》り込み入りリーゼントの眉のない若者がぬっと顔を出す。

手袋をした手が、執事服の内側に入っていた。

手首の角度からすると拳銃型スタンガンか、ペッパースプレーの類《たぐ》いだろうと橋本は見抜いた。

硝煙の匂いはしないし、日本のヤクザでここまで気軽に銃を握るのは、若者の年齢ではありえない。

「足柄いるか？　コイツを渡してくれりゃ判る」

そう言って、橋本は背広のポケットから大きな．338ラプア・マグナム弾を一発取り出した。

足柄はガンマニアだ。名前を名乗るより、こういうもののほうが効く。

「けっ」と吐き出すような溜息をついて、若者はドアを閉め、暫《しばら》くすると、

「お通り下さい、っす」

と、打ってかわって深々と頭を下げながら開けた。

中に入るとムッとした熱気が押し寄せてきた。

鰻《うなぎ》の寝床というやつで、やたら奥に長い建物だというのがよく判る。

「これ……ゲーム機ですよね？」

〈時雨〉が不思議そうにその壁を指差した。

無理もない話で、壁一面、天井までL字フレームが組まれ、そこにソニーのゲーム機、ＰＳ４がずらりと並んで稼働していた。

一〇〇や二〇〇という数ではない。

どうみても四〇〇台は並んでいた。

排出される熱は大したもので、天井からぶら下がる大型の業務用エアコンがフル稼働し

ていた。

「仮想通貨のマイニングってのは凄《すさ》まじいもんだと聞いてたが……」

一時期マスコミに「現代の砂金取り」と話題になったマイニングとは、平たく言えば仮想通貨のもつ固有番号の信用保証の証明を数字とデータで提示することである。

その仮想通貨が電脳世界の何処《どこ》を通り、どこで使われ、誰の手に渡り、そしてその「価格」が維持されていたかをデータで提示し、仮想通貨の発行元に証明する。

仮想通貨の番号が膨大で可変するが故に、そしてその番号の信用保証証明の報告は早いもの勝ちであるので、とにかく「大量」に「正確」に早く証明をして「やったもの」が報酬を受け取るという意味では、砂金取りという表現は言い得て妙だと言える。

「プレイステーションって優秀なマシンで、数列処理とかには最適で、しかも並みの業務用パソコンより、ハードに使う『一般人』を相手にしてますから、安くて壊れにくくてパーツが豊富、ってことでこういうことにはよく駆り出されるんですよ」

橋本の後ろを歩きながら、〈トマ〉が説明する。

「最近は次のプレイステーションが発表されたんで、現行機種は値段がダダ下がりしてますから、数揃えられるお金があれば、かなりクレバーな選択だと思います。何しろスパコンとかと違って専門技術者のレベルを低く出来ますから」

プレイステーションの壁を抜けると狭い階段があって、そこを上ると、大兵《だいひょう》肥満という言葉がぴったりな大男が、背広姿にソフト帽といういささか気障《きざ》が鼻につく格好で両手を広げて待っていた。

「おー、ご解説ありがとうよ。陸自の兄さんのお友達、だったよな？」

陸自の兄さんというのは〈ツネマサ〉のことだ。

「よう足柄」

「吹雪《ふぶき》の旦那か。変な名乗りかたするから誰かと思ったぜ？」

公安時代、足柄には何度か会っていた。協力を求められることもあれば、求めたこともある。

吹雪とは、当時よく名乗っていた偽名である。

「お前には下手に名乗るより、鉄砲関係のものだろ」

「まあ、確かにな。なあ、こいつを使う鉄砲の出物があったら引き取るぜ」

そう言って手渡したラプア・マグナム弾を空中にひょいと放り投げて摑《つか》むと、足柄はにやっと笑った。

「で、用件があるんだ……おい〈トマ〉」

「あ、はい」

「お前の口から説明しろ」

〈トマ〉は身振り手振りも交えて、事情を説明した。

「なるほどねえ。つまり音声とメールから特定の用語を洗い出すプロか……確かに俺ンところに来たのは正解だな」

来なよ、と足柄は手招きして背中を向けた。

二階の奥にある部屋を開ける。

手前には優雅な応接セットと酒瓶棚《セラレット》があり、一〇〇インチモニターが組んずほぐれつしている外国ポルノを映している。

その向こうに、ガラスで仕切られた大きな部屋が見えた。

そこには貧相な体つきの男たちが三人、パンツ一丁でパソコンの前に向かっていた。

部屋に三台設置されてるエアコンの室温は低く設定されているが、パソコンの熱がそれを無効化しているほどに室内温度は高いらしく、ガラスはところどころ曇っている。

男たちは噴き出る汗を拭いながら、決死の形相でキーボードを叩いていた。

「こいつらはネット広告とスパム作りのアルバイトだ。最近はボット扱いされると消されるからな、文章は全部微妙に違うのを手入力して、一斉じゃなく全部いちいち手動クリックで送信させてる」

「え……」

〈トマ〉がポカンと口を開けた。

「文章と送信の件、全然意味がないような」

「まあ、ないよ」

あっさりと足柄は〈トマ〉の指摘を認めた。

「まあ、コイツら俺に借金のあるクズどもだからな。アプリゲーのガチャに一〇〇〇万突っ込んだり、推しのアイドルツアー全部追っかけ続けて八〇〇万消したり」

「……っていうかこの人たち、確かNTTのシンクタンクのいくつかで働いてる人じゃ……」

「あら、そうなんですの？　凄いですわね」

戸惑う〈トマ〉の声にポカンと〈時雨〉が感心してみせる。

「色々な無駄遣いの仕方があるもんだな」

橋本は動揺もしない。

昔は酒と、女と博打が相場だった借金地獄の入り口も、電脳世界が広大化したことと、出口の見えないデフレからの不景気で、これまでは考えられなかったところにまで広がっている。

「で、この連中が必要なのか、〈トマ〉」

「はい。この人たちと、彼らの作ったネット広告のためのアルゴリズムパターンのプログラムを、マイニングの機械ごと貸して欲しいんです」

「おいおい、マイニング止めろってか？」

「全部じゃなくて結構です。半分の二〇〇台ぐらい」

「それだけ必要なのか？」

多いのか少ないのかは橋本には判らないが、〈トマ〉が必要だというのならそうだろうと思った。

足柄の目が小ずるく光る。

「いくら出す？」

ここからは橋本の出番だ。

「一週間一〇〇万。さらに世のため人の為、お前を通報しないでおくというのはどうだろう？ そして、お前は何も知らないでいられるという幸運」

「一週間一〇〇〇万」

「二〇〇万」

「八〇〇万」

「四〇〇万と珍しいアサルトライフルもつけるぞ」

「なんだそりゃ」

口では言いながら、足柄は興味津々という表情を浮かべた。

このヤクザはガンマニアで、今でも金が貯まると、その筋からせっせと珍しい銃を集めて、どこかに隠し持っている。

「ASVａｌの短い奴だ。この前押収した。ただし、弾はない」

AK74のバリエーションモデルの一つで、銃身全体が減音装置《サプレッサー》で口径も大きい。珍しいと言えばかなりの珍銃である。

「もうひと声」

「クロアチアのACアグラムが二挺。マガジン三つつき」

クロアチア内戦で大量に作られ殆ど使い潰されたと言われているサブマシンガンの名前を出すと、足柄の目が光った。

「２０００か、２０００Mか、どっちだ？」

「２０００だ。一挺はかなりくたびれてるがもう一挺はデッドストック」

「のった」

満面の笑みで手を打ち、足柄はテーブルの下に置いてあった金属製のバケツの中から、古びたすりこぎ棒を取りだしてガンガンと叩いた。

「おい、奴隷一号！　奴隷二号、ちょっとこっちこい！　外出してやるぞ！」

ハッカー二人を呼び出す。

「なんすか、社長」

「俺ら、外に出るより寝たいッス」

「お前ら、今日からこの人たちに一週間貸し出される。一日十万借金が減るぞ」

「えー、十万っすか」

「じゃあ奴隷三号と四号にやらせるわ」

「……………内容は何ですか？」

「ネット広告のためのアルゴリズムパターンを弄《いじ》って、特定のキーワードを送受信してるメッセージをピックアップするのと、通話音声から同じ特定キーワードをピックアップする監視プログラムの調整だ」

「安いっす。なんかオマケ下さい」

「そうっす、なんかオマケ下さい」

「お前等一日一回の食事を三回にして、七時間以上眠れる生活だけじゃ不満か？　お？」

「えーと、府川《ふかわ》さんと松崎《まつざき》さんですよね。トリオンＫデータの」

膠着《こうちゃく》しかけた話し合いに〈時雨〉が珍しく割って入った。

「ええ、はい」

「何でしってるんすか」

「FUCKMEBOYKAHORU《ファックミーボーイカホル》、お好きですよね？　お二人のメタデータ、拝見しました」

〈時雨〉はここに来るまでに〈トマ〉に仕込まれたセリフをスラスラと述べた。

「！」「！」

「私、彼の知り合いなんです。無修正の動画データ、要りませんか？」

「要ります！」

「お、俺も要ります！」

「おい、勘弁してくれよ姉ちゃん、こいつらにそんなもんくれてやったらサルみたいにトイレでマスかきまくりで掃除が大変なんだよ」

足柄が口を尖《とが》らせる。

「だからここじゃ18禁サイトは二次元だろうが三次元だろうがアクセス禁止にしてるんだぜ？」

「いいじゃありませんか。減るのは彼等の精子だけですし。お掃除もこの人たちにやらせればいいでしょ？」

にっこりと〈時雨〉は笑い、その隣で〈トマ〉は真っ赤になった顔を、フードを被《かぶ》って誤魔化していた。

「話はまとまったということでいいんだな？」

橋本が念を押した。

「まあそういうことで」

頷く足柄の背後で、文字通り小躍りするハッカーふたりには見えない角度で、〈時雨〉がパーカーの長い裾ごしに〈トマ〉のジーンズに包まれた尻を鷲《わし》づかみにした。

甘い声を口を押さえて塞《ふさ》ぐ〈トマ〉に、

「悪いお尻ですよね」

と〈時雨〉が囁く。

「あなたが……開発したんじゃないですか」

少しだけ、〈トマ〉は目を潤ませて反論した。

「あとで、撮り下ろし動画を作らなければいけませんね、うふふ」

ふたりは、半年前から同じアパートに同棲し、〈トマ〉の女装動画配信、ハンドルネームＦＵＣＫＭＥＢＯＹ４０４ＫＡＨＯＲＵで有料配信により稼いでいる。

時には〈時雨〉も張り型《ディルドー》をつけて〈トマ〉を犯し、あるいは〈トマ〉の上にまたがって彼に「犯され」ている。

当初は女性が絡むことで客が減ることも憂慮されていたが、〈時雨〉の責めの激しさがMの客を刺激したらしく、今や閲覧数は〈トマ〉単体の頃の三倍だ。

橋本は、二人の会話を聞かぬフリで、足柄と細かい話を詰めることにした。

☆

池袋西口。

少し人通りが途切れるところに、その銃砲店は店を開けていた。

城谷《しろたに》がここへ来るのは一年ぶりだった。

猟銃を持っているとはいえ、日本の場合、そうそう弾薬を消費することはまず、ない。

同じ埼玉県内にある狩猟場近くの銃砲店のほうがどうしてもメインになった。

ここへ来たのはそろそろ「最後」が近いためだ。

死んだ妻がまだ空気銃を使ってた頃はここによく来ていた。

国内メーカーのシャープ　UD－ⅡというCO$_2$ボンベを使うエアライフルで、細かい部品はここのほうが手に入りやすく、修理も早かった。

店構えは無愛想なもので、トイガンショップと違い、入り口のガラス窓にライフル競技会のポスターがあるぐらいだ。

中に入ると、奥に長い店内では、ギンガムチェックのジャケットに鳥打ち帽という随分古風なイギリス紳士風の格好をした六〇代の男が、必死になって銃を売り込んでいる。

「頼むよ、有坂《ありさか》さん。最近ちょっと苦しいんだ。一〇〇でなんとかならないかな?」

ショウケースの上にガンケースが置いてあって、中身が見えた。

ドイツ製のドリリングライフル、と呼ばれる三連銃だ。

「うちのお客さんはシンプルなのが好きな人が多いから」

どうやらかなり辟易《へきえき》しているらしく、五年前先代から店を継いだ新しいオーナーは渋い顔をしていた。

「瑞穂《みずほ》さん、こういう、トリプルバレルで装飾一杯の奴はちょっと……」

「装飾過多な銃はお嫌いかね? 命を奪う以上、これは墓だ。墓を彫刻で飾るのは私から命を奪う相手への礼儀だよ」

ぼんやりと、そのやりとりを見ていた城谷は不意に、幻聴を聞いた気がした。

『ああいう彫刻《エングレービング》のある銃、あなたは嫌いだろうけど、私は羨《うらや》ましいわ。だってエアライフルにはああいうおしゃれな彫刻されてるモデルってないし、やってくれる所もないし……せめて、散弾銃ぐらいは持ちたかったなあ』

あれは四〇年前だろうか。

LED照明ではなく、蛍光照明の下がる、もっと薄暗いイメージがあったこの店の中で、妊娠したからという理由で、ライフル免許の返納を思い立ち、持っていたシャープライフルを売りに来た時、妻が言った言葉だ。

あの時、自分は何と答えたか。

考えても思い出せない。

「なあ、頼むよ、有坂さん、この通り」

「でもねえ、置いても売れませんよ、これ」

「私が買うよ」

何故か、城谷はそう言っていた。

「こいつはドイツの銃だろ？　ブレイザーのD99だ。ホントに一〇〇でいいのかい」

「よく知ってるねえ」

英国紳士風の男は満面の笑みを浮かべた。

「あんたみたいな人なら八〇でいいよ！」

「城谷さん、どうしたんですか。こういうの、趣味じゃなかったでしょ？」

「いや、一度こういう豪勢なのを撃ってみたかったんだよ」

そういって、城谷は笑った。

「バラしてみてもいいかい？」

と訊《たず》ねたのは、念の為だが、相手は怒らなかった。

「去年購入して、十発しか撃ってないんだ。見てくれ、バレルの中も綺麗だろう？」

相手が銃を渡してくれたので、色々操作してみる。

「安全装置は少し固めにしてある」

「そうかい」

銃身を折り、キーホルダーについているＬＥＤライトで照らす。

Ｄ99は銃身三つの三連銃である。

通常、銃身三つの三連銃は二つの銃身は散弾で、一つだけライフル弾が使えるようにしてあるものだが、このブレイザーのＤ99はセミカスタム出来ることで有名だ。

この持ち主は三つともライフル弾にしてあった。

「．375 Ｈ＆Ｈ《ホーランド・ホーランド》マグナムか」

城谷は驚いていた。．375 Ｈ＆Ｈマグナム弾は大型獣を狩るために使われるもので、日本国内では向ける獲物は、熊ぐらいのものだ。

「ああ、これで北海道でトドを撃つもりだったんだ」

「なるほど」

体重数トンにも及ぶ海の猛獣、トドは体重が重いだけでなく脂肪が分厚い。

熊以外に向ける猛獣としては国内ではそれぐらいだろう。

ただし、トド用には少々弱い。本来なら.460ウェザビー・マグナムが要る。

ライフリングは綺麗だった。

火薬の匂いは殆《ほと》んどない。

ハンマーが薬莢《やっきょう》を叩く部分を見る。

よく手入れされていてサビの兆候すらなかった。

むしろ濃厚なガンオイルの匂いがして、拭き取る必要があるかも知れない。

☆

一週間が経過した。

例のメイドカフェを訪れた橋本を、〈トマ〉が疲れ切った笑顔で出迎えた。

「この二つの事件、接点がありそうですよォ」

「どういうことだ？」

田中次郎《たなかじろう》と達川夫妻を繋《つな》いだのは一枚の、そして三年前のＳＮＳの投稿だった。

銀行近くにあった達川夫妻の店を評価するＳＮＳの投稿で「とっても親切な店員さんと店長さん」として映っている達川夫妻に半分見切れて、厨房から顔を出した田中次郎が映っていた。

「同一人物なのか？」

「ええ、九十九％そうだと言い切れます。目鼻だけじゃなく、右耳の形が一致してますから」

それだけではない、と〈トマ〉は続けた。

「あの夫婦スマホを三台契約してたんです……表向きはビジネス用、ってことになってましたけど、実際にはそのスマホ、例の田中次郎の勤めていた都心のコンビニから埼玉県の可手良町までの距離を移動してました」

「今どこにある？」

「犯行前日にＳＩＭカードを抜いたみたいで不明です。恐らくもう廃棄されたと思います」

「で？　その三人と繋がりがある人間は？」

「達川夫婦のほうはお客や元防衛省関係者も含めて一〇〇〇人以上いますが、田中次郎と重なっているのは二十三人います。全員所在は可手良町——しかも大抵の電話が誰かの二台目か、三台目、あるいは四台目のものとして登録されてますが、登録者の住所にはありません」

「資料は」

「ここにあります」

ソファに座った橋本の前に、〈トマ〉がプリントアウトしたものをバインダーに挟んだ資料を置く。

「また全員密告して別件逮捕ですか？」

嫌な顔になる〈時雨〉——ここで変なことにならないためのお目付役と用心棒役である。

「そいつは成り行き次第だが、前回と違って今回はそうはならないと思う」

橋本は資料を持って立ち上がった。

「ご苦労、二、三日休め……二人ともよくやってくれた」

第四章　過去

☆

三〇年ほど前。バブルが弾《はじ》けたことで、この町の土地再開発は、暗礁に乗り上げていた。雨の中、建機は停《と》まり、雨粒が流れるままに鎮座する姿は、今にして思えば、これからこの国にやってくる静かな不景気の、象徴だったかも知れない。

「いくら何でも無茶だよ。美土里川《みどりかわ》の殿様がえらくっても……」

不動産屋の村山《むらやま》は江井《えい》と城谷《しろたに》が持ち込んだ話に畏《おそ》れをなしていた。

「でもよ、村山、何も悪いことしてねえ連中が、このままだと悪い道に転げ落ちていくんだぜ？　利用だってされらぁな」

「だが……」

「頼むよ、村山。何もしなくていいんだ、ってお前の従兄弟《いとこ》の課長さんに伝えてくれ。それだけでいい。義理の娘のためなんだ」

「だが、そろそろ国民背番号制度が始まるんだ、そうそうごまかせないぞ」

後に住民基本台帳カードと呼ばれる、戸籍の電子化の準備はすでに始まっていた。

「時代に対応していくさ。なに、鍵があるなら何処《どこ》かで開けられる」

いつもの和服姿の江井は、えらそうに番傘を肩にかけて、腕を組んだ。

「江井さんは相変わらずだなあ」

村山が苦笑する。

「――で、何人、この町には増えるんだい？」

「三〇と十二人だ」

城谷が告げると、村川はポカンと口を開けた。

雨の音だけが暫《しばら》く三人のいる工事現場に流れた。

「そいつは……豪儀だな」

「何言ってやがる。この十年で減った人口より一〇〇人も少ねえや」

江井が豪快に笑った。

「……わかった、やってみよう」

一年後この町――可手良町《かてらちょう》のアパートには、新築もふくめ全て店子《たなこ》が入った。

☆

「はい、私フリーライターの権堂《ごんどう》と申しまして。歴史関係を専門としております」

〈ツネマサ〉は電話の相手にこれまで一〇〇回以上名乗った偽名を口にした。

「可手良町と近くの田野我《たのわれ》、丸光《まるみつ》も含めた、こちらの良手脇《よてわき》市には武蔵国《むさしのくに》時代から、お隣の和光市や戸田市と違う歴史があると考えて取材しているんですが、近代のほうで行き詰まっておりまして、はい、特に昭和の末期と平成の頃なんですが。その頃お父様が市役所の戸籍係の係長をなさっていたと……」

〈ツネマサ〉の言葉は、これまで何十回となく同じ文章を読んでいたせいで、かなり真に迫った演技になっていた。

「……はい、ああ。先月亡くなられた……それはお気の毒に。お悔やみ申しあげます」

それから弔問の挨拶を幾つか口にし、〈ツネマサ〉は手にしたクリップボードの良手脇市役所職員名簿の一つに×印をつけ、トバシの携帯電話をベッドの上に放り投げた。

「あー、〈ケイ〉さん、ちょっと休憩していいっすか？」

問いかけると、ベッドの隣で同じくトバシの携帯を使って「取材」をしていた〈ケイ〉が「話しかけないで」と片手を挙げて制した。

「……はい、なるほど、やはり……はい、そうですね。失礼いたしました」

電話を切って、〈ケイ〉こと香《かおり》は溜息をつき、

「そうね、ちょっと休みましょう」

と首の曲げ伸ばし運動を始めた。

「しかし、『町を守る』っていう共通の言葉を二つの事件の犯人が呟《つぶや》いたから、って、現役から退職者まで含めて、住民課は判《わか》るとしても、市民税課に福祉課の職員にまで話聞く必要、あるんですかね？」

「〈ツネマサ〉君、捜査ってものはね、ドコに入り口があるか、何処が出口なのか判らないから、開きそうな所は、ただ板を打ち付けてある所でもノックしないといけないの」

「せめてこう、車椅子でもいいですから外に出させて下さいよ」

俺、体育会系なんですから、と〈ツネマサ〉が珍しく泣き言を口にした。

「世界屈指の、バリアフリーを否定した日本の街中を、車椅子でうろつきたいの？　危険すぎて無理。あと私もそれに付き合う気は無いわ」

香はあっさりとその意見をはね除《の》ける。

「で、このニセ取材、まだ続けるんですか？」

「このリストもあと……お互いに一枚でしょ？　それでお終《しま》い」

「よかったぁ」

「次は」

香は自分の横に置いてあった鞄から、分厚いファイルを二冊取り出した。

「国勢調査と戸籍簿、これのクロス検索ね」

「で、どちらかには存在するのに、どちらかには存在しない人間を洗い出す、ですよね……こっちのほうがマシだ。愚痴や文句に付き合わされなくて済むし、ガチャ切りで腹が立つ事もないし」

「コールセンターの人が精神的に壊れやすい、って話の意味、よく分かるわ……」

出来れば香としても直接外に出て捜査したいが、個人情報保護の意識が高まりつつある現代、しかも市役所の職員やその家族ともなれば遵法《じゅんぽう》意識は高い。

可手良町の住民に不審な点があるか、と問われても、こちらに警察バッジがない限りは、口を開く可能性は低い。

香はテレビ局のリサーチャーを、〈ツネマサ〉は歴史関係のフリーライターを名乗って電話をかけているが、なかなかに誰も口を開かない。

あるいは開いてもまるっきり役に立たない情報ばかりだったりする。

「しかし、良手脇市って、美土里川烈夫《れつお》の地盤の一つなんですね」

「ええ。あそこにある工業地帯は今でも九割が美土里川グループの傘下だもの。あのお坊ちゃんが律儀に遊説をしたとき、みんな首を捻《ひね》るぐらいだったって話」

「まあ、その辺の細やかさがこの前駅で殺された御津崎《みつざき》との明暗を分けた、って話でしたっけ」

　御津崎元議員の刺殺事件は被疑者死亡のまま、書類送検という形でオチがつくという情報を香が持って来ていた。

　田中次郎《たなかじろう》の正体不明さに警察を通り越して自衛隊の一部……とくに北朝鮮と中国を含むアジア管轄の連中が興味を示しているらしいが、彼等の網にも引っかからないらしい。

　結局「正体不明の失業者が自棄《やけ》を起こしての犯行ではないか」との憶測が渋々ながら捜査本部の主流になりつつある。

「御津崎議員のほうは、あの頃テレビ出まくって、極端な言動とオーバーなリアクションで芸人みたいな感じで人気あったもの……私はバカみたいで嫌いだったけど」

「その頃っていうと〈ケイ〉さんいくつ……いてっ」

「女の年を詮索しないの！」

「はい……」

「ちょっとご飯買ってくる。終わったらあと一枚分、さっさと終わらせましょう」

言って香が立ち上がろうとした途端に、トバシの携帯が鳴った。

「はい、何でしょう？」

すかさず受け取る——この携帯は市役所関係者以外にかけていない。

☆

「三〇〇件の書類ミス？」

KUDANの事務所で、橋本《はしもと》は香からの連絡を受けていた。

〈トマ〉と〈時雨《しぐれ》〉はまだ出てきていない。

『可手良町で産まれたことになってて、他の町から可手良町へ再転入して来た住人三百十二人の戸籍謄本の原本が、書類書式の不備のまま受け付けられてたことが判って、慌てて再作成して、当時の市長名義で認可印と訂正印を押しまくったそうです』

バブルが弾けたばかりで、まだ電子化もされていない役所の中では大混乱になったらしい。

『三〇年前、アルバイトでその書き直しを手伝った職員の娘さんが憶《おぼ》えてました』

香はさらに『それ以上に、おかしなことがあるんです』と続けた。

「それ以上におかしなことって何だ？」

『それから後も数年ごとに、この『書類ミスの発掘』が頻発してるんですけれど、これによる処分者が役所内に誰もいない、という話で』

これは噂ではなく、人事部の書類を見ても明らかだと香は告げた。

それどころか訓戒処分者も皆無だという。

五年前に、人身事故で逆ギレして被害者を殴った職員が懲戒免職になるまで、良手脇市の職員で問題になったり、処罰された職員はいない、と。

「んなわけあるか。役所だぞ」

思わず橋本の声が大きくなる。

「そんな数の書類が不備で発見されて、誰も首が飛ばない、なんてあり得るか？」

『私もそう思います』

「政治か」

政治家か、それに近い筋から何か力が働いた、と橋本は見た。

『じゃないかと』

香も同じ考えらしい。

「市議会議員だな、当たるとしたら」

となれば一番の近道は警察関係から当たることである。

特に地方の所轄署長と市議は何かと交流がある。

「お前、良手脇の警察署の署長に知り合いがいないか？」

可手良町には警察署はない。

『隣の丸光《まるみつ》の警察署長が同期です』

「じゃあそこを通じて、話を聞け。市議会レベルでいい」

『言い訳はどうしますか？』

「無名の一般市民から『良手脇で名簿屋が暗躍してる』っていう投書があったんで、通り一遍だが念の為に調べにゃならん。でいいだろ」

名簿屋というのは犯罪関係の隠語で、文字通り個人情報を記載した名簿を売り買いする連中のことである。

一時はかなりの隆盛を誇ったが、個人情報保護法の施行後は随分と数を減らしたものの、尚しつこく商売を続ける者もいる。

☆

コンクリートの埃《ほこり》がざらざらと、狭霧《さぎり》の汗ばんだ褐色の肌に貼り付く。

休憩のベルが鳴った。

狭霧は深い溜息をついて、空を見上げた。

今日の現場はビルの解体作業で、重い大型ハンマーを振るい続けるのも少し飽きていた。身体《からだ》はもう慣れている。

十二歳で家出をして以来、皿洗いやチラシ配達から始め、バーテンダーからメイド喫茶の用心棒から、怪しげな物品の運び屋、色々やったが、肉体労働がやっぱりシンプルな分だけ性に合っている。

これ以外だと、ネットの食品配達のバイトが好きだ。

城谷にバイクを買って貰ってからは、特に。

同じぐらいしっくりきたのは、自分でも意外だったが、ほんの僅《わず》かな間、友人の代打で「資格がある」と嘘をついて潜りこんだ保育園の先生だが、あれも一年以上続けていたらまた考えは違っていたかも知れない。

尻ポケットでスマホが鳴った。

メッセンジャーアプリで、同じ町内の仲間、ケチャイ・モナークからだ。

〈昨日の件、成功した〉

とある。

〈おめでとう〉

というのもおかしいが他に言いようがないのでそう打って送る。

メッセージの相手、ケチャイは狭霧と同じ時期、つまり、最後期に可手良町に潜りこんで戸籍書類を偽造してもらった、中東系の青年だ。

表向きは日本国籍を取得した中東某国の母を持つ、ということで、日本人。今は書店の住み込み店員だ。——実際には中東のとある地域で子供兵として無理矢理徴用されて人殺しをさせられていたこともある。

どうやって日本に流れ着いたのかは当人にもよく分からないらしい。ただ、コンテナに他の仲間たちと入れられ、船が遭難してコンテナから逃げ出したら、千葉の海岸だったそうだ。

本が好きなこともあり、かなり日本語も喋《しゃべ》れるようになって、生来の明るさを取りもどしていたが、東京の神田にある小さな弁護士事務所に盗みに入った風を装って放火しろ、という命令を実行した、という報告だ。

二年前、美土里川神前《しんぜん》が死んだあと、現れた彼の孫娘は、この可手良町の秘密を知っていた。

祖父から可手良町を頼むと言われたと。

江井が死んでからも可手良町への無戸籍、無国籍者の流入は停まっていない。

それを、なんとかしよう、と彼女は請け合ってくれた。

問題なのは――神前が死んだことで、彼のご威光によって伏せられていた可手良町の秘密が、様々な人間に利用される可能性が出てきたということだ。

最初は、ケチャイがやったようなちょっとした人がいないビルへの放火や、書類倉庫からの盗み、だった。

それが「警告」なのだと。

玲於奈《れおな》の指示は詳細な計画が伴い、また正体が割れないようにする配慮も行き届いていた。

明らかにその内容が「殺人」も含むものに変わったのは、御津崎元議員が秘密を探ろうとし始めている、という報告がきてからだ。

去年の末だったと思う。

彼は政界への返り咲きを狙い、そのために玲於奈の兄である烈夫のウイークポイントとして可手良町の秘密を暴露する予定だと。

その資料は、達川《たつかわ》夫妻が放火したあの銀行の貸金庫から流れる予定だ、と。

最初は「自分たちで何とかするが、万が一」だったのが、半年後「やはり」と言い出した。

そして三人が命を落とし、三〇名とひとりの元議員の命が奪われる結果となった。

次は……秘密を嗅ぎつけた地上げ屋だという。

(どこまで続くんだろう)

途方に暮れると同時に、狭霧はどうにも、あの玲於奈という女が信用出来ない。

実は玲於奈が言うように、可手良町のことを調べている人間など、存在しないのではないか、という直感が、狭霧にはある。

が、証明は出来ない。

何よりも問題なのは、可手良町の秘密を握っているのも、あの玲於奈だという事実だ。

彼女の期待に沿わなければ、彼女が暴露するかも知れず、彼女の言うとおりだとしたら、何もしなければ、またそれも暴露への道だ。

可手良町の秘密が世間に知れ渡れば、また再び狭霧たちは生きた幽霊、無戸籍に戻らざるを得ず、町を逃げ出さざるを得ず、全てを失うことを受け入れなければならない。

それ以前に、江井が身動き出来なくなってから移住してきて、虚偽の届け出を出し、まだ無戸籍のまま住み暮らす人たちもふくめ、身分詐称の罪に問われるだろう。

これまで、存在そのものが違法であることを自覚し、故に普通の一般人よりも真面目にひっそりと生きてきた人たちが、その日から全員、一斉に罪人とされ逮捕される。

前科者になる。

ここでは、すでに既に第三世代……孫が生まれ始めている。

その子たちも含めて犯罪者の家族、として処理されるようになるし、彼等もまた、無戸籍者、無国籍者として扱われる。

不法滞在していた者は入管に送られ、ろくに医者にも診せられない環境の中で監禁され罵倒《ばとう》されつづけ、見たことも聞いたこともない『祖国』へ送り出されるだろう。

それだけは、避けねばならない。

（でもなあ……）

狭霧にとって一番の気がかりは城谷だ。

今年の初め末期ガンだと知らされたときも衝撃だったが、一番驚いたのは、地上げ屋を殺す、という話を聞いたときの、目の異様な輝きだった。

玲於奈が地上げ屋の話をし、作戦を授けて去って行った後、そっと城谷は打ち明けてくれた。

「あの地上げ屋の中に、私の仇《かたき》がいる……それに江井が死んでからここに来た人たち――中でも、子供二〇〇人の戸籍、どうにかしてやらないとな」

二〇年前、狭霧が転がり込む以前に、城谷の息子夫婦と孫娘は、行楽先で十代の半グレたちによってたかって嬲《なぶ》り殺しの目に遭った。

死体確認は、ＤＮＡと所持品によってのみ行われたという。

息子の妻と、まだ十六歳の孫娘にはレイプの痕跡があった――それなのに、犯人もまた十代ということで、名前も顔も、被害者の遺族である城谷には明かされず、十年の措置入院という判決が下り、五年後、予定より早く消退したとして退院した。

当時、週刊誌がすっぱ抜いたその顔を、城谷は憶えていた――切り抜きが、妻から引き継いだ家計簿のカバーに、息子夫婦と孫娘と、まだ新しいこの家で撮った写真と一緒に挟んであった。

「私でも妻でも、いつか、街中で出会う時が来たら、殺してやろうとふたりで誓ったんだよ」

城谷の虚《うつ》ろな微笑《ほほえ》みに、狭霧はかけてやる言葉も無く、反論することすら出来ないまま、「手伝う」と言ってしまった。

「ジイちゃん……」

安全ヘルメットを被《かぶ》った頭をこん、と壊れかけたコンクリの壁に押し当てて、狭霧は空を見上げた。

☆

昼過ぎになって、スッキリした表情の〈トマ〉と〈時雨〉が事務所にやってきた。

橋本は、事務的に事情を説明する。

「重役出勤したんだ、さっさと働け」

静かに橋本が、〈トマ〉たちの目をそれぞれ睨《にら》み付けた。

「は、はいっ」

慌てて〈トマ〉はPCに向かい、良手脇市役所のサーバーへ、十分経《た》たないうちに侵入していた。

人事記録を遡《さかのぼ》らせる。

「三〇〇人……ですか。記録には、なんも残ってませんよ、そんなの」

「だろうな。不始末があったら賞罰をやったあと、書類の問題が審議されるだろうが、誰も罰せられてなければ、書類は問題無しとされて、提出処理されたまま……何しろ九〇年代だ。市役所がその辺、形式的に『適当』であればよかった最後の時代だからな」

「いい加減、という意味ですか？」

「いや、本来の意味だ」

「適当」本来の意味は、ある条件・目的・要求などに、うまく当てはまり、あるいは適《かな》っていること。相応《ふさわ》しいことを差す。

これがいつから「いい加減」の別名になったか明らかではないが、少なくとも軍隊と武道の世界においては本来の使い方をする者は多い。

「とりあえず、〈ケイ〉には市議会のほうを当たらせてる。政治家がらみの圧力があるなら、どこの誰がやったのか、それだけ判るだけでも真相に近づく」

「しかし、三〇〇人……外国のスパイが作った町だったりして」

「それならとっくに公安が嗅ぎつけてる。戸籍を買って成り代わる『背乗り《ハイノリ》』は、同じ住所や戸籍を買ったとしてもそこには住まない」

「そこに踏み込まれたら一網打尽ですものね」

「そもそもまとまった地域じゃなく、分散させるもんだ。三〇〇人丸ごとなんて、見つかったときのリスクがデカ過ぎる。何か、理由があるはずだ」

「暗殺者の町とか？」

「それにしては暗殺者がみんな死にかけというのが判らん。それに『町を守る』という言葉との繋《つな》がりもな………〈トマ〉、とりあえずその町の通話記録や通信記録、調べてみてくれ。あとあらゆる不動産、資産の流れが見たい」

「えーと、じゃあ各種申請書をこの十年ぐらいのスパンで集めてみますね」

〈トマ〉の指がキーボードの上を走る。

「………」

「どうした？」

「なんか、驚く程少ないです。十年スパンでやると、細かい不動産の動きとか、車やバイクのナンバー申請とか、葬儀の申請とか出てくるもんなんですが。ここ、驚く程住人が動いてないです。というか普通あの場所だったら車もちはもっと多い筈なんですが……大きな不動産の動きっていえば、せいぜい、町の真ん中にあった印刷屋が、去年自主廃業して、土地を売り払ったぐらいですね」

「車やバイクの申請は？」

「えーと、営業車両が三台廃車、これはさっきの印刷屋のものですね。あとは新規登録は原付が二台、中型バイクが最近一台……珍しいなあ。結構車庫付きの一戸建て多いのに」

「〈トマ〉君、その資料出して」

〈時雨〉の血相が変わった。

「それ、ひょっとしてホンダのＣＢＲの４００Ｒじゃないですか？　車体カラーは青」

「あ……そうですね、これホンダのＣＢＲ４００Ｒです……青の」

きょとんと〈トマ〉は〈時雨〉を見たが、すぐに手を叩いた。

「ああ、あの時現場から逃げた奴！」

「誰が持ち主？」

「えーと、城谷弥一郎《やいちろう》。年齢七〇歳。身障者手帳が十六年前に発行されてますね。三級……事情は、ああ、心筋梗塞でステントが入ってる上に弁膜も取っ替えてるんだ。だとしたら随分節制してるなあ。猟銃免許所持、自動車免許は……ああ、この年代の人だから、自動車免許取っちゃうとバイク関連は中型まで全部入っちゃうんですよね」

「そうなんですか？」

うらやましそうに〈時雨〉。

「で、車は……二台所持。トヨタ・ハイラックスの六代目。色は白、もう一台はカローラで、これも色は白……免許取得して五〇年、無事故無違反——凄《すご》いなあ」

「町住みで猟銃免許持ってる奴は、なにかあったらすぐ免許召し上げだから、普通のドライバーよりも無事故無違反を心がけるからな」

橋本が解説を入れる。

〈トマ〉の呼び出した、マイナンバーカードの写真には、生真面目そうで痩せた、しかし意志の強そうな口元の男が写っている。

　五年前だからまだ六十五の頃のものだろう。

「そんな人がなんで今さらホンダの中型バイクを？」

「同居者はいないか。扶養家族とか」

「息子夫婦がいましたけど……二〇年前に死別してます。孫娘も」

「原因は」

「えーと……死亡診断書は……え？　殴打による頭部陥没に……全身打撲、それに……刺殺……」

「殺人事件か。日付言え」

　橋本はスマホを取り出し、〈トマ〉が言った日時を打ち込んだ。

「二〇年前の、未成年による一家惨殺事件か……」

「なんですか、それ？」

「まあ、二人は子供だったから判らないだろうな……俺は中学卒業前だ」

　今は亡き有野と一緒に、将来の夢を教室で語り合った日々が一瞬、橋本の脳裏をよぎった。

（まずいな、どうにも感情に流されてる。バランスを取らないと……）

　意識を逸《そ》らすために、橋本は当時の週刊誌や新聞記事を脳裏に思い出すことに集中した。

中でも鮮烈な記事が浮かんできた。

「そうだ。当時、週刊誌がこれの犯人の顔写真を報道して、未成年犯罪者を巡るプライバシーの問題で、えらい騒ぎになった」

「へえ……犯人って何歳だったんですか？」

「当時十六、七歳だ。まあ、人間のクズだったらしいが、そこそこの有力者の父親がいて、最終的には十年の措置入院ということで収まったはずだ」

「………」

とたんに〈時雨〉が凶暴な顔になる。

「そんな連中、死ねばいいんです」

「誰もがみんな君みたいに行動出来るわけもない」

「他に犯罪がらみの人間はいないか？」

ひょっとしたらそれをついた犯罪組織や主犯格がいるのかもしれない、と橋本は思って指示を出したが。

「えーと、警察のデータベースでこの辺の犯罪者……あ、いますよ。でも二年前に死んでる」

「誰だ」

「去年廃業した印刷屋の先代社長です。江井孝夫《たかお》。死因は誤嚥性肺炎」

「寝たきりになったんだろう。年寄りの死因は最近、よほどのことがない限り、こう書かれるもんだ」

で、何の犯罪を犯したんだ？　と橋本が訊《たず》ねると、〈トマ〉は警視庁のデータベースにアクセスした。

「えーと、これによると公文書偽造、ってことになってますね、昭和五〇年代までに二回逮捕されてます」

「偽造屋《ニンベン》か……死んだ後に二代目がさっさと会社を畳んだのはここが中心だったからかもな」

そこは〈ケイ〉こと香に探らせることにする、と橋本は頭の中のメモに書き留めておく。

「それ以外はまっさらか。誰も前科《マエ》のある奴はない？」

「皆無です。交通違反のキップすらないですね……ただ、ちょっと変わったところだと、狩猟免許所持者が五人、ふたりは死亡して返納……それぐらいで」

「よし、過去はいい。最近……特に元議員が刺殺されて以後の、この町の携帯電話、スマホ、ＰＣの通信状況を調べろ。出来れば内容も。そこで例の単語を使った精査を仕掛けよう」

「はい」

「やっぱりＩＮＣＯ、でしょうか？」

〈時雨〉の疑問に、橋本は首を振った。

「判らん。だが、この町の住人は操られてるだけだろう」

「なんで言い切れるんですか」

「経歴だ。みんな普通よりもさらに目立たないようにしている『普通の市民』だ。運転免許すら滅多に取らないぐらい――彼等は息を潜めてこの社会に生きている事情があるんだろう。無戸籍や無国籍、あるいは前科や借金からの自己破産者かもしれない」

三〇〇人の書類不備は、恐らく偽造を誤魔化すためのカムフラージュだろう、と橋本は推理していた。

香が裏を取れれば、これが誰の指示かが判る。

だが、それを待っていていいのかは判らない。

すでに三十数名が犠牲になっている。

「必ず、どこかに中心《ハブ》になってる人物がいる」

橋本は言い切った。

「そいつがここの町の住人を人殺しに変えてる」

「ＩＮＣＯみたいな扇動者ですか」

「司令塔、かもしれないし命令者、と呼んだほうがいいのかも知れない。町内には住んでないだろう。こういう連中はあまり手先と長くいることをしない。大抵はカリスマ性や神秘性を維持したいからな……ＩＮＣＯが例のＩＴ長者とＱＧＨの教祖様を使ったように、自分の代行者がいるはずだ」

「前回はＮＰＯでしたよね」

ＰＣに向かいながら〈トマ〉が言う。

「そうだ。今回もこういう人たちを結びつける場所か、人がいるはずだ。洗い出せ。そこから辿《たど》って首謀者を潰す」

「はい」

「あの……〈ボス〉」

〈時雨〉がおそるおそる訊ねた。

「今回、その、代行者役のひとたちは……」

「こっちで手を下す必要はない、向こうが刃向かってこない限りは……出来れば警察に引き渡すか、こちらを見ないままなら、扇動者本体を潰した後は放置でも構わないだろう」

これは、橋本なりの妥協案だった。

公安だった自分か、そうでない〈時雨〉や、死んだ有野のような「普通の世界」にまだ片足を突っ込んでいる連中と組むには、それなりの温情が必要だと、前回から考えている。

「本当ですか？」

「お前等に嘘をついてどうする。だからお前たちも任務に関して嘘はつくな」

「はい」

嬉しそうに〈時雨〉は微笑んだ——父親の敵討《かたき》ちをして死刑宣告されても動じなかった肝の据わり方と同時に、復讐に対する理解は、やはり少し一般人とは違うらしい。

暫くすると、ＰＣのモニタに向かったまま〈トマ〉が片手を上げた。

「あの、例の城谷さんが怪しいです」

「ほう？」

「この人、二台スマホ持ってます——けど、片方は殆《ほとん》ど家から動きませんが、片方はあちこち移動してます……えーと池袋新宿、首都高もよく使ってるみたい」

「あのライダースーツの女ですね」

〈時雨〉の目が光った。

前回、ペッパースプレーを吹きかけられて捕まえられなかったことがよほど悔しかったのだろう。

「それに、町内からの電話を一番受けているのが彼で、一番あちこちに電話をかけているのもこの人です」

「決まりか……よし〈トマ〉、そのまま情報を集めろ、明後日は可手良町にいく」

「え？」

「容疑者《マルタイ》に会うのも仕事のウチだ。それと聞き込み。久々に身体を動かしたくなった……〈時雨〉、近くのレンタカー屋でバン借りてきてくれ。二泊三日な」

そう言って、橋本は〈時雨〉に一万円札を五枚ほど渡した。

「明日、朝イチからだ……そのままじゃ問題あるからな。一日かけて準備するんだ。俺はちょっと出かける」

「なんです？」

「変装道具を注文してくるよ」

第五章　強襲

☆

翌々日。

可手良町《かてらちょう》の隣の丸光《まるみつ》の商店街に、某大手携帯電話会社のマークと「基地局調査中」のステッカーを貼り付けた大型バン、濃紺の日産・NV350キャラバンがゆっくりとした速度でやってきた。

運転しているのは作業服姿の〈時雨《しぐれ》〉だ。

「ここでいい、停《と》めてくれ」

助手席の橋本《はしもと》はそう言って、車が停まるのを待たずにシートベルトを外した。

昨日はこのキャラバン用の車体のステッカーと偽造ナンバーを注文して貼り付け加工し、明け方近くまで各種資料を読み込んでいたが、昂揚感が身体《からだ》を動かしている。

ゆっくりとバス停に停車するバンから降りた。

　橋本は背広姿だ。

「先に行っててくれ、二時間ぐらいでそっちにつく」

「あの、なるべく早く来て下さいね」

　いつになく緊張した面持ちで〈時雨〉が言った。

「私、こういう大きな車、運転するのは初めてで……」

「大丈夫、保険には入ってる。多少ぶつけても文句は言われんさ。ただ、子供の姿を見かけたら時速十キロ以下にしろよ」

「は、はい」

　どうやら普段颯爽《さっそう》として、迷いのない決断を心地よく下す〈時雨〉にも、苦手なものはあるらしい。

　ゆっくりと、亀のようなスピードでバンが去って行くと、橋本は丸光の商店街に足を向けた。

　大型スーパーと若者たちに上手《うま》く代替わりを終えたおしゃれなカフェや軽食屋が立ち並んでそれなりに盛況な商店街を歩く。

　時間は十一時、まだ大抵の店は閉まってるが、眼鏡屋が開いていた。

「すみません、眼鏡拭きありますか。マイクロファイバーの奴」

ドアを開けて中を覗《のぞ》くと、こざっぱりと改装されたばかりの眼鏡屋の奥で、老齢の店主が「はいはい」とショーケースの中から商品を出した。

「百円ショップのものじゃ、やっぱり長く使えないんでね」

言いながら橋本は、一番売れそうにないはでな柄物の眼鏡拭きを選んだ。

包装は拒み、そのまま中身を取り出して胸ポケットに入れる。

「ここはいい具合に世代交代が進んでるんですね。昔、高校の友だちがこの辺に住んでたんで、よく来てたんですが、ここと……あとかて、かてよし……じゃなくて」

いかにも「仕事の都合でたまたまここに降りたサラリーマンが思い出話で時間を潰そう」という風を装うと、向こうはヒマだったのか乗ってきた。

「ああ、可手良町ね」

「そうそう。あっちはどうです？　なんか寂れてる、って聞いてますけど」

「まあねえ。こっちは町内会と商店会が上手く連携して頑張ってるんだけど、あっちは中心になってる江井《えい》さんが病気がちになり始めた辺りから上手くいかなくってね。あんなに大きな市営アパートがあるってのに」

「江井さん……ああ、印刷所の」

「よく知ってるねえ」

「知り合いってのが、そこの印刷所でバイトしてたんで、たまに顔を見たことがありますよ。長い顔で角刈りの」

「そうそう」

懐かしそうに店主は目を細めた。

「江井さんが元気だった頃はうちの商店街とも共同で、正月には餅つき会とかもしたんだけどねえ……」

ちら、と店の奥の壁に視線を送る——その先には色あせた写真があって、「丸光、可手良町商店街合同忘年会」と書かれた垂れ幕の下、数十人の昭和の店主たちが、赤ら顔でにこやかに並んでいるのが見えた。

この眼鏡屋の店主の言うことは、橋本の調べた事実と合致している。

可手良町に町内会と呼べるものはなく、商店街の店主会もこの十年は店主の高齢化で活動が殆《ほとん》どない。

商店街のホームページにある最新の記事は江井の印刷会社が息子に代替わりしたことを報告する五年前のものと、その三年後に江井が亡くなったことを報じる、息子の署名記事で終わっている。

「まあ、あそこはね。なまじ昔栄えちゃってたころが派手だったから、息子さんたちが、みんないい大学出て、いいとこに就職しちゃって、店継ぐ人たちがいないんだよねえ……
……うちは左前になったのがかなり早かった分、必死に努力したから立ち直りも早かったんだ」

さいたま市へと移った江井の息子へは今、香《かおり》が会いに行っているはずだ。

「ただねえ」

と、自分の所の自慢話だけでは気が引けるのか、店主は付け加えた。

「あそこは町の皆さん結束が固いのよ、子供たちの勉強会とかよくやってるし」

「へえ、勉強会ですか」

「この不景気でしょ。子供を塾に通わせるってのも大変だからって、書店の店主さんとかが音頭を取って、今でも週二、三回は廃業した食堂で勉強会してるんですって…………まあその子たちが大きくなる頃にはまた可手良町も良くなってるんじゃないかしらね」

「なるほど……少しいい話を聞きました。ありがとうございます」

頭を下げて、橋本は外へ出た。

他にも商店街の店数軒で小さな買い物をするついでに可手良町の様子を聞くが、皆、眼鏡屋の店主と異口同音に江井という人物と印刷会社を失って意気消沈している商店街の話と、勉強会の話が出た。

「ウチの子もお願いしようと思ったんだけど、もう定員だ、って言われちゃって」

と嘆く主婦もいたので、相当レベルは高いのだろう。
二、三時間ほど聞いて回った後、電車に乗って可手良町へ向かった。

☆

駅を出る。

異様な静けさが橋本を出迎えた。

最寄りの私鉄の小さな駅から始まる商店街は、確かに隣町の丸光よりも寂れていた。

コンビニと中規模の書店、靴屋、古びた喫茶店が見える。

あとは百円ショップがシャッターを開いているぐらい……と思ったが、個人営業のかなり大きなスーパーが店を開けていた。

改装したばかりらしく、大手スーパーでも見かける什器の類《たぐ》いがおかれているのが見える。

寂れている町、というには少々大きすぎる気がした。

個人営業のスーパーの規模は、その町の消費量のバロメーターだ。

可手良町の住人の数は二千五百人。

二〇〇メートルほどの通りの行き止まりに「売り地」の看板と結構大きめの更地が広がっていた。

ここが江井孝夫《たかお》が経営していた印刷所の跡地だろう。

江井の口座と納税記録を調べたが、三〇年ほど前に奇妙な取引があった。

城谷《しろたに》の名義で数百万の振り込みが個人貸与で記録されている。

城谷の口座にはその日、一度に一千五百万の振り込みがあった。

つまり城谷の口座にある日一千五百万円が出現し、それがそのまま出て行ったことになる。

バブルの残光まだ華やかなころだから、と言われてしまえばそこまでなのだが、財務記録に株取引などは見当たらない。

それから後も、散発的に三〇万の振り込みが江井の個人口座に流れている。

(恐らく、城谷がこの町の束ね役で、江井が書類を作った)

橋本はそう見ている。

偽造屋は職人で、指揮官にはなれないし、ならない。

誰かが強く望んだのだ。

そして、城谷の息子の嫁は、あの三〇〇人の書類ミスのひとりだった。

さらに、この可手良町には監視カメラが一切ない。

唯一、駅とコンビニには設置されているが、コンビニのほうはこの半年は故障している。

城谷の家から二〇〇メートルほど離れたコインパークに〈時雨〉のバンは停まっていた。

どこもぶつけた様子はない。

よっぽど気をつけながら運転したのだろう。

スマホを取り出して電話をかける。

運転席に突っ伏していた〈時雨〉が跳ね起きた。

「どうだ？」

言って軽く手を挙げる。

『大丈夫です、何処《どこ》もぶつけてません！』

〈時雨〉の言葉に苦笑する。

「ああ、見事なもんだ——で、どうだ？」

表向き、〈時雨〉たちは新しくここに携帯の基地局を作る必要があるかどうか、電波状況を見極めにきた調査作業員ということで、あちこちに訊《たず》ねるように言ってある。

〈トマ〉はともかく、〈時雨〉はこの辺のこともそつがない。

『城谷さんはこの辺のご町内のまとめ役みたいな人だそうです。奥さん亡くされてからは、背の高い、バイクに乗った親戚の女が居候してるそうで……恐らくそれが』

「だろうな。お前にペッパースプレーで反撃した奴だろう。まだ動くな……〈トマ〉のほうはどうだ？」

スマホがスピーカーモードに切り替わる間があって、

『まだ、これといった通話はないです。この町、驚く程通話がないですね……大抵奥さん連中はＬＩＮＥとかで通話するもんだと思うんですけれど』

「Ｗｉ－Ｆｉと回線の普及率はどれくらいだ？」

『Ｗｉ－Ｆｉは平均的で大体町の三割をカバーしてます。ですが、個別の家庭用回線が異様なぐらい少ないんですよ。マンションや集合型はいっぱいあるんですけれど』

「普通はどうなんだ？」

『埼玉のこの辺でベッドタウンなら、この三倍ぐらいは一戸建てに普及してるはずです。普通のサラリーマンも多いですし、平均年収が全国をやや超える家も結構ある筈なんですが……アーミッシュの村みたいです』

「それはちょっと言い過ぎだろう、アーミッシュならゼロなんだから」

苦笑しながら、橋本は不思議な違和感を感じていた。

『そのくせ、ゲーム用回線はかなりの数が今も動いてます。まるで日曜日みたいだ』

「ゲーム用回線？」

『ええ、ニンテンドーとかプレイステーションとか、特定の家庭用ゲーム機用の回線です』

「そんなものがあるのか」

『最近は通販も通り越して、ゲームもダウンロードで済ませて買いに行かずに済んでますからね』

　で、それなんですが、と〈トマ〉は続けた。

『繋《つな》ぎっぱなしにしてるんじゃなくて、今も動いてます』

「つまり、誰かがいまこの時間帯にゲームをやってる、ってことか？」

　夏休みまではまだ間がある。

『そうです、オンラインゲームだと思います。ゲーム内通話も結構やってますね』

〈トマ〉、この辺の小学校の学区は何処になる？」

『えーと……』

　暫《しばら》く〈トマ〉がキーボードを叩く音がした
『良手脇《よてわき》小学校か、丸光第二小学校になりますね』

「この可手良町に住所を持ってる子供が何人いるか、調べろ。期間は江井孝夫が死んでから今年まで」

『え？　今ですか？』

日本国内の政府機関のサーバーは基本、ハッカーにとってザルも同然だと言われるが、その中でも教育機関のものは「セキュリティ、と書いてあるだけ」とも言われている。

それでも、そこから情報を抜いて、クロス検索をかけるには手間が取られる。

『スティングレイの情報収集の処理速度、落ちますよ？』

今回バンの中にはノートPCだけを持ち込んでいる。高性能のものだが、それでもタワー型などの本格的なPCとは処理速度が違う。

〈トマ〉の能力を以《もっ》てしても、マルチタスク状態のPCは重くなるのだ。

「頼む」

橋本は通話を終えると、耳を澄ませた。

たたずんでいると、時折、子供の声がどこからか聞こえてくる。

はしゃいでいる声。罵《ののし》る声、そして電子音。

橋本はオークリーのシューティング用サングラスをかけて歩き始めた。

タイメックスの腕時計を見る。

まだ午後三時。子供が学校から帰っている時間帯ではない。

歩き回る。

どの家も真夏だからカーテンを閉めているが、時折それが揺れる。

カーテンが乱れて、走りまわる子供の姿が一瞬見える。

小学生もいれば、中学生らしい姿も一瞬見えた。

カーテンをめくって外を見る子供を、慌てて母親が引っ込める姿も時折見かけた。

橋本は素知らぬ顔で歩いていく。

一時間ほどしてぐっしょり汗に濡れる頃、〈トマ〉から電話がかかってきた。

「どうだ？」

『変な結果が出ました』

〈トマ〉の声は上ずっていた。

『ゼロです……江井孝夫が死んだ年から、子供はこの可手良町にはいないことになってます』

「そうか」

『どういうことなんでしょう？』

「書類はミスじゃない、偽物だ」

橋本は断言した。

「三〇年前に書類ミスとされた三百十二人は、この町に逃げ込んできたんだ。無戸籍、無国籍、ブラック金融…………色々な理由で新しい国籍や戸籍が必要になった『移住者』が」

『そりゃ判《わか》りますけれど、子供とどう結びつくんです？』

「三百十二人は最初の移住者だ」

橋本は言った。

「その後も、ずっと『移住者』はここに移ってきた……恐らく、書類偽造が出来る江井孝夫が死んだ後も。そして彼等は無戸籍のまま、ここに住んでる。行き場がないままに」

『普通、子供が学校に行ってないって判れば、行政機関が動くでしょう？　憲法違反になるんじゃ…………』

〈トマ〉の言うことは正しい。

日本国憲法の二十六条は、教育を受ける権利と受けさせる義務を定めている。

【一、すべて国民は、法律の定めるところにより、その能力に応じて、ひとしく教育を受ける権利を有する。

二、すべて国民は、法律の定めるところにより、その保護する子女に普通教育を受けさせる義務を負ふ。義務教育は、これを無償とする。】

その憲法に基づき、学校教育法十六条は、

【保護者は、次条に定めるところにより、子に九年の普通教育を受けさせる義務を負う。】

と定めており、さらに十七条は「就学義務」としてこう定める。

【保護者は、子の満六歳に達した日の翌日以後における最初の学年の初めから、満十二歳に達した日の属する学年の終わりまで、これを小学校、義務教育学校の前期課程又は特別支援学校の小学部に就学させる義務を負う。】

刑罰は罰金刑で十万円以下、立派な法律違反だ。

「ひょっとしたら出生届も出してないかも知れない」

自分のニセの戸籍を守る為に、子供たちを無戸籍にする。

泥沼が泥沼を呼ぶ……だとしたらこの状況が判る。

さらに「勉強会」の意味も。

あれは、学校に行けない子供たちの為の学習の場なのだ。

「それに校区が重なってるところは、役所の人間が来ても『あっちの学校に行かせた』と言えば大抵の窓口調査はごまかせる……〈トマ〉、三〇年前からこの町に帰ってきた、ココ生まれの人間は何人だ？」

『今調べます』

しかも可手良町は役所がない。地域と行政の間に距離がある。

「三〇年前『書類ミス』が大量に発生したのに誰もお咎《とが》めがなかった——俺たちでも気付くぐらいの異常なことが、そのままにされる、ってことは、役所の中じゃ、見えない忖度《そんたく》の結界を張るようなもんだ」

なんとなく、触れてはならない政治的な力、タブーとジンクスの及ぶ場所——香や〈ツネマサ〉の電話調査で、可手良町についてのエピソードが殆《ほとん》ど何も得られなかった理由もそこにあるのかも知れない。

だから、可手良町は放置されている。役所の傷として、触れてはならない場所として。

故に今も無戸籍、無国籍、戸籍を棄《す》てた者たちが集まる町になっている。

どこからか一斉にベルの音が鳴った。
それは目覚ましの音だったり、携帯のアラームだったり。様々な音だ。
橋本は腕時計を見る。
午後四時半。
あちこちでドアが開き、子供たちが外に出てくる。
まるで学校から帰ってきたところを省略したかのように。
小さな公園、広場――そこを目指して、可手良町の路地を子供たちが走る。
『人口二千五百の半分以上、千四百十五人が、Uターン組、ってことになってます』
何処からも帰ってこない子供たちが、何処かへ飛びだしていく。
その笑顔とはしゃぐ声の中、橋本は〈トマ〉に告げた。
「間違いない、この町は幽霊居住区《ゴースト・ブロック》だ」

☆

相手は「忙しいから」と電話で応対してくれることになった。

『昨日大物弁護士の事務所と、うちの管轄の税務署で火事があって、その対応がキックくってね』

丸光署の署長の声には疲れがあった。

『まあ、あそこは昔、美土里川《みどりかわ》グループの総帥の覚えめでたい人物がいたんで、色々特別扱いになってる、てことだね。三〇〇人分の書類云々《うんぬん》、ってのもどうも元はそこの人物が原因だったらしい』

「原因？」

『市役所への提出書類の印刷もそこが請け負ってたんだが、盛大なミスをしでかした、とか聞いてる。戸籍謄本の仕様自体が違っていたとか、項目が一つ多かったとか……それを美土里川の黒幕様が上手《うま》くもみ消すように市議会に掛け合ったんだと』

「で、それ以来可手良町は不可侵地域に？」

『まー、美土里川神前《しんぜん》といえば、経団連の会長でさえ、代々ご機嫌伺いにやってくるような、政財界最後の大物だったからねえ。で、なんとなくあの町の書類に関しては『ほっとけ』ってことになった……今は『烈夫《れつお》坊ちゃんの地区』と呼ばれてるそうだけど』

「ああ、そういえば孫は国会議員でしたね」

美土里川烈夫と言えば保守派のホープだ。

『今でも可手良町のことは気にかけてるらしい。例の懐刀っていわれてる妹さんがよく来るそうだ』

「最近、なにか問題とか、事件とかありました？」

『いや。全体的に治安もいいし、静かだし、町内活動も立派だ。前科のある江井って男が昔はよく仕切ってたが、何年か前に死んで、今は城谷とかいう引退した元商事会社の社員が町内会をまとめてるって聞いたよ』

「その江井って人の家族は……」

『確か親父さんがなくなった後、家業の印刷屋を畳んで東京に引っ越した、って聞いてる』

「ありがとうございました」

電話を切った。

「やっぱりあの城谷とかいう人物が鍵ね……それと美土里川グループか……」

「戸籍を偽造している人たちの町ですか」

〈ツネマサ〉が溜息をついた。

「純粋な無戸籍者は今日本国内に一万人以上いる、といわれてるわ。さらにこれへ借金から逃れるための別戸籍を必要とする人、不法滞在の外国人も含めれば、その数はかなりの数になる。でも、これほどの規模で定住するとは……まさに盲点ね」

「それが、この前のキルドーザー事件みたいに、犯罪者予備軍としてキープされてるんだとしたら……」

「あの町は犯罪者の町どころじゃない。それに発覚したら日本政府、警察、行政機構全ての汚点として大騒ぎが起こるわ」

「……どうするんです？」

「〈ボス〉に決めて貰うしかないわね」

香は肩をすくめた。

「〈ケイ〉さん、前回みたいにまた事前逮捕ですか？　もしくは狙撃とか？」

「数が多すぎるわ。前回は四十数名、三〇〇人以上の逮捕、となったらそれこそ犯罪発生率が変更されちゃう。その線はないと思う」

「少し、安心しました」

〈ツネマサ〉は苦笑した。

「俺、一度は自己破産手前までいったんで、他人事《ひとごと》には思えないッス」

「そりゃそうよね……」

香は頷《うなず》いた。

〈ソロバン〉こと有野《ありの》が助けなければ、足柄《あしがら》からの借金で〈ツネマサ〉は今ごろ、移植臓器を抜かれた死体として東京湾に沈んでいるはずである。

香は早速さっきの情報をメッセージにして橋本に送った。

今ごろ、橋本たちは可手良町に聞き込みと盗聴に赴いている。

下手に電話をかけることが命取りになりかねない。

送信を終え、香はひと息ついた。

「そういえば、もう明日から外出可能ですって？」

「ええ。車椅子から晴れて松葉杖です。リハビリも兼ねてガンガン歩けと」

「下半身の筋肉は鍛えないとすぐ衰えるものね」

「昨日も理学療法士の人に悲鳴を上げさせられましたよ。たった一週間なのに、こんなにも身体が鈍るもんかと」

ちなみに〈ツネマサ〉は来週末には退院予定である。

「たぶん、あなたも私も、今回は前線に駆り出されるかも知れないからしっかり鍛えておいてよ」

「人員、なかなか増やせませんか？」

「まあね」

香は苦笑いしながら頷いた。

「あ、そうだ。〈ケイ〉さん、ちょっと最近の警察の報告書見てて気付いたんですが、あの可手良町に関わりがある事件が刺殺事件の後に五件、昨日の夜一件ありましたよ」

「どういうこと？」

「放火と盗難、あと無理心中です。五件あって放火は良手脇市役所の借りてる書類倉庫、もう一件が良手脇市の税理士事務所、あと……可手良町の不動産会社ですね。こっちは金庫も何もかも盗まれてます」

「無理心中？」

「ほら、先月の赤坂の料亭で俳優と経済学者ふたりを、仲居が道連れに死んじゃった事件……あれの仲居が三〇年可手良町に住んでる人でした」

「犯人とか映ってるの？」

「どれも監視カメラがない地区、あるいは故障してる時を狙ったみたいに襲われてます」

「良手脇市役所のほうは戸籍がらみの放火、可手良町の不動産会社も多分、証拠隠滅のためのもの……だと思うけど税理士事務所？」

「そこの前の主が可手良町の江井印刷や不動産屋とかの顧問やってたそうで……あそこの住民も半分ぐらいは顧客だったみたいですね。過去五〇年分の書類が全部パアだそうです」

「で、残り二件は？」

「可手良町の近くの丸光とか田野我《たのわれ》で逃走車両が乗り捨てられてます。こちらは一ヵ月前と昨日ですね。人権派の弁護士事務所の放火と、国会議員の事務所の放火です、死者はなし」

「最後の二つ、ひょっとして同じ容疑者が映ってない？」

「いえ、背格好の違う男ふたりが弁護士事務所の放火、国会議員の事務所の放火は女ふたりでやったみたいです。かなり手慣れてますからプロの仕業じゃないか、って報告書があがってます」

「あら……これ、最後のふたつは、地検が動くはずだった事件の関係者だわ」

「へえ、そうなんですか？」

「ええ、弁護士事務所のほうが与党の大物議員の外国企業からの収賄疑惑の証拠を摑《つか》んだって連絡してきてて、議員の事務所は別の大物議員の脱税の証拠があるって地検に連絡してきたの」

「……それって地検の情報が筒抜けになってる、ってことですか？」

「それは問題よね……実際、収賄疑惑のほうは、海外の捜査機関とも協力する案件だったからいま上層部は大騒ぎ……でも、私たちが注目すべきは、可手良町を中心に起こってる殺人以外の放火や窃盗がある、ってこと」

香のスマホにメッセージ着信を報《しら》せる木琴の音が響いた。

「ダークウェブには動きがないみたいね」

ざっと目を通した香が即座にメッセージを消去した。

「例のサイバー犯罪課に頼んだ監視案件ですか？」

「ええ。この二ヵ月、物の取引以外は穏やかなもので、犯罪依頼とかで活発化している部分はないみたい。少なくとも関東近辺ではね」

「……ってことはこれ、ダークウェブとは関わりがない、ってことですか」

「もっとも、ダークウェブの監視自体が難しいから、私たちの判らない場所で何かが動いている可能性は棄てきれないけど……だとしたら私たちが動いていること自体が向こうに伝わって何らかの反応があると思うわ」

「えーと、これ、俺の勘なんですけれど。ダークウェブが関係ないとしたら、ヤクザとか政治家が絡んだもっとこー、ドメスティックっていうか、昔ならではの犯罪請負とかじゃないですかねえ？」

「まさか」

苦笑した香だったが、やがてすぐに真剣な表情で考え込み始め、〈ツネマサ〉はてっきり笑い飛ばされると思っていたひと言が意外な反応を引き出したことにぽかんとした。

☆

「老人の一人暮らしでＷｉ－Ｆｉ引いてて、スマホ持ってるってのは、大抵だれかメル友なり何なり、連絡したい人がいるからだから、もう少し通信するもんなんですがねー」

橋本がバンに戻ると、〈トマ〉が溜息をついた。

彼の前には大型無線機かチューナーのような機械が置いてある。

バンの後部座席は折りたたまれ、中には小さな机とシガーソケットから引っ張った電源にノートＰＣとその装置が繋がっている。

機械には大きなエイのマークとスペル違いの「ｓｔｙｎｇｌａｙ」の文字。

これが数年前、ＦＢＩがその存在を明かして大問題になった盗聴装置の最高峰、「スティングレイ」だ。

携帯電話の基地局になりすますのではなく、基地局そのものとして機能しつつ、さらにＰＣによるメール送信などまで傍受が可能という監視盗聴装置の最高峰である。

装置から伸びるケーブルは一つがバンの天井に装着したアンテナに繋がり、ひとつは

〈トマ〉のPCへ伸びている。

リアルタイムで〈トマ〉は城谷のスマホとそれに繋がる同居の女——狭霧《さぎり》という名前なのは〈時雨〉の聞き込みで判明している——のスマホとを監視しているが、驚く程通話がないという。

「同居の女の人って僕らと同い年ぐらいでしょ？　普通ならこの時間、なんだかんだと誰かにメッセージを送ってるはずなんですが……」

「ないのか？」

「そんなはずはないと思うんで今、もうちょっと深いところを調べてます。メッセンジャー、なし……SNSなし……」

「あら、城谷さんが何かスマホに入力してますわよ？　音声入力かしら？」

〈時雨〉がダッシュボードの上に置いた液晶モニタを見て声を上げた。

バンの屋根についているアンテナにはついでに監視カメラも仕掛けてある。

向きは二〇〇メートルほど先にある城谷家の縁側だ。

「え？　そんなはずは……そうか、不可視アプリが入ってるのか？」

「ダークウェブで売ってるっていうあれか？」

ダークウェブにはあらゆるものが売られている。

武器から麻薬、人間………そした最近、警察が手を焼き始めているのが、アメリカで盗聴装置「スティングレイ」が登場した後に開発されるようになった「不可視通信アプリ」だ。

通常の通信傍受では判らない通信を送るというもので、ダウンロードではなく、USBメモリとアダプターを使い、直接スマホに流しこむという使い方だ。

基本OSからも普段は見えず、画面にも表示されない。

だから通常の通信傍受やハッキングでは見えない。

電話をかけるための画面で、特定の数字を入力するとアプリは初めて表示され、その数字は一台ごとに変わるという。

「たしかUSBメモリ一本につき三〇万ぐらいしますよ、あれ」

「痕跡は辿《たど》れるか？」

「えーと……ちょっと現状じゃ難しいです、家の中に監視カメラとマイク、あとルーターに直接監視装置組み込まないと」

「じゃあ私が………」

「いや、俺が行こう。〈時雨〉も〈トマ〉も、下手をするとあの家の同居人に顔を見られて、憶《おぼ》えられてるかも知れない。俺ならメンが割れてない」

それに、と橋本は付け加えた。

「どういう人間か、捜査対象者《マルタイ》を見てみたい」

☆

十二月、クリスマス翌日、年末の寒い朝。

その日は、素晴らしい青空が広がっていた。

「おはよー！　お祖父《じい》ちゃん！」

五〇になった城谷のもとへ、孫娘と息子夫婦が早朝から来ている。

応接間は久しぶりに賑《にぎ》やかだった。

孫娘が中学を卒業するお祝いに、浦安にある有名な遊園地で一泊二日の小旅行をするという。

出来た当初は閑古鳥が鳴くと言われたその施設も、その頃にはアジアどころか世界屈指の入場者数を誇る遊園地に成長していた。

軽い朝食を城谷の妻が作り、一家そろっての朝食になった。

「ホントに行かないの？　お祖父ちゃんたちも来ればいいのに」

サンドウィッチをつまみながら、心底不思議そうに孫は「楽しい場所に行かない祖父母」を見つめて訊ねた。

「この前行って楽しかったがくたびれてしまったからね」

「お祖父ちゃん、山でハンティングするのに？」

「山のほうが慣れているからね。年を取ると人間、慣れていない場所へは行きづらいものなんだよ」

「お祖母《ばあ》ちゃんも今日はお友達と約束があるから、ごめんなさいね」

「んー」

孫娘夕霧《ゆき》は少し口を尖《とが》らせたが、

「こら夕霧、お祖父ちゃんたちを困らせるな」

と息子が割って入ってくれた。

「お土産のほうを楽しみにしてるよ、この前は買えなかった、ほら、あの西部劇の乗り物、あそこで売っているテンガロンハットがいいな」

城山は微笑《ほほえ》んだ。昨日、さりげなく夕霧に多めの小遣いは渡してある。テンガロンハットを四つ買ってもまだ釣りが出る程度には。

当時、城谷は商事会社の課長として働いていたし、世の中はまだ、豊かだった。

「私はお菓子がいいわ」

妻が微笑む。

「わかった！　ふたりともお土産楽しみにしててね！」

そう言って、夕霧は手を振って息子夫婦の車に乗り込んだ。

嫁が、丁寧に頭をさげる——未《いま》だに、無戸籍の自分に戸籍を作ってくれたことに対して恩義を感じているのが判る。

「そろそろ、彼女にも気にしないようにまた言い聞かせないとねえ」

城谷と同じことを感じたらしく、妻が呟《つぶや》いた。

「そうだな」

城谷は手を振った。

息子が取引先の知り合いから、タダ同然で譲り受けた中古の当時は北米のみで売られていたレクサスのＬＳ４００が遠くへ去って行く。

そのレクサスが「相手が金持ちに見えた」という殺人犯の動機になることなど、まだ城谷には知るよしもない。

まして、孫と息子夫婦とそれが永遠の別れになるなどとは。

☆

居間のソファで、ふと城谷は我に返った。

がらんとした居間にはクーラーの冷気が溜《た》まっている。

つけっぱなしのテレビが健康食品のドラマ仕立てのCMを流すのを消して、城谷は立ち上がった。

手には、池袋の猟銃店で入手したドイツ製のライフルがある。

結局、これの元の持ち主はかなり城谷を気に入ってくれて、「金に困ってる」と言いながら、どんどん値引きしようとした。

城谷はそれを固辞して、現金一〇〇万に、自分の愛銃のベレッタの水平二連ライフルをつけて交渉成立とした……それぐらいでほぼ等価値ではないかと思ったからだ。

店主にも数万円を技術料として渡して、お互いの銃を見て貰い、どちらもよく手入れされていて問題無し、というお墨付きを貰っている——個人の銃器の売買は、時折とんでもないコンディションのものが押しつけられることがある為だ。

これまでの水平二連やボルトアクションライフルと違い、逆三角形に三つの銃身が並んだこの三連ライフルは、太くて重く、バランスがいい。

銃身や銃床に刻まれた彫刻もシンプルな唐草模様と十字架、そして聖書の文字が書かれているだけのもので、動物の彫刻などがないのも気に入った。前の持ち主の考え「銃は標的にとっての墓標」という考えが隅々まで行き渡っているようだった。

銃身を折って薬室が空なのを再確認してから、空撃ち練習用のダミーカートを装塡《そうてん》する。通常のダミーカートと違い、こちらはプラスティックで出来ており、雷管部分にスプリングが仕込んであって。撃針が空撃ちで傷まないようになっている。

三〇年前、持っていた.375 H&Hマグナムを使うボルトアクションライフルの練習用に、出張先のアラスカで購入したものだ。

あの頃は、この程度のものなら、税関に止められなかった。

元に戻し、立ち上がって庭先にある木へと構えてみる。

引き金を引いた。

するりと落ちる。

勝手に、この銃の引き金はかなり重いかと思っていたが、意外だった。

引き金を離すとカチンと音を立てて二発目の撃発用意が整うのが判る。

続けて二回引いた。

驚く程レスポンスが早い。

ボルトアクションではこうはいかない。

下手をすると自動装塡式よりも早く撃てる。

ドイツ製という言葉にロマンを抱く世代だった城谷としては心地よい。

銃を下ろし、城谷は皮肉に笑った。

息子夫婦と孫が死んで、妻に先立たれてから、〈狭霧〉がほのかに灯《ひ》を灯《とも》してくれたが、自分の心が青春時代のように沸き立つとは思わなかった。

復讐《ふくしゅう》という暗い喜び。

猟銃を肩に担ぎ、ソファに座り直す。

夕暮れの昏《くら》さがそろそろ家の中にも入り始めていた。

先ほどまで見ていた夢が、二重写しになって見えた。

かつてこの家にあった賑《にぎ》わい。

息子夫婦、夕霧。そして妻。

あるはずだった未来。
生きていれば夕霧は四〇近い。城谷は曾孫を抱いていたかも知れない。
きっとそうなるだろうと、あの時まではボンヤリ思い、時折妻とも話していた。
きっと息子は夕霧が嫁に行くときは泣くだろう。孫が生まれたらきっと小躍りする。
あれはきっと駄目な祖父になるから、私が祖父の先輩としてしつけてやらないとな。
大真面目に城谷が言う度、妻は笑ってくれた。
あの日山小屋で、生真面目な城谷が、その時精一杯の冗談を口にしたときと同じ様に。
働けばなんとかなり、生きていれば報われる時代。
何処へ行ってしまったのだろう。あの豊かさは。
それが、終わってしまう豊かさと、思えなかったほどの明るさは。
涙がこぼれた。
手の甲でそれを拭っていると、チャイムが鳴った。

☆

橋本は作業服に着替え、作業帽を被《かぶ》り、小脇に適当な書類ボードを挟んで手には工具箱を提げて、玄関先で待っていた。

背中を丸め、愛想のいい笑みを浮かべる。

表情筋一つで、人の雰囲気は変わる。

公安の外事業務で世界のあちこちを飛び回りながら、橋本はそれを熟知していた。

今の彼は、ややくたびれた携帯電話会社の作業員で、面倒くさい業務だが、家のローンを心配しながら我慢しつつやっている、という役回りだ。

わざわざ作っているわけではなく、公安の仕事をする際に、いつも使う「仮面」のうちの一つだ。

「あ、すみません、私携帯電話会社の電波事業部から参りました、佐々木《ささき》と申します」

こういうときのために作ってある名刺の入った身分証プレートを掲げてみせる。

「……ああ、あっちの駐車場に停まってるバンの人か」

「はい、そうでございます」

橋本はペコペコと頭を下げる。

我ながら不思議だが、別人になりきってるときには何でも出来る。

「あの、こちらに新しい中継基地を作るに当たりまして、電波状況を調べておりましたが、ちょこーっと、具合がおかしいと言いますか」

と、「なるべく素人の人にも判りやすく」、調査に使っている機器類に妙なノイズが入っているという結果が出た、ついては盗聴機の類《たぐ》いかも知れないので調査をさせて欲しい、と頼み込む。

「よろしければ、本社のほうにお電話いただいて確認していただければ」

「そうだね」

どうやら迂闊《うかつ》に人を信じ込むほど愚かな老人ではないらしく、頷いて、スマホを片手に玄関先に置いてあるＦＡＸ付きの固定電話を操作した。

問題はない。現在、この家から発信される全ての電話は〈トマ〉たちのいるバンの中、あのスティングレイに中継される。

特定の電話番号の相手に擬装することは容易《たやす》い。

『はい』

すぐに〈時雨〉が出て、そつない対応でオペレーターのふりをしてくれた。携帯電話会社の名前を言い、すぐに現地調査している佐々木何とかという人物がいること、電話口で確認してもらって結構ですとも告げた。

「……………あんたに代わって欲しいそうだ」

「はいどうも」

『どうですか？』

「はい、盗聴機の疑いがあるんで、ちと調査に……はい、そうです。栗原《くりはら》課長のはい、はい、そうです」

と適当に相づちを打って、「盗聴機の兆候があったら直ちに調査して駆除するように命令されている」という架空の話に裏打ちをする。

「では、城谷様にお戻しします」

それから二言三言会話して、城谷は頷き、オペレーターの〈時雨〉に「ありがとう」と礼まで言って、いささか緊張した面持ちで電話を切った。

まっとうな元勤め人。

いささかユーモアのセンスには欠けるところがあるが、それを自覚するだけの冷静さと自尊心のバランスが取れている。

そこまでの対応で橋本はある程度城谷のリアルな人物像を推測した。

服はキチンと洗濯してるが、慣れてない者がアイロンをかけてる時にありがちな、適当な折り目の二重線が一箇所ある。

同居の女は家事はしても料理か掃除止まりで洗濯やアイロンは苦手なのだろう。

あるいは両方で負担。

（性欲の強さは感じない……恐らく同居の女とは、血が本当に繋がっているか、何らかの

精神的共依存にあるか、どちらかだな)

だが、まっとうであるかどうかは疑問だった。

受話器を受け取る時、受話器からガンオイルの匂いがした。

狩猟シーズンはまだ遠い。埼玉近辺なら十一月から三月。

この真夏にクレー射撃をやる人間ならともかく、ガンオイルの匂いというのは、これまでの状況から鑑《かんが》みて、偶然猟銃の手入れをしていた、というには危険なシグナルと言えた。

この町を発生源にする事件はまだ終わらない。

そう直感した。

「………で、如何《いかが》でしょうか？　ご夕食の準備時期にご迷惑だとは思うんですが、当方といたしましても、盗聴機の可能性がある場合は……社会的道義心と言いますか、その」

「いや、わかったよ。あがってくれ」

意外にあっさりと、城谷は許可を出した。

「年頃の女の子がいるんでね、盗聴機や監視カメラの類いがあるんだとしたら困る」

「ありがとうございます」

そう言って、橋本は腰の後ろから盗聴機検知器を取り出した。

最近出たばかりの品だが、モニターモードに切り替えれば、素人目には盗聴機の反応だと誤認されるのは間違いない。

それを持って家の中を歩き回る。

風呂場、脱衣所。

「あ、すみません、その同居の女性のかたの部屋への調査は、お願いしてもよろしいでしょうか？」

橋本はぺこりと頭を下げる。

「いや、それは貴重な機械なんでしょう？　素人の私が弄《いじ》っても意味がない」

（ほう『意味がない』か。狩猟で銃を扱うだけあるな）

橋本は感心した。大抵の場合こういう時に出る言葉は「壊すかも知れない」だ。

つまりこの老人はハイテク機器など未知の道具を面倒なものだとは思っていないのだろう。

「では、あの、同行お願い出来ますでしょうか、私、異常なことがある時以外は何処も触れなかったという証明をお願いします」

「判りました」

ドアを開けて中に入る。

驚く程ものがない部屋だった。

そして女性の部屋には、つきものな筈の、香水の匂い、ファンデーションの匂いもない。

あるのは消臭剤の素っ気ない匂いだ。

タンスと机、ベッド。あとは床に数冊、バイク系の雑誌が置かれているだけ。

(逃げ続けてる人間の部屋だ)

回転式の窓の鍵が、窓を動かせない程度に軽くかけられ、ベッドのすぐ下にナップザックとスニーカーが突っ込まれているのを見て、橋本はそう思った。

昔、海外にいた時の自分もそうだった。

何かあればベッド下のナップザックに貴重品を放り込み、逃げ出す。

あちこちにアンテナを向けるが、当然反応はない。

「ここにはないようです」

部屋をあとにしながら、ゴミ箱の中に盗聴機を放り込んだ。

錠剤ほどの大きさで、すぐ棄てられるかも知れないが、そんなに長く監視する必要はない。

スマホの操作音を察知した〈トマ〉が例の通信アプリの起動を追跡するためのきっかけになればいいのだ。

次が城谷の部屋だった。

こちらは書斎と寝室。

寝室には妻の写真と、息子夫婦と孫の写真が壁に掛かっていた。

書斎の本棚には洋書が多く、さらに狩猟の雑誌と古いライフル関係のノウハウ本があった。

ガンロッカーは法に従って壁に固定される頑丈なものでダイヤルロックもかかるようになっている。

だが、それとは別に新しめのガンケースが壁にもたれるように置かれているのが気になった。

五年前の最新機種だったノートPCは有線で接続。キーボードの文字はまだ新品同様。あまり使っていないらしい……これも〈トマ〉の報告通りだ。

感心したのはPCのカメラとマイクが絆創膏《ばんそうこう》で塞《ふさ》がれていることだ。

遠隔操作で一番乗っ取られやすいのがそこである。

同時に、彼には音声チャットなどをする相手はいない、ということだ。

ハンターにはありがちな剝製や獲物自慢の写真の山はなく、ただ一枚、本棚のひとつに、ヒグマを倒した横に複数の仲間たちと照れくさそうに立っている写真があった。

「狩猟をなされるんですか」

「実は、出身が岡山でしてね、父が畑を荒らす猪相手の狩猟をたまにやってたんで、気がつけば、ですよ」

「なるほど……大きなヒグマですね」

「人を襲った熊だったので」

どこか恥じたように城谷は横を向いた。

獲物自慢をしたがらない、狩猟趣味の人間は珍しい。

「それと仲間たちとの写真というのがあまりないものですからね」

写真は最近貼られたもので、市販の安いインクジェットプリンタならでは粒子の粗さと退色があった。

そこには、銃は持っていないものの、狩猟用ジャケットに鳥打ち帽といういささか古めかしいハンターの格好をした、江井が映っていた。

しかつめらしい顔をしているが、どこかユーモラスな表情をしていた。

何か、昔を思い出すよすがを求めて貼ったような気がした。

「他にも大きな獲物は獲られたんでしょうね」

「獲りましたが、あんまりそういう獲物を自慢する気にはなりません」

（性格はストイックで生真面目、狩猟にもどこか罪悪感がある、か）

優秀なハンターにはよくあるタイプだ。

狙撃兵にも。

「では、……あんまり可能性はないと思うんですが、お使いでしたらルーターのほうを見て、あとは退去させていただきたいと思いますが」

「ああ、だったら応接間のほうです」

応接間は革張りのソファ、古い大型ブラウン管のテレビ、ビデオデッキ、さらに壁にはアラスカの冬山景色を写した大判のパネル写真がかかっていた。

随分使っていないと思《おぼ》しいクリスタルの灰皿と、卓上型の大きなライターが昭和を感じさせる。

うっすらテープの投入口に埃《ほこり》の積もったVHSビデオデッキの横に、ルーターがあった。

ルーターに機械を向けて、背中をさらに丸め、城谷には見えないようにモニターボタンを押す。

モニター機能が起動して音が鳴った。

「あー、ここですねえ」

言って、橋本は工具箱をビデオデッキの横に置いた。

ここから先は手品だ。

「ああ、やっぱりだ、コンセントパネルの裏に盗聴機があります」

「ブレーカー落としてきますか？」

「いえ、電源は独立してますね。最近、この家を完全に留守にしたことはありますか？

半日ぐらいですが」

言いながら、何もないコンセントのパネル裏に、手の中に隠した、これまでの仕事で使い、壊れた盗聴機を貼り付ける。

「見て下さい、こんな感じでくっついてました」

そう言って見せる。城谷はすっかり騙《だま》されてくれたようで目を丸くした。

「まさか……なんでまたうちに」

「判りませんが、あとで警察に届け出ておいたほうがいいと思います。家まで上がり込んで盗聴機を仕掛けるのはストーカーめいた人物と相場が決まってますから……新しいコンセントパネルに変えますね」

「そ、そうですか……」

かなりの動揺が城谷にはあったようだ。

（考えてみれば、この町内の全員が仲間だものな。裏切られたと思っているかもしれんが）

少し気の毒にも思うが、仕方がない。

ポケットでスマホが鳴った。

『〈ボス〉、女が帰ってきます』

緊張しきった〈トマ〉の声。

「判りました、少しお待ち下さい。ええ、すぐ向かいますので」

言って電話を切る。

「ではちょっとルーターのほうもチェックしましょう」

そう言って橋本はルーターの裏にあるＬＡＮケーブルコネクタをチェックした。

四つある内の二つが埋まっている。

ひとつは書斎のＰＣに繋がっているのだろう。もう一つはＷｉ－Ｆｉの装置に繋がっていた。

「ちょっと抜き差ししますね」

そういって二つ差さっているケーブルを抜いて、本来のコネクタ口にコネクタそっくりで、少し分厚くしたような形の装置をはめ込み、ＬＡＮケーブルを差し直す。

以前、キャッシュディスペンサーのカード挿入口そのものが薄いカードスキャナーに変えられるというスキャニング詐欺があったがアレと同じだ。

一見するとコネクタ口のパーツが少し厚みを増したようにしか見えない。

「ただいまー」

長身の、中東系の美人が薄汚れたタンクトップにジーンズというラフな格好で顔を出した。

〈時雨〉がネコ科なら、こちらはイヌ科の猛獣を思わせるしなやかな体つきだが、露出した腕や、タンクトップから覗《のぞ》く腹部、ジーンズを張り詰めさせている太腿は鍛え上げた筋肉を見せつけている。

「なにかあったの？」

「盗聴機だよ」

「え？」

とたんに女の目つきが鋭くなった。

「こんにちは」

と橋本は「佐々木」としての自己紹介をしながら頭を下げた。

「今ここに新しく基地局を建てるかどうかという調査をしておりましたところ、こちらに盗聴の電波が感知されまして……」

「それでやったら、ほら」

「……！　誰が？」

「判らない。だが後で調べてみようと思う」

黙ったまま、橋本はルーターとＷｉ－Ｆｉの装置を元の位置に戻した。

「とりあえず、これで大丈夫だとは思いますが、あとで警察には届け出をしておいたほうが、やはりいいと思います」

「ちょっと待って、盗聴機の調査なのになんでルーターとか弄ってるの？」

（面倒だな）

橋本は内心舌打ちをした。

どうやらこの娘は、それなりにこの辺のことに詳しいらしい。

「いえ、念の為にＷｉ－Ｆｉやルーターのほうも調べただけでして。そちらには異常はありませんでした」

「ふうん………………」

娘は「ちょっと退《ど》いて」と橋本に言い、ルーターの裏側を見た。

そのまま何も気付かぬ様子で元に戻す。

娘は、スマホを取り出してちょいちょいと弄りながら部屋から出て行こうとした。

「……ジイちゃん、やっぱり警察に電話しよう」

一瞬、居心地の悪い沈黙が居間に落ちた。

(まずい)

橋本は城谷を確保しようと動いたが娘が飛びかかって羽交い絞めにした。

長身と、現場仕事で鍛え上げたらしい肉体の強烈なタックルで、橋本は頭を壁に打ち付けそうになるのを、腕で防いだが、ベニヤの壁を突き破る。

「逃げて、ジイちゃん!」

女の声に、城谷は躊躇《ちゅうちょ》しなかった。

普段から打ち合わせをしている、そういう動きだった。

身を翻し、書斎へと走る。

ベニヤの壁に身体を半分埋もれさせながら、橋本が腕をふりほどくべく、娘の頭に肘を打ち下ろすが、娘は怯《ひる》まない。

驚く程喧嘩慣れしていて、一八〇を超える長身と、鍛え上げた身体であっさり橋本のマウントを取った。

女の髪の毛の中、右耳の後ろに古傷が見えた。

拳《こぶし》が振り下ろされる寸前、人影が彼女に飛びかかる。

〈時雨〉だ。手には小型の高出力スタンガンを握っている。

躊躇なく女の身体に押し当てた。カタカタカタ、という電極の作動する音がして、女の身体がのけぞって痙攣《けいれん》する。

〈時雨〉が持っているのは通常の三倍の出力が出せるスタンガンだ。

見ると女は泡を吹いて気絶していた。

「………くそ」

何とか起き上がった橋本の耳に、ハイラックスのエンジン音が響いた。

タイヤを鳴らして走り去るのが判る。

「〈トマ〉、城谷が逃げた！」

スマホを取り出して〈トマ〉にかけた。

『スマホを追跡しながら、Nシステムにアクセスします』

「頼む」

言って橋本は溜息をついた。

間違いない、まだ何かが起こる。

「ところで〈ボス〉」

〈時雨〉が作業着の懐にスタンガンをしまい込みながら訊ねた。

「さて、この娘《こ》どうしましょう？　私たち警察じゃないですよね？」

☆

美土里川《みどりかわ》邸の秘密の隠し部屋の床で、烈夫と玲於奈《れおな》は折り重なるように、午睡のまどろみにいた。

ドアがノックされる。

使用中は非常事態以外は入ることはおろか、ノックすら禁止の場所だ。

玲於奈は立ち上がり、烈夫の手の跡の残る首にスカーフを巻いて、それから壁に掛かるバスローブを身に纏《まと》った。

烈夫はまだ目を醒《さ》まさない。

監視カメラのスイッチを入れ、この邸《やしき》の最年長の筆頭秘書——かつては執事と呼ばれていた人物——だけが立っていることを確認してドアのロックを解除する。

「申し訳ございません、玲於奈様」

深々と頭を下げる秘書へ、

「なにがあったの？」

玲於奈は眠りから覚めたとは思えないキッパリした口調で訊ねた。

「可手良町で、例の城谷の孫が、公安関係者に確保されたと」

城谷自身からの連絡だと秘書は告げた。

「警察ではないの？」

「いえ、警察ではないようです。警視庁の筋にも当たってみましたがどうもそちらの職員ではないようですし、逮捕状の発付などもないそうで」

「警察庁のほうへは？」

「通常の公安業務ではないようです、下手をすると『チヨダ』かもしれません」

「公安の非合法部隊？……だとしたら、早急に手を打って、外国の仕業に見せかけたほうが早そうね」

玲於奈は溜息をついた。

「……やはり素人はダメね。とはいえ、プロ過ぎるのはこう言うときは困りものだし……」

「如何《いかが》しましょう？」

「及川《おいかわ》さんに頼んでおきなさい……久々のお仕事だから喜んで受けてくれるでしょう」

「あのお方ですか」

「ええ。頭が悪くても、人殺しぐらいは出来るでしょう」

言いながら玲於奈は部屋を出た。

烈夫は、それを待っていた。

起き上がる。

つい数十分前まで、自分の下で喘《あえ》ぎ、「ご主人様」とか細い声で許しを乞い、泣き叫び、受け入れて果てた女なのに。

ことが終わった次の瞬間からは主従が逆転している。

(やはり、このままでは、俺は駄目だ)

そう固く拳を握りしめる。

定期的なトレーニングと節制を欠かさない、アドニスのような身体が、闇の中に浮かぶ。

烈夫は立ち上がり、壁に掛かった背広の上着から、自分のスマホを取り出して電源を入れる。

暫《しばら》く全裸の烈夫は立ち尽くしたあと、思い切って自分の秘書の電話番号を呼び出した。

「はい先生」

妹の玲於奈に次いで手に入れた、M奴隷でもある秘書の声は冷徹だった。

「私だ、真濃《まのう》組……いや、マノカンパニーの社長に電話をしてくれ、今夜会いたい」

『どういうご用件だと申しあげますか?』

一時はスカウトされて俳優も目指したという、七つ年下の二十七歳の秘書の声は、烈夫には心地よく耳に響く。

初めて彼を女装させて、夜明けまで弄《もてあそ》んだ時の記憶が不意に蘇《よみがえ》り、烈夫は隆々とペニスが勃起するのを感じた。

自分がサディストであるというだけでなく、両性愛者《オムニセクシャル》だと気付いた夜のことである。

SとMの関係はベッド以外でも維持されるこの秘書との関係は、玲於奈では味わえない、玲於奈では与えられない安らぎがある。

「妹を、始末したい。そう告げろ」

電話の向こうで一瞬、秘書が息を呑む気配がしたが、すぐに喜色満面の笑みを浮かべた声が返ってきた。

『はい、必ず！』

第六章　情交

『よ、おつかれー』

「なんだおめーかよ」

曲背《まがせ》は夕食が終わってからの電話に出て苦笑いした。

『地上げドーよ？　進んでる？』

「町内会長のジジィが意外にしぶてえなあ。なんどか電話したけど、ノラクラよ。そろそろ昔みたいにちょろっと火でもつけよーかなーと」

『今はマズイっしょ。この前の駅前刺殺やら、銀行が燃えて、どこもかしこもPとPCでいっぱいじゃん』

Pは昔から曲背の仲間内でポリス、警察の隠語であり、PCはパトカーのことである。

『あと監視社会ッツーの？　みんな次に何か起こりそうだって、鵜《う》の目鷹《たか》の目で探してるよ？』

「まー、それよりもPだな」

『あー、例の経済犯罪のトコか』

「マルタイとも話し合ってるみてーでよ、烈夫《れつお》くん仕事してンのか怪しいんだよなあ」

『懐かしいねぇ、俺達がゲッコーぶん殴って助けてやったとき、ペコペコして感謝してたのによぉ』

「まあ来週になっても状況が変わんねーようなら、ちょいとシメるわ」

『大丈夫かよ？　政治家様だろ？　前もホラ、なんとかってヤクザの』

「真濃《まのう》組だろ。あんなんもうこわかねえよ。今はカタギの警備会社だしよ」

『え？　そーなん？　オレっちこの前、傭兵《ようへい》会社始めた、ってきいたけど』

「海外で警備業務やったらみんな傭兵扱いしたがるんだよ、せいぜいタンカーの警備員だぜあんなの」

『へー、そうなんかー。べんきょーになったわー』

「ま、とにかく気にすることはねぇよ。どうせ古臭いヤクザとお友達な政治家ご一家だろ？　それぐらい俺達にかかりゃちょちょいのちょい、よ」

言いながら電子煙草のカートリッジを取り替えてスイッチを入れる。

御徒町《おかちまち》の外れに巣くっている南米系のブラザーから手に入れた大麻リキッドが濃厚に鼻

に抜けてくるのを感じた。

「殺せばいいんだよ。俺達自由。フリーダム」

『ケケケ』

電話の相手は甲高い笑い声を上げた。

『ひっさびさにマー君のそれ聞いたわ。思い出すねえ。二〇年前のあれ』

「あー、おめーズリィよなあ、一人だけちゃんと刑務所ハイってよぉ」

『バカ言え、前科持ちだぜ？　あんたみたいに綺麗なケーレキ無いのぅよお。へへへ』

「でもよー、オレなんか顔出しだぜ？」

『いーじゃんかよー、検査入院？』

「措置入院だよばーか」

『そうそう、それそれ……で五年だろ？』

「おめーも未成年だから三年だったじゃねえか」

『反省ごっこ大変だったぜえ。もうデスマス喋《しゃべ》りなんて、あの時人生の全部の分使い果たしたね、オレは。あー思い出すわ、あのＪＫのまん○』

「お前は癖になりすぎなんだよ、あの時で一〇〇人だろ？」

『ＪＫかあ、暫《しばら》く食ってねえなぁ。この前の奴は飛び降りちまってよぉ、カミさんにバレねえかとひやひやしたぜえ』

「俺は二〇年前懲りたよ。今やガキもちだしよお」

『そういえばお前んとこのガキどうしてる？』

「あ？　二人ほど不登校にしてやったらなんか呼ばれてうざかったわー。公立に子供通わせてるくせに、私立みたいなこと言いやがるんだよ。ヤローの先公だったからメてやったわ」

『コロコロしなかったん？　おっとなー。前はマー君すぐコロコロしてたじゃん』

「まあ親だからよー。ボーズには『負けんな』って言ってやったよ」

けけけけ、と曲背は大麻の酩酊感に浸りつつ高笑いをあげた。

『さすがチ〇ポに真珠入れてる奴は言うこと違うねえ』

「言うなよ、ははは」

言って、曲背は何事かと顔を出した妻に手招きして、ジャージのズボンを下ろした。

べろんと肉茎の部分に幾つもシリコンの瘤《こぶ》が出来たペニスが露出する。

一瞬、まだ二〇歳になったばかりの妻は、すぐ側《そば》で前妻の残した十歳と四歳の息子が遊んでいるので躊躇《ちゅうちょ》したが、逆らえば何が起こるか判《わか》らないのは骨身に染みて知っている。

だから、そのまま露出したペニスにしゃがみ込んで奉仕を始めた。

☆

日産・NV350キャラバンを玄関先に横付けし、橋本《はしもと》は城谷《しろたに》家の娘をその中に放り込んだ。

手足は念の為、アメリカから輸入された本物の警察用手錠と拘束バンドを使って縛り上げて、家の中にあった狩猟用の寝袋に押し込めた。

「どうするんですか、彼女？」

答えず、橋本は〈トマ〉に娘のスマホを差しだした。

「解析しろ、例の不可視アプリも入ってる筈だ」

ベニヤの壁に突っ込まされる羽目になったが、幸い、擦過傷が側頭部に出来る程度で大きな怪我はない。

バンを走らせる。御徒町のKUDANの事務所へは行かず、清瀬市の郊外、都道40号線から少し離れたところにある廃ビルの一つに車を入れた。

バブル景気の頃は郊外型のレンタルビデオ店だったらしく、一階が下駄履きの駐車場になっていて、シャッターが壊れている。

不動産関係のトラブルで向こう半年は管理者も決まらない状況なので「非常用シェルタ

―」として目をつけていた。

娘を下ろし、途中のコンビニで購入した洗剤をステッカー周囲にそって流しこむようにすると、簡単にステッカーは剝がれた。

アンテナの類《たぐ》いを回収し、橋本はレンタカー屋に車を返しに行くことにした。

今の時間帯なら往復二、三時間で戻れるだろう。

「その娘、見張ってろ。かなりしぶとそうだ」

それまでには城谷の家にいた娘のスタンガンの効力は失われているはずだ。

しなやかだがタフで瞬発力のある身体《からだ》なのは、一度タックルされて身に染みている。

「あの〈ボス〉」

ドアを閉めようとする橋本に〈トマ〉が思い詰めた表情で声をかける。

「あの娘《こ》どうなるんですか？」

KUDANの鉄則の中で最も大きなものは、

「目撃者はなし」

である以上、彼女を殺す必要があるのか？　と聞いているのは間違いなかった。

「戻るまでペンディングだ。聞き出せるのなら聞き出せ。名乗ったりするなよ？」

「は、はい」

「スマホの解析はいつ終わる？」

「あと三時間ぐらいは必要だと思います」

「急げ。尾行者はいないようだが、どういう伝手《つて》を使うか分からん」

何かまだ言いたそうな〈トマ〉に、

「とにかく、それまでには戻る、逃げた城谷は猟銃を持ってる。弾薬はこれだ」

そう言って橋本はポケットに入れていた弾丸を取り出した。

城谷の家を出るまで、中をざっと調べたら壁に立てかけていたガンケースが消えていて、
そこにこれが転がっていた。

「３７５Ｈ＆Ｈ《ホーランド・ホーランド》マグナム、鹿や熊を狩るのに使う弾丸だ。人間に当たれば死ぬか、その部位の骨と肉が吹き飛ぶ。やつが彼女を取り戻しに来るなら、躊躇《ためら》わず使うだろう。意味は判るな？」

橋本は真っ直ぐ〈トマ〉の目を見ながらその弾丸を手渡した。

「………はい」

「葬式は〈ソロバン〉だけでたくさんだ」

それだけ言って、橋本はドアを閉め、エンジンをかけた。

バックミラーに石を飲んだように立ち尽くす〈トマ〉の姿が見えたが、そこから先は考

えないようにした。

（ふたりが逃がすなら、逃がすだろう）

人情が絡むとき、下手に束縛すれば〈トマ〉たちの動きが鈍くなるのは知っている。

〈ソロバン〉こと有野《ありの》の前例が、彼等の判断を冷静なものにしてくれると、橋本は信じるしかなかった。

ＫＵＤＡＮは非合法組織である。

これまでの経験で、だからこそ、人員にも理想とされる組織の形態や動き、思考を求めてはならないのだ、と橋本は考え始めていた。

（これも、バランスだ）

☆

城谷は猟銃と弾薬を摑《つか》んでハイラックスに乗り込むと、走りに走った。

驚く程に、身体が動いた。

「ジイちゃん、逃げて！」

そう言われたら逃げる。

何度もそういう確認をした。

自分でも狭霧《さぎり》でも、捕まったらその人間を見捨てる。

可手良町《かてらちょう》の他の仲間たちのためにも、自分が捕まったことを仲間たちに報せ、逃げ延びる。

非合法なことをし、最後は殺人まで予定しているのだ。

日本の警察の恐ろしさと厳しさは、狩猟関係者ならある程度理解している。

狩猟の最中でも、この二〇年、ここまでのことはなかった。

追う者、追われる者の緊張。

まるで映画の中にいるように感じていた。

あまっさえ、片手でスマホを操り、玲於奈《れおな》に連絡までした。

〈狭霧が捕まりました、助けて下さい〉〈家に警察らしい男たちが踏み込みました〉

前後の文脈はさすがにバラバラになった。


途中の裏道のコインパーキングで車を乗り捨て、タクシーに乗り換えるべく、ガンケースと薬の入ったウェストポーチを手に大通りへ急ぐ。

狭霧を置いてきたことに、後悔があふれ出てきたのはタクシーの中で行く先を告げた後、だ。

安堵《あんど》した瞬間、自分の酷薄さに気がついた。

（戻らねば）

と思ったが、すでに家から十キロは離れている。

（あいつらは警察だろうか？）

恐怖が次に心臓を摑みそうになる。

ウェストポーチから心臓の薬を取り出す。血圧の安定剤も一緒に水なしで飲み込んだ。

玲於奈の秘書から返信があった。

〈安心して下さい、警察ではないようです。こちらで手を打ちますので例の隠れ家へ向かって下さい〉

玲於奈は信頼出来る相手ではない。だが、今は頼らざるを得なかった。

連絡用のアプリを見ると隣家の住人がすでに、

〈城谷さん家《ち》で物音、争う音、城谷さんの車が猛スピードで出た〉

〈家の中入ってみました、狭霧ちゃんも城谷さんもいません、心配〉

と状況を報告している。

〈城谷です、無事です〉

ウェストポーチから一〇〇円ショップで購入した老眼鏡をかけてチマチマと入力する。

〈よかった！　狭霧ちゃんは？〉
〈狭霧は捕まりました〉
忸怩《じくじ》たる思いでその文字を打った。
〈警察の車は？〉
〈来ていません〉
〈パトカーは一台もきてません〉
〈マスコミも来る様子がないです〉
〈ネットにも報道はないです〉
などの書き込みが次々と入る。
だとしたらあの連中は何者なのだろうか？
思った瞬間、「公安」という二文字が頭に浮かんだ。
冷たいものが背中を伝う。
思わず心臓を押さえた。
〈お嬢さんにお願いしました、何とかなると思います〉
自分でも信じていない文章を打ち込むのは苦痛だったが、仕方がなかった。
ここで皆を動揺させては計画が崩れる。

（ああ、そうか）

城谷は乾いた気分で、スマホを握った手を座席に投げ出すようにしてタクシーの天井を見つめた。

（私の人生は今、奴への復讐《ふくしゅう》が最優先なんだな）

そのためにはこの五年一緒に寝起きして孫のように思っていた娘さえあっさり見捨てられる。

これまでの関わりで得た心の交流も温かさも全て一瞬で破棄できた。

奴を殺せるなら、それでいいと、自分の心の奥底が納得していたのだ。

すでに。

以前、玲於奈たちから教え込まれたように、タクシーを方向を違えて三回乗り継ぎ、後ろを気にしながら、落成直前のグラントリアエランス埼玉までの大きな道路に面した改築中の大型書店の前で降りた。

裏口に回り、ノックを三回、そして二回。

「城谷です」

声をかける。

天井の監視カメラに顔を向けるとようやくドアが開いた。

がらんとした店内は外から見えないように窓という窓を全て段ボールとガムテープで塞《ふさ》ぎ、中央に置かれたテーブルには仮装用の衣装を詰めこんだ段ボールが幾つか。

そして、ボルトアクションと水平二連の猟銃が置かれているのが見えた。

中にいるのは城谷と同年代の老人がふたり、二〇代の若者が五人。

「大丈夫ですか狭霧ちゃん」

書店の主、山崎《やまざき》が声をかけた……ここは彼の経営する書店の元従業員が始めたところで、彼が手配してくれた。

猟銃は、この男と不動産屋の村上《むらかみ》の持ち物である。

「ええ、なんとか。尾行があるかどうかわかりませんが、私をつけてきた人はいますか？」

「外のカメラには何も」

「ならいいんですが……」

「あの、狭霧さんは……」

「お嬢様がなんとかしてくれる、ということです……どうやら警察じゃないらしい」

「じゃあ、地上げ屋がらみですか？」

この数ヵ月、地上げ屋が可手良町のあちこちに来ていることは皆知っている。

不動産屋の村上や、食堂の主で幾つか町内にアパートを建てている寺沢《てらさわ》のところにも、しつこく電話や訪問があり、どれも相場の二倍ほどで土地と建物を売ってくれと言っているらしい。

ここに住む元、そして現在の無戸籍、無国籍者たちは戦々兢々としている。

今首を縦に振らない彼等に何かあれば、遺族が心変わりしてしまうか、脅しに屈してしまったら、彼等は居場所をなくす。

特に無戸籍者は恐怖している。素性を明らかにせず「適当な書類」だけで家を貸してくれる不動産屋も大家も今の世の中では探すのは難しい。

江井《えい》の息子は父のしていることを薄々理解していたが、父の後を継いで関わりになることを嫌い、印刷会社を畳んでしまった。

だからもう「適当な書類」は作れない。

何より、その提出した書類が、実は偽造だったり、どこかが怪しいものだ、と地上げ屋が気付けば、やくざよりもたちの悪い連中がどうするか。

玲於奈の話に乗った若者が、今回、五人もいるのは、その辺の危機感が大きい。

「狭霧に関してはあとで報告があると思います」

冷徹に城谷は言い切った。

「会場の見取り図は、手はず通りに来ました？」

「え、あ、はいはい」

山崎が慌ててプリントアウトしたA2サイズの大きな地図を広げ、両端に猟銃を置いて文鎮代わりにした。

「とりあえず、パーティ会場はこの建物の奥にあるピロティで、奴らはここのVIP席にいます。我々は対面のこのVIP席」

明日オープンする埼玉のグラントリアエランス埼玉は、これまでにない規模の商業施設で、球場三個強の、一五万平方メートルもの面積をもつ四階建ての建物で、一階のうち、球場一個分強の五万平方メートルを多目的イベントスペースとして貸し出す。

千葉の幕張メッセと並ぶ面積のイベントスペースだ。

さらにそこに印刷所、製本所、各出版社の出張編集部、直接販売する巨大な本屋にレストラン、雑貨店にいたるまで、大手チェーン店を呼び込んで作っている。

コンセプトは「八〇年代から九〇年代にかけての豊かな日本」。

アジア一の文化商業施設、という売り文句だ。

その派手なお披露目のためのパーティが、彼等の今回の「標的」だ。

まず国内国外の自動車、バイクメーカーにファッション産業関係、ゲーム関係、Eスポーツ、様々なサブカルチャーを呼び寄せる大イベントをそのこけら落とし、としている。

城谷は、玲於奈からの指示を具体的な案として書き込んでいく。

狭霧のことは思い出さないようにする。

そのためにも、指示を計画に仕立て直す行為に集中した。

「城谷さん」

小声で山崎が声をかけた。

「はい」

「若い人たちの退路は？」

「ああ、それならここからここへ抜けて行けば。計画が始まる前に外に出てくればいいんです」

「俺たちも残ります」

若者たちのひとりがそう言って会話に割り込んできた。

高中亘《たかなかわたる》、無戸籍者の一人だ。

刺殺事件を起こして死んだ田中次郎《たなかじろう》の親友。

「私らはもう先がないが、君たちは生き延びなさい」

山崎が優しく言い聞かせる。

江井が死ぬ前からここへの「移住者」たちの窓口役を買って出ている男の言葉に、亘は「でも」、と口ごもりながら、気遣う顔をしている。

その顔に、狭霧の笑顔が重なった気がして、城谷は頭を振った。

（私には、あの子の笑顔を思い浮かべる価値などない）

あの時迷わず復讐を選んだ自分に、彼女を思いやる資格はない。

諦めるように、言い聞かせるように、城谷は胸中で呟《つぶや》く。

城谷のスマホが震えた。

メッセージを確認すると玲於奈の年輩の秘書からだった。

〈狭霧さんはまだ警察に連れ込まれてはいません〉

〈暫くお待ち下さい〉

城谷は何も言わず、入力もせず、スマホをスリープモードに変更した。

☆

廃ビルの下駄履き駐車場の奥。

「解析、完了、っと」

〈トマ〉の指先がキーボードを叩く。

少し離れた所、都道四〇号線沿いのマクドナルドで、〈時雨《しぐれ》〉が買ってきたセットメニューは、すでに胃の中に収まっていた。

コードを解読して〈トマ〉は、プログラムをPCの上で擬似的作動《エミュレート》して吸い出した狭霧のスマホのデータを展開した。

例の不可視アプリで行われているメッセージのやりとりを、最新のものからスクリーンショットして、次々と橋本へ送る。

その横で〈時雨〉が躊躇なく作業服を脱ぎ、全裸になった。

刑務所でも節制と鍛錬を怠らなかった肉体はしなやかに引き締まり、〈トマ〉を相手に処女を失ってからは、単にスポーティなだけではなく、太腿や尻、胸にもむっちりした女のラインが加算されて艶めかしい肉体になっている。

前回の仕事の依頼料を使い、永久脱毛したせいで、下腹部にも陰毛はない。

首から上は清楚《せいそ》そのものなのに、首から下は見た者を引きつける魔性の肉体そのものだ。

大判のボディ用ウェットティッシュで肉体から汗を拭うたびに、その柔らかく白い肉体が艶めかしく揺れる。

実際、〈トマ〉も一瞬視界の端に彼女の裸体を映した瞬間慌てて目線を逸《そ》らしたが、股間が隆々と硬くなるのを抑えられていない。

その肉体に赤い、紐と僅《わず》かな布で出来たタンガショーツと、豊満な胸をしっかりガードするブレストバンドとスポーツブラを装着し、ぴっちりした股上の浅いスキニージーンズを穿《は》く。

その腰の後ろに銃把を左右に配置する二挺用の樹脂製ホルスターに納まったラウゴアームズの〈エイリアン〉自動拳銃を装着する。

「〈トマ〉君、どうですか？」

さらにサマージャケットを羽織った〈時雨〉が訊《たず》ねる。

足下がコンバットブーツなのは「仕事中」だという意識の表れだ。

「とりあえず遡《さかのぼ》って一週間分を送りました。恐らく僕らの予想通り、元議員の刺殺事件と銀行の爆発炎上事件は繋がってます」

「でしょうね……さ、今のうちに着替えて」

〈時雨〉が着替えの詰まったスポーツバッグを手渡す。

「はい」

〈トマ〉は躊躇なく裸になった。〈時雨〉と一緒に受けた永久脱毛で鼻から下は髭すら生えない、細い身体。尻肉がむっちりしているのは〈時雨〉との日々のせいだ。

「あら、いつもの下着は？」

下半身を包む灰色のボクサーパンツに、不満げに〈時雨〉が口を尖《とが》らせた。

「だって……今日はその、〈ボス〉も一緒に着替える可能性があるから……」

「いいじゃないですか、女物の下着を着けていても。あなたは似合うんですから」

言いながら〈時雨〉は底光りする目で〈トマ〉を見つめた。

〈トマ〉は女装を趣味とするマゾだ。

ボクサーパンツに包まれた〈トマ〉の股間がみるみる膨らみ始める。

薄い布地の上からでもはっきり判るほど、肉茎は平均的な大きさを超えていた。

これが〈トマ〉の抱える、いくつかのコンプレックスのひとつだ。

それを解消すべく、昔からハッカー行為とは別に、こっそり匿名のハンドルネームで顔を隠して女装して、自分の自慰行為を配信してかなりの人気を獲得していた。

それが以前、ふとした偶然で〈時雨〉にバレた――二十歳《はたち》を超えてまだ処女だった〈時雨〉は、〈トマ〉を相手に処女を散らし、〈トマ〉の「主人」になった。

それ以来、〈トマ〉は〈時雨〉と同じ下着を着け、毎晩のように爛《ただ》れた性交渉を行い、それを配信してかなりの金を稼いでいる――ギャンブルと借金で喘ぐ〈ツネマサ〉と違い、このふたりがこの半年、裕福に暮らしているのはそういう理由だった。

「だ、駄目ですよ、まだ僕ら仕事中です……」

「いいじゃないですか、私、ちょっと興奮してるんです」

ちろり、と〈時雨〉は舌先で唇を舐めた。

「ちょっとだけ……ね？」

そういってボクサーパンツを指先で降ろした。

ぶるんと勃起した〈トマ〉のペニスが跳ね起きる。

「わ、デカい！」

声がしてふたりが振り向くと、それまで気絶したままだと思っていた、城谷の孫が慌てて目を閉じようとした。

「無駄ですよ」

〈トマ〉が真っ赤になりながらパンツを元に戻しつつ言う。

「あんたら、警察じゃないね」

床に転がってた城谷の孫は、ふて腐れたように顔をあげる。

手足は手錠とコード用の結束バンドで固定されているから床に転がったままだ。

「警察が容疑者確保して警察署にも行かずに、こんな所でセックスしようとするはず無いもの」

「別に警察と名乗った覚えはありませんわよ」

随分と怖い顔で〈時雨〉が振り返る。

「〈時雨〉さん、ぼ、暴力は駄目です、拷問とか」

「判ってます、〈トマ〉。さっさと着替えて」

「はい」

慌てて〈トマ〉はタンカーパンツにサイズが二回りほど大きなネルシャツに着替え、最後に腰のベルトにフランスのル・フォーショーのレプリカカスタムの納まったクリップ式の革ホルスターを挿した。

この六連発のリボルバーは、製造から一〇〇年経過した「古式銃」ということで、合法的に輸入した品物だが、実際には輸入直後に書類操作などにより、箱の中身を入れ替えられた、最新のスカンジウム合金とチタニウムで作られたレプリカだ。

シリンダーとフレームは新規設計で9ミリパラベラムが撃てるようになっている。

滅多に前線に出ない〈トマ〉専用の武器である。

「さて」

腰に手を当てて、〈時雨〉は城谷の孫を見下ろした。

「あなたのことを聞かせていただけますか？」

この前のペッパースプレーの件と、今回の情事の中断で、少々イライラしているのが、こめかみの辺りのひくつきで判る。

「喋ることなんかないね」

しばらく、二人の女は睨《にら》み合う。

着替え終えた〈トマ〉ははらはらしながらそれを見守っていたが、たっぷり二分ほど経過して、城谷の孫のほうが目をそらした。

どうやら修羅場の数で負けたらしい。

〈時雨〉は床に転がっていた城谷の孫を起こして、壁にもたれさせた。

「素直に喋れば、あなたの命は私たちが保証します」

〈時雨〉は先ほどまでの厳しい表情を消して、柔らかな笑みを浮かべて訊《たず》ねた。

「あたしより、ジイちゃんの命を保証してくれよ」

「城谷さんですか……努力はします」

「努力かよ」

狭霧は顔をしかめた。

話にならない、と言おうとする彼女を軽く手で制して、〈時雨〉は続ける。

「ええ、完全には保証出来ませんが、私とこの〈トマ〉とで出来る範囲で逃げられるようにしてもいい」

「ふぅん」

狭霧は表情を変えた。

どうやらいい加減な意味ではなく、「成功一〇〇%ではない」ということなのだと理解したのだ。

膝を突いて、同じ高さの視線になり、〈時雨〉は城谷の孫を見つめた。

「はっきり言って私たちはあの人に同情しています」

〈時雨〉は大真面目に言い切った。

「ホントかよ?」

少しからかうような狭霧の言葉に、〈時雨〉は顔の表情を変えぬまま、

「私は、父を面白半分に半グレ、と呼ばれる人に撲殺されましたから」

と信じがたい過去を告げた。

しばらく、ポカンと狭霧は〈時雨〉を見た。

からかいで返すなよ、と言いかけ、やがて〈時雨〉の眼の力に顔が真面目になる。

「……………信じるよ。あんた、ジイちゃんと同じ目をしてる……いや、ジイちゃんとよく似てるけど、もっと虚《うつ》ろだ」

言われた瞬間、〈時雨〉の顔が、別の意味で硬直したが、すぐに彼女は微笑《ほほえ》みを戻した。

「城谷狭霧という名前は本名ではないんでしょう？」

「そうだよ、姓も名もジイちゃんがくれたもんだ。産まれてくるはずだった二番目の孫娘につける名前だったんだってさ」

「あなたも無戸籍ですか？」

「ホントの戸籍を棄《す》てたから、そうなるんだろうね」

「これから、また、何が起きるか知ってますね？」

「…………ああ」

「その計画、話していただくことは出来ますか？」

「詳しい事は判らない。ただ、ジイちゃんが標的を知ってのめり込んだのは事実だ」

「？」

「標的は、昔ジイちゃんの息子さんたちと孫娘を殺した連中なんだよ」

「…………なるほど」

〈時雨〉は頷《うなず》いて立ち上がった。

「あなたを置き去りにしてでも、城谷さんがあの場を離れたのは、そういう理由なんですね」

「そうだ」

　そのことに関して狭霧は怨みもショックも受けていないようだった。

　彼女には彼女なりに、祖父とも慕う老人の決意を理解し、自分の受けた恩の返しどころ、と覚悟を決めているように見えた。

「どこで、ことを起こすんですか？」

「……………明日の夜、グラントリアエランス埼玉のプレオープンイベント」

「まさか無差別に銃を乱射するんじゃ」

「違う！」

　狭霧が大声を上げた。

「真向かいの席から奴らを撃つだけだ。死ぬのはあいつらだけ、その後………みんなで逃げる」

「逃げる、という部分だけは嘘ですね」

〈時雨〉は悲しげな目で、狭霧を見つめる。

「あなたがジイちゃんの命を保証しろと言いました。身柄を、ではなく。切羽詰まってるとき、人は本当に心配していることを先に口にします……城谷さんはその場に残って他の人たちが逃げるまで応戦するんでしょう？」

〈時雨〉の言葉に、狭霧は何も言えず押し黙る。

「たしか、城谷さんは、末期ガン、しかも原発部位が心臓の真裏……心臓が手術に耐えられるかどうかは判らないから放置するしかないガンですよね」

「なんでも知ってるんだな」

弱々しい皮肉な笑みを狭霧は浮かべた。

「その通りだよ」

「今年の四月に入院して抗がん剤投与、そして副作用が治まった来月、また抗がん剤を投与する予定。でも部位が部位なんで強い抗がん剤は使えない」

「そうだよ、苦痛を和らげる、延命処置しか出来ない」

狭霧の声は震えていた。

「だから………」

狭霧の声を遮るように〈トマ〉のＰＣから警告音が鳴った。

「どうしましたの？」

「マズイです！」

慌てて〈トマ〉が狭霧のスマホの接続ケーブルをＰＣから外し、スマホのＳＩＭカードを取り出してへし折った。

「誰かが狭霧さんを探してます……ていうか、見つかったかも」

「え？　そんなに早く？」

「例の不可視アプリの中の追跡機能なんで探知が遅れたんです」

〈トマ〉はノートPCを左手に抱え、右手でプログラム画面を呼び出し、スクロールして実行記録を確認する。

「えーと……十五分前から探知が始まってます。基地局の三角測量を併用してたら、もう、ここの番地までバレてますよ！」

「移動するしかないわね。〈ボス〉に連絡を」

「はい！」

ノートPCを畳んで〈トマ〉はスマホを取りだし、音声入力で「位置がバレました、プランBに移行します」と告げて送信した。

「立って」

〈時雨〉はブーツの中に隠した折りたたみ式のガーバーナイフを取りだし、狭霧の腕と足を拘束するバンドを切り、彼女を立たせた。

「手錠は？」

「そこまでまだ信用はしてませんわ」

「ちぇっ」

狭霧が舌打ちした瞬間、シャッターをぶち破って大型のＳＵＶが突っ込んできた。スバルのエクシーガ・クロスオーバー７。

壁にぶつかりながら真っ赤なエクシーガは急ブレーキをかけ、停止すると同時に、割れたフロントグラスを蹴り破ると、運転席と助手席から奇声をあげつつＶＺ61スコーピオンとトカレフを握った手が突きだされた。

ＳＵＶの、破壊されて片方だけになったヘッドライトが照らす駐車場の中、銃声と銃火がフラッシュのように点滅し、銃弾が壁に床に、残されていた椅子や机を粉砕していく。

さらに奇声をあげて後部座席の、コート姿の男がするりと蛇が出てくるように運転席と助手席の間からボンネットに滑り出て、着地と同時に長ドスの鞘《さや》をなぎ払って走る。

意味不明な言葉を口から涎《よだれ》とともに垂れ流し、男は獲物を追った。

〈時雨〉と〈トマ〉、そして狭霧は頭を低くして駐車場の奥のドアから出るところまで一瞬で駆け寄ると、男はふたりを無視して、一番奥の狭霧目がけ、飛びこみざまに大上段で斬りかかろうとした。

振り向きざまに〈時雨〉が〈エイリアン〉自動拳銃を撃った。

見事な三点射で、男の心臓に銃弾が叩き込まれる。

が、男は一瞬怯《ひる》んだものの、構わずに刀を再び握りしめ、据えもの斬りの要領で振り下ろすが、その一瞬のお陰で狭霧は切っ先の範囲から逃れ、代わりに閉じかけたベニヤ合板のドアがすっぱりと斜めに切断される。

明らかに麻薬などによって常軌を逸した、ひゃあおぅ、ともひひょう、とも聞こえる、発情した猿のような咆哮《ほうこう》を上げながら、男はさらに三人を追った。

裏口から出た三人は、停《と》めてあった〈トマ〉の青いスズキ・ハスラーに乗り込む。

「このっ！」

エンジンを始動させる間に、襲ってくるコートに長ドスの男へ、〈時雨〉が〈エイリアン〉の残弾を全て叩き込んだ。

うち一発が、頭に当たったらしく、男は大きくのけぞって倒れる。

遊底《スライド》が下がりきった〈エイリアン〉を持ったまま、〈時雨〉は車の助手席に乗り込んだ。

もう一挺の〈エイリアン〉を引き抜き、構える。

案の定、男は壊れた人形の様な動きで起き上がった。

銃弾は額を頭蓋骨に沿って流れたらしく、頭の真ん中から頭頂部にかけて歪《いびつ》な裂け目が出来ているが、気にせず、男は瞳孔が開きっぱなしの目を更に見開いて叫び声を上げた。

けえ、とも、きゅうけええ、とも聞こえる。

男は長ドスを杖代わりにして立ち上がると、何事もなかったかのようにこちら目がけて疾走してきた。

よく見れば、コートの胸の辺りに〈時雨〉が撃ち込んだ銃弾の底が見える——防弾繊維で編んだコートを着込んでいるらしい。

それでも着弾の衝撃は相当なものの筈だが、それは麻薬の力で打ち消しているのだろう。

〈時雨〉は相手の胸元……首の付け根から喉にかけて狙いをつけて〈エイリアン〉を撃ちまくる。

喉と顎、頭が粉砕されたが、それでも男の疾走は停まらず、振りかざした長ドスが振り下ろされて、地面に火花が散った。

ごす、と音を立てて、氷柱のようなものがハスラーの天井から生える。

折れた刀の半分がそのまま飛んできて屋根を突き破ったのだ。

「い！」

思わず〈トマ〉がハンドル操作を誤りそうになって、車が大きく蛇行する。

そこへ、ヘッドライトが一つしかないエクシーガが突っ込んできた。

蛇行したことで突っ込む部位がずれて、ハスラーは一回転して停まったがエクシーガは電柱に突っ込んだ。

残ったヘッドライトも電柱にぶつかり潰れたが、Uターンしてくる。

「…………〈トマ〉！　しっかりして！」

一瞬目を回した〈トマ〉の頬を、〈時雨〉がひっぱたく。

「あ、う……は、はいっ！」

〈トマ〉はアクセルを踏み込み、ハスラーを発車させた。

この一年近くの間、各種戦闘訓練の他に、プロのボディガードが受けるような対危険運転、緊急回避運転の講習なども受けているのが幸いした。

再びぶつかろうとするエクシーガを避けて、ハスラーは夜の志木《しき》街道へと滑り出す。

車の量はさほどでもない。

「なら！」

何とかなる、と〈トマ〉はアクセルを踏み込んだ。危険を察知するためのデュアルカメラブレーキサポートのボタンを長押しして機能をカットする。

〈トマ〉の決死且つ強引な運転でハスラーは車の間をすり抜けて無理矢理エクシーガとの距離を稼いだ。

「一体、なんなの、あれ？」

後部座席に転がる形になった狭霧が叫ぶ。

「お知り合いじゃないんですか？」

ダッシュボードの中から予備弾倉を取りだして装塡《そうてん》し、〈時雨〉が訊ねる。

「知らないよ、あんなヤバいの！　どう見てもクスリガンガンギメで来てっし！」

「確かに、可手良町にいたら一発で目立つでしょうね……〈トマ〉君、何とか逃げられそう？」

「正直言って無理です」

〈トマ〉は決死の顔でステアリングを握りながら断言した。

「こっちは原付バイク、あっちはトラックみたいなもんです、今はまだ車の流れがあるから距離稼げますけど、このままじゃどっちにせよ追いつかれます！」

そもそも路地で偶然蛇行していなければ、今頃モロにエクシーガの追突を受けて吹っ飛ばされている。

同じSUVに分類されるものの、重さでは倍、エンジン出力は三倍近い開きがエクシーガとハスラーにはある。

やがて激しいクラクションの音と衝突音が後ろから響き始めた。

真っ赤なボディのエクシーガが文字通り、反対車線も含めた周囲の車を蹴散らすようにこちらへ向かって突進してくる。

「しょうがない、狭霧さん、手を出して！」

「？」

言われるままに後部座席から手を出した狭霧の手錠を、〈時雨〉は外した。

「猫の手も借りたいから、あなたの手を借ります。そっちの座席倒して、後ろからガンケース出して下さい！」

質問するヒマを与えぬ〈時雨〉の声の鋭さに狭霧は完全に飲まれ、言われるままにシートを倒し、樹脂製のガンケースを取り出した。

その間にダッシュボードからスポンジ性の耳栓を取りだし一つを〈トマ〉、もう一つを自分に装着すると、〈時雨〉は最後に助手席のシートを倒して、後ろに身を乗り出す。

狭霧がケースを開けると、中には近代化部品を装備するための、ピカティニーレールでフォアグリップと光学照準器《ダットサイト》を装着した、ＡＫＳ74Ｕと予備弾倉が納まっている。

「貸して！」

一瞬の躊躇の余裕を与えぬ〈時雨〉の声に、狭霧は思わずそのまま素直に予備弾倉ごとＡＫＳを手渡した。

〈時雨〉はセレクターを安全からフルオートの位置にずらし、装填棹《チャージングハンドル》を引いて第一弾を薬室に送りこんだ。

ヘッドライトの潰れたエクシーガが、軽自動車に後ろからぶつかってはじき飛ばしながら近づいてくるのが、上に乗せたダットサイト越しに見える。

「耳塞いで！　伏せて！」

言われるままに横になる狭霧の横で〈時雨〉はＡＫＳの引き金を絞った。

派手な閃光《せんこう》と鋭い銃声が車内に響き、窓ガラスに空薬莢《からやっきょう》がぶつかり、シートの上で跳ねる中、エクシーガの運転席の人間がびくびくとのたうち回る。

やがてエクシーガはコントロールを失いかけたが、助手席の人間がステアリングを取って無理矢理近づいてきた。

「〈トマ〉！」

「これでめいっぱいなんですってば！」

〈トマ〉が反論した途端、衝撃がハスラーを襲った。

後ろから追突されたハスラーが横転を避けるために急ハンドルを切る。

タイヤの焦げる匂いも濃厚に一回転するハスラーへと、何かがエクシーガのフロントガラスから飛びだし、一つがリアウィンドウをぶち破って中に飛びこみ、もうひとつが屋根を伝ってボンネットに飛び乗った。

エクシーガはそのまま道路を横断しようとして中央分離帯に乗り上げ、ひっくり返った。

リアウィンドウから飛びこんだものに、〈時雨〉がＡＫを撃ち込む。

ハスラーのフロントガラスが真っ白に染まって粉砕された。

瞳孔が開きっぱなしのスキンヘッドの肥満体が、ダラダラと涎を垂らしながら両脇のホルスターから銃を抜いた。

死ね、とかしぃい、とか肥満体の口が動いてそれらしい言葉を吐き出したが、言語になってはいない。

フロントグラスを砕いたもの……レッドシルバーに塗られたトカレフTT33がこちらに向けられる。

〈トマ〉の腕が動いた。

ル・フォーショーリボルバーが火を噴く。

同時にブレーキを踏んだ。

頭の真ん中に小さな点が穿《うが》たれ、だらんと弛緩《しかん》した表情になった男は、そのまま屋根から吹っ飛んでいった。

アスファルトの地面でバウンドし、志木街道と、栗木橋通りの重なる交差点に転がったその肥満体の上を、急ブレーキを踏んだ大型トラックが踏みつぶす音が響く中、〈トマ〉は呆然《ぼうぜん》とその光景を見つめていた。

「〈トマ〉、大丈夫？」

リアウィンドウから飛びこんで来たのは運転手の死体で、懐を探って財布やスマホを取り出したそれを、リアウィンドウから外へ押し出して〈時雨〉が問いかけるが、暫く〈トマ〉は反応していなかった。

二秒考え、その唇を〈時雨〉が奪う。

舌が軟体動物のように絡み合う、長い長いディープキス。

「正気に戻りましたか？」

唇を離した〈時雨〉の問いに、カクカクと〈トマ〉は頷いた。

「行きましょう。とりあえず車を捨てても大丈夫な所へ」

「は、はいっ」

トマはハスラーを再び走らせ始めた。

「狭霧さん、大丈夫ですか？」

「…………あんたら、いつもこんな感じなのか？」

「いえ、ここまで激しいのは私も初めてですわ」

「嘘つけ……」

運転手の死体に撃ち込まれた銃弾から吹き出した血にまみれた狭霧は呆然と天井を見上げた。

「ちょっとじっとしていて下さいね。血を拭き取るまで唇とか舐めたりしてはだめですよ」

〈時雨〉は持っていたウェットティッシュで自分の顔と〈トマ〉の顔を拭うと、狭霧の顔も拭い始めた。

「ちょ、ちょっと」

「ああいう薬物関係の人たちはどんな厄介なものを血の中に入れてるか判りませんから、早めに消毒しないと……眼と口の周辺は特に念入りに」

「じ、自分でやるから！　もう手は自由だし！」

「ああ、そうですわね」

がちゃり、と狭霧の手首で金属の音が鳴った。

「緊急事態は終了しましたから、あなたも元に戻さないと」

「ひでえ！」

「仕方ないんです、状況が掴めない以上は。さ、顔出して下さいな」

新しいウェットティッシュを引き出しながら、〈時雨〉が微笑んだ。

☆

保守党の親睦パーティが終わった。

このところ、国会でも選挙でも負け無しの保守党は、何かにつけてこの手の催し物が多い。

御津崎《みつざき》元議員が刺殺されたことで、美土里川烈夫の若手議員としての重みは増している。

一年生議員の頃には得られなかった「下にも置かぬ」配慮の視線が心地よい。

「ああ、美土里川くん」

官房長官を何度も務めた、保守党最大派閥の長老、横岡醍醐《よこおかだいご》が、烈夫を手招きした。

ニコニコと微笑んでいるときが一番怖いという評判の人物だが、烈夫は気後《きおく》れせずに近づく――祖父が存命中の頃から家によく「遊びに来ていた」という人物なのである程度気心は理解していた。

今日の笑みは本物だ。

ふたりは長老の部屋に入った。

ソファを烈夫に勧め、長老は先に腰を下ろした。

ここで日本の政治の大きな動きが何度も決まった場所である。

子供の頃はともかく、今現在はその重みを身に染みて感じている烈夫が緊張しながらも言葉を待っていると、

「や、助かってるよ、美土里川君。君の新規事業」

そう言われて一瞬頬が引きつりそうになる。

新規事業、というのは玲於奈が始めた、可手良町の住人を使った「仕事」のことだ。

「証拠が燃えたお陰で、国税庁の動きを自然に停められた。私としてもいい顔が出来たよ」

「は、はい。ありがとうございます」

「昔のように裏で手を回すというのが難しい世の中だ、君の始めた事業は、私のような年寄りにはありがたい。何しろダークウェブとかインターネットとかは難しくってね」

長老はそういって笑い声をあげた。

「君のように信頼が置ける人間が代行業をやってくれるのはありがたい限りだ」

「いえ、お役に立てて何よりです」

内心を一ミリも表に出さぬまま、烈夫は頭を下げた。

玲於奈が、烈夫の名を借りて政財界で行っていることは、この長老のような「年老いた黒幕」への非合法な「ちょっとした仕事」の請負でもある。

表向き可手良町の人間は存在しない、無戸籍、無国籍の人間だ。

彼等に今後の安泰と新しい戸籍を約束しつつ、「この町を守るため」と称して仕事をさせる。

そのうち幾つかはこの老人の面子《メンツ》に関わる事態を救ったらしい。

暴力団や政治団体を使った犯罪行為は足がついた場合、マスコミだけでなく、ネットの雀《すずめ》がさえずる事態になる。

長老と呼ばれる年齢の黒幕達にとって、めまぐるしく変わる時代に対応するのは酷《ひど》く億劫《おっくう》なのだ。

暴力団を動かすレベルではない話や動かせば累が及ぶ可能性のある案件をまとめて処理していく。

そして彼等のご機嫌を取りつつ、烈夫の名前を売り込み「使える存在」として認識させていく。

それが玲於奈の敷いた烈夫の道だった。

「私ももう年だ。そろそろ後顧の憂いをなくしたい。だが昔のようには出来ない。君らのやってくれてることは本当にありがたい」

同じ内容を長老はくり返した。

「そういうわけで明日の夜のこと、期待しているよ」

「…………はい」

たとえ本当は玲於奈が仕切っていることでも、お前の手柄にして良いのだ、と長老の目が語っていた。

「ここで摑んだチャンスを生かせ」と。

明日グラントリアエランス埼玉で行われるイベントには、長老に二年前、反旗を翻して独立した派閥を作った閣僚を裏からそそのかした財界の大物が出席する予定でもあった。

ここ一年ほど「あいつを野放しにしておけば日本のためにならない」が長老の口癖だ。

「必ず、ご期待に沿えるお話が来ると思います」

烈夫は立ち上がり、深々と頭を下げた。

「あと一年待ちなさい」

長老は言った。

「今回で今の総理は終わるが、次の総理は来年に内閣改造で延命させる。その時が君の出番だ。最初は小さなところだが、そこで実績を積めば、確実に次がある。私が保証する」

「…………ありがとうございます」

「君も明日はあの商業施設にいくのかね？」

「はい、呼ばれておりますので」

「君のお祖父《じい》様の代から、埼玉と言えば美土里川だからな。頑張りなさい」

三度、烈夫は頭を下げて部屋を辞した。

☆

橋本が〈トマ〉たちへの襲撃を知ったのは志木街道を半ばまで来たところである。

アクセルを踏み込んで車を加速させたが、十分もしないうちに、

〈状況安定、事態終了、プランB続行します〉

という簡潔な〈時雨〉からのメッセージが届いたのでアクセルを緩める。

〈敵の状況を教えろ〉

車を路肩に停めてメッセージを打つと間もなく、相手が薬物中毒者らしい殺し屋だったこと、全員壊滅したこと、城谷の孫ということになっている狭霧は未《いま》だ拘束中であることが寄せられた。

恐らく、こちらがスマホを解析しているときに例の不可視アプリに連動した捜索機能で見つけられたのではないかという話も。

さらに、城谷の行方と目的についても明らかになった。

（……………ということは、城谷たちの後ろには組織めいた存在があるということか）

恐らく殺し屋たちは雇われただけだろう。薬物中毒の殺し屋に、スマホの位置をアプリ機能を使って見つけるだけの冷静さがあるとは思えないし、そうであったなら既に〈トマ〉か〈時雨〉、あるいは両方の命は失われていただろう。

逃走した城谷のことに関しては、香《かおり》を通じて栗原《くりはら》警視監に報告してある。熊をも殺せるライフル用の．３７５Ｈ＆Ｈマグナム弾を撃てる猟銃を持った老人が、どこかに姿を隠しているのだ。

明日開業する、国内有数のグラントリアエランス埼玉のオープンイベントを狙って。

どう考えてもここから先は警察か、公安の仕事のはずだった。

香に、今知ったばかりの情報をまとめてメッセージし、栗原警視監にさらに強く、警察に動いて貰《もら》えるように伝えておく。

（だが、警察が動いても、明日の計画に間に合うかどうか）

その引っかかりがあった。

さらにあの、のほほんとして食えない栗原の顔を思い浮かべると、恐らく警察や公安が今回、動くことはない気がする。

（どちらにせよ、情報が必要だ）

とにかく、詳しい事情を更に〈時雨〉たちと狭霧から聞き出す必要があった……そのためには〈時雨〉たちからプランBの終了報告が必要になる。

都内に幾つか確保してある「隠れ家《セイフハウス》」のどれか、あるいは目立たないホテルなどにたどり着き、安全を確保してからでなければ終了にはならない。

都内に戻り、彼等からの連絡を待つ間に、打てる手を打つ必要があった。

まずは、〈時雨〉たちが戦って倒した暗殺者のことを栗原に報告せねばならない。

☆

だいぶ破損したハスラーを〈トマ〉は所沢街道に向けた。

住宅地にある古い資材置き場に停め、ナンバープレートを外し、こういうときのために積んである漂白剤を含ませた布で手が触れたところを全て拭き取り、シートの上にはまんべんなく振りかける。

「納車から三ヵ月、短い付き合いだったなあ」

位置擬装のアプリで自宅にいるように見せかけながら警察に車の盗難届を出し、〈トマ〉が溜息をつく。

「だから言ったじゃないですか、こういうときには盗難車にしましょう、って」

「……今度からそうします」

〈トマ〉は溜息をついた。

「出来れば車ごとホワイトガソリンで燃やしてしまったほうがいいのですけれど」

〈時雨〉は残念そうに呟いて、空になった業務用漂白剤のボトルを車の中に放り込んだ。

漂白剤は脂肪分などを分解することで布を白くするが、角度を変えて考えれば遺伝子情報や指紋も分解する、ということになる。

手慣れた犯罪者も公安関係も、外国の諜報部員も、今は同じ様にして証拠を隠滅する。

今回は〈トマ〉の車の盗難届が出た後で、〈トマ〉と〈時雨〉の髪の毛や指紋「しか」残っていない状況を不審に思われないための処置だ。

車が終われば、次はスマホと人の外観である。

まず〈トマ〉は全員のスマホからＳＩＭカードを回収した——差しっぱなしにしていると、相手に位置を探される可能性がある。

〈トマ〉はフロントグラスが砕かれたときに、破片で顔の端を少し切っただけで済んだし、服も汚れていない。

一番血の汚れがひどいのは後部座席にいた狭霧と〈時雨〉だ。

血のついた衣類は脱ぎ捨て、また作業着に着替える。

一度汗をすった服に袖を通すのに一瞬〈時雨〉は嫌な顔になったが我慢した。

問題は狭霧のほうだったが、こちらは〈トマ〉の作業着の下に着用していたTシャツで何とか誤魔化すことにした。

ただし、小柄な〈トマ〉のTシャツな上、鍛え上げて腹筋が浮いた臍《へそ》下までが殆《ほとん》ど出るほどに、狭霧は胸が大きいため、早めにどこかで洋服を調達したほうがいいだろうという結論に達した。

手錠を外された狭霧は逃げようとチャンスを窺《うかが》っていたが、厳しい〈時雨〉の視線と、彼女が手にした自動拳銃がそれを許さず、彼女は高架下でTシャツを脱ぎ捨てた。

これにも残った漂白剤を振りかけて、ビニール袋に詰めてしばらく歩いた所にある、古い自販機の裏に突っ込んだ。

六仙公園を横に見ながらトボトボと夜の静まりかえった住宅地を歩く。

「……いいよなあ」

前に回した手首に〈トマ〉の作業着を巻き付けて隠した狭霧が、その灯《あか》りを見上げながら呟いた。

「なにがですか？」

〈時雨〉が訊ねた。

「あそこには、ちゃんとした家庭ってモンがあるんだろ。みんなちゃんと働いてさ、喧嘩したり、泣いたりしながら、でも怯《おび》えないで生きていられる」

「あなたもそうでしょう？」

「あたしのは全部偽物、ジイちゃんも、あたしも、あの町も。全部そういうことにしてある、ってだけ」

そう言った狭霧の横顔を、〈時雨〉は何とも言えない表情で眺めた。

「……私も羨《うらや》ましい。もう私には手が届かないものだから」

「そっか、親父さん……」

先ほど聞いた話が狭霧の頭に蘇《よみがえ》ったらしく、純和風の〈時雨〉とは違う、中東系の血を引く褐色の美貌は、申し訳なさそうに横を向いた。

「ええ。それに私は家庭を持てるようなタイプじゃありませんから………見たでしょ？　私は簡単に人の命を絶って平然としてられる人間なんです」

「えーと」

〈トマ〉が耐えきれないような声を珍しく上げた。

「そんなネガティブな話題、やめませんか？」

こちらを振り返る〈トマ〉の目に哀しみがあった。

「そうですわね」

くすっと〈時雨〉は微笑んだが、その意味は狭霧には判らない。

やがて一行は南沢通りを横切って郵便局のあたりまで来ると、隣接するガソリンスタンドの中の一〇〇円ショップでサングラスと老眼鏡、帽子とオモチャの手錠、タオルを買い、公衆電話を借り、タクシーを呼ぶ。

その間に〈トマ〉と〈時雨〉は髪型を変え、〈トマ〉は自ら手錠をかけてタオルで隠した。

非常時に備えて、使い捨てのチャージ型クレジットカードを〈トマ〉も〈時雨〉も持っている。

それで保谷《ほうや》駅まで移動する。

運転手は最初、狭霧の手に巻かれた作業服に不審な顔をしていたが、サングラスのレンズを外し、伊達《だて》眼鏡にした〈時雨〉がニッコリ笑って、

「この子たちったらパーティグッズでふざけてたら取れなくなっちゃったんです」

とあっさり〈トマ〉と狭霧の手錠を覆っていたタオルを外して言ったものだから、納得して頷いた。

「大変だねえ」

「ええ、鍵を持ってる、私のおじさんが保谷駅で待ってるものですから」

などと世間話をしながら道中、ラジオに聞き耳を立てる。

志木街道で起こった事件は、麻薬関係に絡む、ヤクザの抗争、として処理されつつあるようだった。

見つかった死体はどれもひと目で分かる薬物中毒者の特徴を示している上に、違法銃器を所持しているので、発表は当然とも思える。

ニュースはすぐにグラントリアエランス埼玉の開催イベントの話題に移った。

千葉の幕張メッセに対抗できるイベント空間と文化・商業施設ということで、かなり豪華なゲストが芸能界政財界を問わず集められるらしい。

その中に美土里川烈夫の名前が出た瞬間、怪訝《けげん》そうな顔に狭霧がなったのを、〈時雨〉は見逃さなかった。

☆

帰路、後援会の会長との、神経質にならざるを得ない会食に付き合った後、ファーストフードで心置きなく腹一杯の食事をして、家に帰って、カウチソファでくつろいでいる烈夫の元に、玲於奈がやってきたのは夜十時を遥《はる》かに回っていた。

「ニュースはご覧になられましたか？」

白いドレスの玲於奈は真っ直ぐに、冷たい目で烈夫を見つめて言った。

どうやら、セックスを求めて来たわけではないらしい。

「いや、今日はまだ見ていない」

「おかしな連中が私たちの計画にちょっかいをかけてきたようです」

「何があった？」

「可手良町の町内会長の家に襲撃がありました。町内会長は逃げ出しましたが、その孫は捕まったそうです」

「始末はしたのか？」

「及川《おいかわ》さんの所の頭の壊れた若い人たちを送りましたが、三人とも返り討ちにあったそうです」

全く残念そうでも、怒っているようにも見えない顔と声で玲於奈が口にした。

及川とは真濃組の次に、かつて美土里川グループの汚れ仕事を請け負っていたヤクザの名前である。

こちらは二代目が麻薬取引から、商品に手をつけて組員一同薬物中毒という愚かな事になってしまい、今の烈夫たちからすれば持てあましている厄介な連中だ。

何しろ薬で頭がいっぱいだから複雑な命令や細かい「仕上げ」の部分が出来ない。

だから、基本的には捨て扶持《ぶち》を与えて大人しく飼い殺しにしているのだが。

妹はひょっとしたら合理的に及川たちを、謎の調査をしている連中を始末すると同時に、警察に通報して始末するのを望んでいたのかも知れない。

それが全滅したと聞いて、すかさず「及川組への始末は簡略化できる」と判断したのだろうか。

「公安か？」

一瞬、今日感謝の意を表してきた派閥長老の顔が脳裏によぎる。

あの老人に頼るべきかも知れない。

「いえ、違うでしょう。色々調べてみましたが、今警察も公安も私たちの事業に気付いた様子はありません」

「そうか……じゃあ、いったい何者だ？」

「ダークウェブの連中がちょっかいを出してきたのかも知れません」

「ダークウェブの連中……？」

「私たちはダークウェブの代行業ということで事業を進めていますから、それが彼等の癇に障ったのかも知れません。あるいはEパニッシュが日本でも動き出したのかも知れません」

Eパニッシュ——ネットの中にいる一種の自警団で、アノニマスなどのハクティビスト集団の中でも、特に過激な自警団的思想の者たちをさす。主に彼等の活動はウェブの中であり、事実の暴露や、関係者の所在の暴露などが主な活動内容だと、烈夫は聞いていた。

現実に出てきて捜査したり、銃を撃ったりするようなことはありえない、と。

「そんなことがあり得るのか？」

「判りません。あるいは、私たちと同じことを考えている人間が、先に始めた私たちへ営業妨害を仕掛けてきているのかも」

「で、俺にどうしろと言うんだ、玲於奈」

「まず、ご許可を頂きたいのです」

「？」

「明日の計画を少々変更して、もっと派手にしなければならないと思いまして」

「…………」

嫌な感じがして、烈夫は黙り込んだ。

こう言うときの玲於奈はこちらの想像もつかない残酷なことを言ってのける。

烈夫の父の地盤を継いで守っていた元秘書についての処置もそうだった。

「あと一期だけやらせてくれ」と言い出した元秘書の処置をどうするべきかと、当時存命だった祖父、美土里川神前の問いに、烈夫は「何としてでも降りて貰うように説得して下さい」と祖父の威光を頼ったが、妹は違った。

「計画を少々変更いたしましょう。お祖父様」

そうして彼女が提案したのは、その秘書の孫娘の足を事故を装って切断することだった。

バレリーナ志望の、中学生の少女の足を。

嘆き悲しむ元秘書の所へ、玲於奈は烈夫の前で電話をかけた。

「大変な事になりましたわね。でも、まだ片足と両手が残ってましてよ？　あと……もう一人お孫さんはいらっしゃいましたわよね？」

元秘書は翌日、議員を辞職し、その地盤はそのまま烈夫に引き継がれた。

その引き渡しは、微に入り細を穿《うが》つものであり、元秘書は「見事に恩を返した律儀者」として周囲から褒《たた》め称えられたが、烈夫の当選パーティの帰り道、深酒を飲んで自殺するように駅のホームから転落死した。

その、元秘書の転落死まで、本当は玲於奈が仕組んだものではないかと今でも烈夫は疑っている。

なおも黙り続ける烈夫に、玲於奈は薄い笑みを浮かべた。

「お兄様にご許可を頂きたいのです。ほんの少し、お怪我をしていただきます」

「なに？」

「いえ、手足に破片がかする程度のものです」

一瞬、烈夫の息が止まりそうになった。

ひょっとしたらこの、異様に勘が鋭く、頭の切れる妹は、自分の考えを読んで先手を打ってきたのだろうか、という疑いがどす黒く肺の中に立ちこめてきて、呼吸が止まりそうになったが、

「いやですわ、お兄様。そんなに怪我が怖いんですの？」

クスクスと薔薇《ばら》のように玲於奈は笑った。

「大丈夫、本当に破片が飛んでくるわけではありませんわ。その道のプロに軽く切ってもらって、少し擦り傷をつける程度の事です」

その背後に、彼女の最大の味方でこの邸《やしき》の最大の実力者でもある秘書長が、日に焼けた眩《まばゆ》い白さの歯を持つ、引き締まった筋肉を細身のスーツに包んだ壮漢を案内してきた。

かつての真濃組の若頭で、今は警備会社マノカンパニーの社長。三田輝正《みたてるまさ》である。

「いやあ、若様、ご無沙汰しております」

　そつのない挨拶だった。

　顔に疵《きず》もなく、二十歳の頃に「誤って」人を殺して五年服役した以外、肌も経歴もまっさらだ。

　今時らしい「刺青《いれずみ》のないヤクザ」だが、真濃組の組長が死んだ後、生き馬の目を抜く跡目争いでそつなく生き残り、傭兵会社《PMC》「マノカンパニー」として再構成し、組員全員を南米で優秀な兵士として作り直したという男でもあり、そこが玲於奈の気に入るところとなった。

　同時に、烈夫が秘書に対し、「妹を処理するために連絡を取れ」と言った相手である。

　妹……玲於奈の始末を依頼するために。

「なにをするつもりなんだ？」

　三田が裏切ったのか、それともそつなく両者の仕事を引き受けているのか。

（落ち着け、確かに当初の計画から、こいつらを使うのは入ってたんだ。ここにいてもおかしくはない。三田がそういう腹芸をやる男なのは知ってるじゃないか）

　内心では冷や汗を掻《か》きながらも、どちらなのか判断しかねつつ、烈夫は言葉を慎重に選ぶ。

「勿体《もったい》ないのですけれど、あのグラントリアエランス埼玉には、派手に燃えて貰おうかと思って」

まるで友人の誕生日のサプライズを相談するかのように、玲於奈は笑みを浮かべた。

「木の葉を隠すなら森の中、というでしょう？　今の計画では林程度ですから」

明日のイベントには烈夫も出席する。

予定では「運良く」計画が発動する前に会場を立ち去り、災難には遭わない、ということになっていた。

その間に可手良町の老人たちがまず曲背を撃ち、双方共に死ねば万歳、どちらかが生き残ればそれを子飼いのヤクザが転職して始めた傭兵警備会社《PMC》、マノカンパニーに「処分」させ、双方が撃ち合いで死亡した風を擬装する。

全ては初日イベントの花火の打ち上げの暗闇、打ち上げ花火が終わるまでの三分間で終了……の予定だった。

「どれくらいの規模になるんだ？」

「そうですわね……」

少し首を傾《かし》げて、玲於奈は考え、すぐに微笑みと共に、

「二、三〇〇人ほど死んでいただかないと、やはり隠蔽《いんぺい》は難しいようですから」

☆

〈時雨〉と〈トマ〉、そして狭霧は保谷駅で別のタクシーを拾い、江古田まで乗り継いだ。

あとは終電の都営大江戸線とタクシーで渋谷まで。

駅前のドン・キホーテでそれぞれの着替えと下着を購入、コンビニで食事を買った。

ラブホテル街にたむろする、胡乱《うろん》な連中からトバシの携帯を購入すると、割増料金を払って、駅近くのラブホテルへ飛びこむ。

「とりあえず、追跡者はないようですね」

ドアにキーチェーンをかけて、〈時雨〉が溜息をついた。

「ですね」

いいながら〈トマ〉はトバシの携帯のEメールで、非常用の橋本のアドレスへ連絡を送った。

即座に返事が戻る。

「明日の昼に迎えに来るそうです」

「とりあえずひと晩はここにお泊まりですわね」

頷き合う二人の後ろで、

「あー、シャワー浴びてえ！」

狭霧が声をあげる。

「手錠をかけたままになりますけれど、よろしい？」

「かまわねーよ。もうパンツもシャツも汗でベトベトで気持ち悪いったらねえや」

一旦手錠を外して服を脱いだ狭霧が、また手錠を塡《は》めてシャワー室に入っていくと、〈トマ〉が珍しく、〈時雨〉に後ろから抱きついてきた。

「あら……」

押しつけた〈トマ〉の腰は熱く、ペニスが硬くなっているのが、作業服のズボン越しに判る。

「珍しいですね〈トマ〉」

「こ、怖いんです……僕、初めて……その……」

そして身体は小刻みに震えていた。

「ああ、人を殺してしまいましたものね」

びくん、と〈トマ〉は身体を硬くした。

「未だに実感がなくて……でもなんか、ずっと怖くて……」

「大丈夫、私もそうでしたから」

優しく囁《ささや》き、〈時雨〉は〈トマ〉に口づけをしながらベッドに押し倒した。

そのまま身体を下にずらして、〈トマ〉のズボンを脱がせる。

一日分の汗にまみれた肉棒が隆々と立ち上がった。

「凄《すご》い……いつもよりも大きくなってますね、〈トマ〉」

「は……はい……こんなになるなんて……」

「ああ……」

目に霞《かすみ》をかけたように潤ませながら、〈時雨〉は躊躇なく〈トマ〉のペニスを、無毛の根元まで飲み込んだ。

たっぷり唾液を含ませるようにしながら、根元の袋まで舐めていくと、〈トマ〉は喘ぎながら身を震わせた。

ちゅぽん、と音を立てて〈時雨〉は〈トマ〉のペニスの先端から唇を外した。

「すごい……〈トマ〉……男の人の匂いってこんなに濃厚になるんですのね……」

「あの……あの……〈時雨〉さん……」

〈時雨〉は切なく喘ぐ〈トマ〉の上で服を脱ぎ捨てた。

真っ白に輝く裸体が露わになる。

〈トマ〉と同じく無毛の丘が濡れていた。

「私も……あなたが欲しいです、〈トマ〉」

こくこくと、〈トマ〉は頷いた。

ぬちゅりと音を立てて、潤みきった肉穴が〈トマ〉の巨根を飲み込むと、感極まって
〈時雨〉は溜息をついた。

「すごい……奥まで……届く……」

「なにか……当たってます、〈時雨〉さん……」

〈トマ〉が喘ぐ。

「子宮口が降りてきてるんですわ……きっと……」

〈時雨〉は微妙に腰を回しながら、自分の最奥部に受け入れた〈トマ〉の分身を探るようにする。

「もうちょっと……もうちょっ……んおおお！」

もこり、と一瞬〈時雨〉の下腹部が盛り上がり、その後のけぞって彼女は痙攣《けいれん》した。

獣の様な吠え声が、ホテルの部屋に響く。

「はいった……入って……しまい……まし……たぁっ」

「あ……な……なんですか、これ……凄い……奥になんか、部屋が……あるみたいで」

「ああ、これがポルチオ、なのですね……んんっ！」

子宮口に〈トマ〉の肉棒の先端を受け入れ、みるみる〈時雨〉の目から理性が失われていく。

〈トマ〉が小刻みに喘ぎながら腰を動かし始めると、〈時雨〉は獣のような声をあげてのけぞり、自らの豊満な乳房を揉みしだき始めた。

風呂場から慌てて出てきた狭霧が目を丸くした。

「な、なにやってるんだよ、あんたら……こ、こんなところで……」

「ああ……狭霧さん……〈トマ〉が……〈トマ〉が凄いのぉ……」

蕩《とろ》けきった表情で、頬を上気させた〈時雨〉が手招きした。

「あなたも……ご一緒に……しませんかぁ……」

つい数時間前までの勇ましい戦女神は、今、淫らな娼婦のように微笑む。

「あ、いやあの……あたし……」

逃げるという選択肢があるはずだった。

今完全に身も心も蕩けきっている〈時雨〉と〈トマ〉から、身を翻して衣服を掴み、外へ飛び出しても問題はないはずだ。

彼等が理性を復旧するまでにホテルの非常口から飛び出す自信はあった。

実際、ほんの数秒前まで、シャワーを浴びながら狭霧はそう考えていたのだ。

だが。

「さあ……」

手招きする〈時雨〉の目を逸らすことが出来ず、数秒の躊躇のあと、狭霧はシャワーの雫《しずく》を滴らせる引き締まった身体を、ゆっくりとベッドの上に移動させてしまった。

（だめだ……この女《ひと》の眼は……駄目だ……）

最初に睨み合った時、「格が違う」と意識してしまった。

実際、その後の襲撃に対する躊躇のない行動は、その意識が正しかったと証明している。

自分はこの〈時雨〉と名乗る女に面と向かって、決して逆らえない。

それがかつて〈トマ〉に無意識のうちに芽生えていた隷属の快楽だと、まだ狭霧は知らない。

「キス……しましょ」

女ふたりの唇が重なる。

酔っ払ってふざけてするものとは違う、濃厚で、甘い口づけ。

舌が絡み合い、それだけで狭霧の身体は発情を高めた。

〈時雨〉の白い指先が、剃毛して、僅《わず》かに陰毛を残している狭霧の秘所をまさぐる。

優しい、しなやかな白い指はあっという間に狭霧の弱点を見つけた。

「あ……いや……だめ……」

びくん、びくんと狭霧は反応し、浮いた腹筋が滑らかに蠢《うごめ》き、その度に秘所から蜜液が溢《あふ》れる。

「ああ……凄い……いやらしい……エロい……だめ……出る……出ちゃうっ！」

その姿を見ながら、〈トマ〉は息をあげていき、やがてうめき声とともに、〈時雨〉の膣奥へと大量の精液を放った。

瞬間、再び〈時雨〉がのけぞり狭霧を抱きしめたままベッドの上に倒れ込む。

圧倒的な質量をもつ、褐色と白の乳房がぶつかり合って潰れた。

ぬぽりと音を立てて、〈トマ〉のペニスが〈時雨〉の膣内から外れるが、萎《な》えていない。

ゆらりと〈トマ〉は起き上がった。

「僕……僕……まだ、出来ます」

「じゃあ、次は……」

そう言って〈時雨〉は剃り跡も青々しい狭霧の秘所を二本の指でくぱりと開いた。

「あ……あのあたしはその……そんなの……」

「大丈夫ですよ、とっても〈トマ〉の気持ちいいんです」

「いやあの……あ……あ……だめ……あああっ！」

〈トマ〉の先端が狭霧の中をぐり抜け根元まで納まった瞬間、褐色の引き締まった裸体は快楽の汗を噴き出しながらのたうった。

「凄いでしょ、〈トマ〉の……今日は特に凄いの」

「すごい、すごいぃ……」

焦点が合わなくなった目を天井に向けながら狭霧が喘ぐ。

「こんなの、はじめてえ……」

十二歳から家出をし、初体験は十四歳だった。

それなりに男性経験はあるが、セックスに夢中になるということがなかった狭霧は初めて、圧倒的なセックスの沼の中に足を踏み入れていることを自覚しながら、〈時雨〉の唇を求めた。

「じゃあ、行きます……行きます……」

〈トマ〉が、ほっそりした外見には似合わぬ激しい腰使いで狭霧を責め始め、彼女は瞬く間に次の絶頂へと追いやられた。

いままであげたことのない声をあげ、褐色の長い足で白い青年の細腰を抱きしめた。

「すごい、すごいっ、内臓の場所が、場所が変わるぅっ!」

〈トマ〉の抽送は激しさを増した。

「ああこの人、〈時雨〉さんと違って、なんか、なんか……柔らかくて、奥のつぶつぶが当たる……」

「ああ、それは数の子天井という奴ですわね……」

言いながら、〈時雨〉がラブホテルには付きものの枕元の自販機にカードを通し、ストラップで腰に固定するディルドーと潤滑液を購入した。

「いつものより小さいけど……我慢して下さいね」

「ああ、だ、駄目です〈時雨〉さん、ほ、他の人の前で」

「駄目ですよ、〈トマ〉、あなたのアナルは欲しがり屋さんなんですから」

〈時雨〉は妖艶な笑みを浮かべながら〈トマ〉の後ろのすぼまりにローションを塗り込む。

その度に青年は喘ぎ、いつも前髪で隠れている目を、〈時雨〉はかきあげるようにして後ろでまとめた。

「ほら、綺麗な顔してるでしょう？　これでお化粧したら、もう女の子にしかみえないんですよ………いま、証明します………ね？」

ずぶりと〈トマ〉の肛門に、ディルドーがめり込み、青年は女のような悲鳴を上げながら、さらにペニスを膨張させた。

「ほうら、もう女の子モード」

淫らに笑う〈時雨〉の声が届くよりも先に、

「んおおおっ、すご、すごい……だめ……壊れる、壊れちゃううっ！」

狭霧は生まれて初めての快楽に泣き叫びながら、〈トマ〉を抱き寄せた。

「キスして、キスしてぇ……」

あってまだ一日も経たない青年の唇を狭霧は吸い上げ、舌を絡めた。

髭の剃り跡の感覚が一切ない唇。

膨張するペニスは、背後から突いてくる〈時雨〉の動きを増幅して、ますます激しく狭霧を責め立て、狭霧は黒髪を振り乱しながら〈トマ〉をさらに奥へと導き、喘ぎ、叫んだ。

やがて〈トマ〉が放つ。

大量の精子が子宮内に満ちてくる感覚に、狭霧は意識を飛ばした。

第七章　殺戮区域

☆

翌朝。

橋本《はしもと》から連絡を受けた香《かおり》は真っ直ぐ〈ツネマサ〉の入院している病院へ向かった。

「じゃあ、三人とも行方不明、ってことッスか？」

事情を説明すると〈ツネマサ〉の顔色が変わった。

「そういうこと……ところで、もう松葉杖は使えるようになった？」

「ええ、無断外泊ぐらいは出来るッス！」

「いい返事ね」

微笑《ほほえ》んで香は持って来たスポーツバッグを広げた。

「で、着替えはこの中に入れて。私を見送るフリをして頂戴」

「なるほど、〈ケイ〉さん、さすが！」

いそいそと〈ツネマサ〉は自分の着替えをバッグに詰めた。

「急がないと、〈トマ〉の野郎が〈時雨《しぐれ》〉さんに手を出すかもしれない」

「え……」

真顔の〈ツネマサ〉に、思わず香は声を上げた。

一年前、はじめてKUDANを結成してしばらくしてから、〈時雨〉と〈トマ〉の間に男女の仲があることは、橋本も香も、「気付いているが言わない暗黙の了解」だったのだが。

どうやら二人に一番近い所にいるはずのこの男は、まるっきり気付いていないらしい。

「いや、あの野郎、ああ見えても男ですからね。〈時雨〉さん優しいから、もしかしてもしかするかもしれないし……」

「…………」

暫《しばら》く、香は、なおもブツブツいいながら荷造りする、〈ツネマサ〉の横顔を見ていたが、

「ああ、なるほど、どうりでギャンブルで借金が出来るわけね……この勘の悪さじゃ……」

と当人には聞こえないように小さく呟《つぶや》いた。

「なんか言いました？」

「いえ、〈トマ〉君がねえ、って」

「あんなナヨナヨっとした奴でも、野郎は野郎ですからね」

本気で〈ツネマサ〉は〈トマ〉が〈時雨〉に手を出すと心配しているのだった。

香は気付く。

この不器用な元自衛官は、間違いなく〈時雨〉に恋心を抱いているのだと。

（〈時雨〉の本性がわかったら、どんな顔するのかしら？）

〈時雨〉の性的なものへの興味と渇望は淫蕩と言ってもいいほどで、M奴隷として高校生の頃から仕込まれてきた、自分と同等か、それ以上だろうと香は思っている。

香の頭の中を「知らぬが仏」という言葉がよぎっていった。

☆

夜明け前まで〈時雨〉と〈トマ〉、そして狭霧のセックスは続いた。

最後は〈時雨〉に代わって狭霧《さぎり》にペニスバンドでアナルを貫かれた〈トマ〉が泣き叫びながら射精して終わった。

あとは泥のように折り重なって眠る。

三時間ほどして、よろよろと狭霧がベッドから這《は》いずるようにして降りた。

フラフラしながらも、新しい下着と服に着替え、脱ぎ散らされた〈トマ〉の服のポケットから自分のスマホを抜き取る。

狭霧自身の非常用に違法クローニングしたＳＩＭカードは、財布の中にある。

それと、自分の靴を持ってそっと出て行く。

ゆっくりとドアを開け、そして閉める。

かつての放浪生活の故か、手慣れたもので、残された二人はピクリともしなかった。

いや。

ドアが閉まったとき、小さく〈時雨〉が微笑んだ。

☆

〈トマ〉無しでのウェブの中の調べごとには手間暇がかかる。

結局、橋本があれこれ調べあげた後、栗原《くりはら》警視監に連絡を入れたのは朝八時を回ってからのことであった。

「……というわけで、今回の事はＩＮＣＯやダークウェブがらみではないと推察されます。絡んでいたとしても前回、私たちが対峙《たいじ》した相手ではない、と」

『なるほど』

栗原が頷《うなず》く気配があった。

『そういえば、おかしな噂を最近聞きました。老人向けに殺人請負会社《マーダーインク》というか『荒事屋』を新規に立ち上げた人がいる、という噂です』

「というと？」

「荒事にヤクザを使うとすぐ足がつくぐらい有名、しかしダークウェブにアクセスするのは億劫《おっくう》……そんなご老人向けに、古式ゆかしい、昔のアメリカ風殺し屋、あるいは荒事師のサービスを始めた人間がいる、ということですよ。といってもネットでの発注を代行するというものらしいですがね？」

「面倒くさい老人向けのダークウェブ代行業、ですか」

橋本はあっけにとられた。

確かに今の老人たちの中にはインターネットやウェブに対応「したくない」人たちが一定数いて、それを見込んだビジネスは存在する。

例えば生協はカタログを分厚くし、扱う商品を増やして「紙で発注を受けるAmazon」としての機能を高めているのもその一面がある。

まさか、今回の犯罪がそんなドメスティックなモノだったとは。

『その噂が流れるようになってから、東京地検の捜査が四つ、停《と》まりました。一つは脱税の証拠を握った税理士と弁護士の事務所が火事になって提出前の書類が全て燃えたことで。残りは証拠書類を収めた銀行が爆発炎上してしまったもので』

「……ひょっとして、刺殺された元議員の事件も？」

『いえ、そっちは何もありません』

『ああいう方たちは昔は単純に経済的な、あるいは政治的な問題に限ってそういうものを使ってたものですが』

しみじみという風情で栗原は溜息をついた。

『最近は……長生きしすぎたんでしょうかね、個人的な復讐《ふくしゅう》よりも『社会のダニ』を指定して、実行できる、という表看板……というにはおかしな話ですが……がビビッドに反応をもたらしているようですね。老人たちは未来を心配するフリだけはしたいものですから』

「どこからそんな話が警視監の所にきたんです？」

『まあ、老人が邪魔だという若者や中年は何処《どこ》にでもいるということですよ』

「それなら……」

橋本は警察か公安の介入を口にしようとしたが、栗原は「警察と公安はアテにしないで下さい」と斬り捨てた。

『現在の警察機構において、この事件を阻止することも、老人たちを逮捕することも難しい。そして、即応性の無さはご存知でしょう？　そのためにあなたに頼んでＫＵＤＡＮを作った』

橋本は溜息をついた。

それでも念を押さねばならない。予想通りだ。

「相手の組織の全容も、人数も判《わか》りません。昨夜の志木街道の騒動どころじゃないことになる可能性がありますが、それでもよろしいですか？」

『明日一日、グラントリアエランス埼玉周辺のネットはある一定の時間から不通になります』

「ということは？」

『いつも通りでお願いします。目撃者は、無しで。今回は我々の関係継続への禍根もなし、ということで』

☆

そわそわせざるを得ない朝が来た。

久しぶりで寝室のベッドで目覚める。

今日も朝から陳情の受け付けにマスコミからの取材に勉強会と、夜まで予定がぎっしり詰まっている。

そのほうが有り難かった。

「二、三〇〇人ほど死んでいただかないと、やはり隠蔽《いんぺい》は難しいようですから」

といって浮かべた昨夜の笑みが烈夫《れつお》の脳裏に蘇《よみがえ》る。

「ですから、改装前の店じまいとして、もっと派手に、徹底しようと思うんですの、お兄様。ご許可を頂けますか？」

標的の確実な死と後始末、そして更なる標的の追加を、玲於奈《れおな》は提案してきた。

死体の山が今夜は築かれることは、理解していた。

だがその山はこれまで烈夫が思っていたものの五倍以上になることは間違いない。

さらに言えば、一つの文化発信のための基地が、産まれるのとほぼ同時に、この世から完全に消え去ることも意味していた。

スマホが鳴った。

重要人物用に設定した独自の呼び出し音に、烈夫はいささか慌てながら、それでも落ち着いて手に取った。

『やあ、お早《はや》う』

古い言い回しの声が、聞こえて来た。

保守派の長老横内と同様、亡くなった祖父とは竹馬の友と言われた財界の大物、富竹代山《とみたけだいざん》だった。

『君のお祖父《じい》様は大人物だったが、君もまた、凄《すご》い商売を始めたものだな。例の新規事業に協力しようじゃあないか』

「あ、ありがとうございます」

かしこまる烈夫に、財界の大物である老人は続けた。

『これからの我が国の国民たちは厳しい世界の現実を、コントロールされた状態で目の当たりにして貰《もら》わねば困るからね……何しろ中間層というものはこれから消え去るのだから、貧困とは何か、なにを呼ぶのか。そしてこれからの日本が戦える国になる必要があるということも含めて、悲惨だが、コントロールされた悲劇から学んでいって貰わねばならない。それに反対する連中の末路も含めて……』

ひどく上機嫌で、富竹老人は憂国の思いとその解決策を見いだした喜びを語り、解決策である烈夫の「事業」を持ち上げた。

その憂国の言葉はウェブで見かける、「ネット右翼」と呼ばれる頭の軽い連中の言葉と

一言一句同じで、そのことに衝撃を受けながらも、草葉の陰で祖父
「ありがとうございます、祖父の竹馬の友にそう仰《おっしゃ》っていただければ、祖父
も喜んでおりましょう」
大時代な言い回しで電話越しに平身低頭しながら、烈夫は妹の考えが、老人たちに計画
通り「当たった」という事実を再確認して戦慄《せんりつ》した。
彼の計算では世界は、政財界の長老たちはもう少し、知恵があり、理性的であるはずだ
と思っていたのに。
妹、玲於奈の読みは、驚く程正しかった。
上機嫌のまま、電話は切れた。
（………だとしたらやはり、ここから先は……）
烈夫は着替えを終えると、姿見で己の姿を再確認して部屋を出る。
（玲於奈は、やはり俺の人生から排除せねばならない）
固い決意を、烈夫は奥歯でかみしめた。

☆

橋本は合流した際、〈時雨〉と〈トマ〉が狭霧を逃がしたことを「馬鹿野郎」と一度大

声で叱責しただけで済ませた。

　声は、濃厚な性交渉の残り香が立ちこめるラブホテルの室内に響き渡り、〈トマ〉が小さくなる。

　もっとも、「やるだろう」という予想は成り立っていた……城谷《しろたに》の身に起こった過去の悲劇と今の復讐《ふくしゅう》は、〈時雨〉の過去そのものだし、狭霧は健気《けなげ》にも血のつながりのない人物のために尽くしている……こちらは〈トマ〉の心にぐっと来る。

「で、何か手は打ってあるんだろう？」

「はい」

〈トマ〉は頷いた。

「彼女のブーツの中敷きの裏にシールを貼ってます。追跡用の」

「で、範囲は」

「二キロ以内なら誤差二メートルで位置を測れます」

「で、どうするつもりだ？」

「彼女を追えば、城谷さんたちに行き着きます。グラントリアエランス埼玉で事件を起こすとなれば、必ずどこかに集結地点があるはずです、そこを押さえます」

　これは〈時雨〉だ。

「どうやって押さえる？」

「彼女のスマホに電話を入れて、その上で警告発砲をします」

「で、向こうが降伏したらどうする？」

「武装解除をして、黒幕を吐かせます。彼等だけで今回の様な場所で犯罪は起こせません
し、これまでの経緯を見ても誰かが裏で計画を作っているのは間違いありません」

「その後は？」

「…………〈ボス〉にお任せします」

「俺が全員を射殺しろと言ったら？」

「それは有り得ないと思います」

〈トマ〉がこういうときには珍しく、意を決したように口を開いた。

「目撃者はなし、という意味では彼等は社会的な人員じゃありません。僕らの顔さえ隠し
ていれば、彼等は僕らの正体さえ摑《つか》めない、名乗らなかったらなおさらです。狭霧さんだ
って僕らの素性は分からないんですから」

「なるほど」

怒るでもなく呆《あき》れるでもなく、橋本は素直に感心した。

KUDANという組織の存在理由をキチンと教えた覚えはないが、このふたりは自分た

ちなりに組織のあり方や目的を推察し、理屈を作り上げたのだろう。

それはかなりの部分正しい。

「そして僕らは彼等の犯罪の証人です。彼等は何もしないと思います。ずっと今以上に怯《おび》えながら暮らすかも知れませんけれど」

「まあ、八〇点というところだな。俺なら武装解除のあと、二名ほど負傷させて相手に反撃する戦意を失わせてから交渉にうつる」

橋本は頷いた。

「いいだろう、お前たちの案に乗ってやる。ただし、相手が抵抗したら無条件で射殺しろ。お前たちの葬式は出したくない」

（随分と甘い話だ）

橋本は内心苦笑していた。

公安時代なら決して許されない「融通の利きすぎる」対応。

（考えてみればKUDAN自体が融通の塊だ。どこまで融通が利かせられるかが、今後の生き残りの鍵かもしれん）

もっとも、その「融通」の役割は〈トマ〉たちに任せて、自分は締めつける側に立たねばならない。

それが組織の長の役割で、バランスなのだと橋本は考えていた。

「いくぞ、ふたりとも。〈ツネマサ〉が相当心配してるらしいからな」

ふたりがそろって「はい」と返事をするのを背に、橋本は踵《きびす》を返した。

☆

その日の夕方からグラントリアエランス埼玉のプレグランドオープンイベントは大盛況だった。

急遽、大々的にマスコミが入ることとなり、各社の中継車が駐車場に並べられ、入り口のエントランスには複数の脚立《きゃたつ》やレフ板を使い、報道陣のカメラがフラッシュの砲列を生み出している。

ただのパーティではなくコスプレパーティということもあり、特に芸能人にはそのコスチュームに期待が寄せられていた。

その主立った標的は各界著名人たちだが、盛況を示すバロメーターとしての「その他の人々」にもカメラは向けられる。

曲背《まがせ》たちのような半グレたちにも。

「うがあぁ」

と古くなったジャージにゾンビのメイクをした半グレたちは、ここが晴れ舞台、とばかりに突き飛ばす勢いでカメラに迫り大げさな身振り手振りで自分たちをアピールする。

曲背は、少し凝って、頭が吹き飛ばされたようなメイクをしていた。

子供たちは警察の格好をして、父親よろしく舌を出し、目を寄せてめいっぱい「カメラ映えするおかしな表情」をしてみせる。

中に入った。

「ダディ、おれたち映《ばえ》るかなあ？」

長男が首を傾《かし》げた。

「映るさ、お前たちが一番クールだからな、映ってなかったらテレビ局にヤキ入れてやる！」

ははははは、と曲背は笑った。

「招待状を」

入り口でコンパニオンが手袋を塡《は》めた手を差し出す。

その背後には、本日のイベント開始まであと三〇分、というカウントダウン表示が、大型の有機ELモニターに映し出されている。

「おう」

曲背は尻ポケットに無理矢理折りたたんでおいた招待状を差し出す。

「VIPのかたですね。左奥のエレベーターでお二階へどうぞ」

「おう、オネーチャン、あとで遊びにおいでよ」

へへへと下卑た笑いを浮かべながら、曲背は入り口を通り抜けた。

子供たちも父親の言葉を真似て「へへっへ」と下卑た笑いをあげながら後に続く。

「よー、マー君来たかよ」

先にかつての仲間たちが待っていた。

「おひさー」

「ひさー」

「なんだよ、お前たちもゾンビかよぉ」

「いーじゃねーか。おれたちリーマンゾンビ」

「そうそう、そっちは普段着ゾンビ。ひひひ」

「ちくしょー。お前等だけ真面目しやがってよぅ」

二〇年前何の罪もない一家を撲殺し、少女を暴行し、今も暴力を振るうことになんの躊躇《ちゅうちょ》もない男たちは、気軽な挨拶とくだらない話題を交わしながらエレベーターに乗った。

☆

烈夫は議員会館から車に乗り込む前、秘書から受け取った小さなメモを見て微笑《ほほえ》んだ。

そこには三田《みた》の字で「10―4／10―10」と書いてある。

昔の無線のテンコード、と呼ばれるもので、意味は「了解／通信終了」ということだ。

どうやら彼とマノカンパニーは玲於奈ではなく、烈夫につくことにしたらしい。

これ自体が本当は罠で、三田が玲於奈に通じている、裏切りのサインなのかも知れない、という考えが脳裏をよぎったが、そこを気にすればキリがない。

第一、三田がこちらを裏切る理由はあまりないのだ。

玲於奈の事業が上手《うま》く進めば、三田たちへの依頼は減るし、それは美土里川《みどりかわ》や政財界への結びつきを弱めることになる。

元ヤクザのＰＭＣとしては、そこは避けたいはずだ。

そして、表向き全てを仕切っているのは烈夫で、三田としては、自分が玲於奈に成り代わったほうが旨みは大きい。

（ここは、賭けるしかない）

烈夫は腹をくくった。

議員会館からの途中で、玲於奈の乗る車と合流した。

車載無線が鳴った……スマホや携帯の通話と違い、デジタル暗号無線による通話は秘匿性が高く、今の会話にはぴったりだ。

『よろしいですか、お兄様？』

「軽く打ち合わせ、ということか？」

さりげない挨拶をしたあと、烈夫は本題に入った。

「私は、撃たれたりしたほうがいいかね？」

真面目な烈夫の声に、玲於奈が微笑む気配を感じた。

『大丈夫ですわ、お兄様。昨日申しあげたとおり、擦過傷と切り傷があればよいのです。あとはお洋服を汚すことになりますけれども』

「その程度でいいのかね？」

心配そうな声を出すと「もちろんですわ」と玲於奈は答えた。

『重大な事件の現場にいて、撃たれて生き延びる、というのもドラマチックですけれど、それよりも病院で治療を受けたらそのまま、入り口で記者会見を開いて、民間テロの可能性を涙ながらに訴えて下さいな』

静かな声で、玲於奈は続ける。

車は高速道路に入った。

『日本の政治家はドラマチックな場面でドラマチックなことが言える人が少ないですから。お兄様のチャンスです……昔と違って、日本の政治家にも過剰演出が必要ですもの』

確かに、ＳＮＳで袋だたきに遭い、あるいは好感の持てるスナップ写真によって政治家の人気も上がるというご時世だ。

ここで悲惨な事件の後に、当事者である人物が派手で立派な言葉を口にすれば、それは大きな評判になる。

『その言葉はお兄様が考えておかねばなりません』

玲於奈の言葉は打ち合わせというより、演出家が役者に出す「注文」そのものだった。

こういう時、烈夫は自分が玲於奈の掌《てのひら》の上に乗せられている存在だと自覚せざるを得ない。

すべて先回りされている。

『あまり時間をかけず、インパクトだけを考えて下さい。ただし、不特定多数や特定個人の攻撃では駄目です。今回の事件はどの日本国民にも起こりうる悲劇だという視点を入れて、お兄様が首相ならどう立ち向かうかを考えてお話しすればよいのです……もちろんご自分が首相なら、という子供っぽい部分は抜いて』

「判ってるさ」

内心のイライラを押し殺して、烈夫は平静な声を保った。

玲於奈は、烈夫ひとりでは自分の考えに足りそうにない部分、過ちを犯しそうな部分、全てを前もって指摘し、注意せよと忠告する。

そしてそれは必ず正しい。

あの時、隠し部屋で玲於奈の喉を乞われるままに絞めた瞬間からそれは始まっていた。

自分が玲於奈の操り人形なのだと思わざるを得ない。

そしてそれは、操り人形が糸を切れるかという話になる。

(いや、切ってみせる)

烈夫は覚悟を決めるべく、再び拳《こぶし》を握りしめた。

☆

トレーラーの中で、〈ツネマサ〉は声を上げた。

「えー! 俺、留守番っすか?」

「その足でAK持って走り回れるか? それに留守番じゃない、場合によっては狙撃をしてもらうし、車両運転もして貰《もら》う、そのためにギプスにそんなものをつけたんだ」

〈ツネマサ〉の右脚のギプスには、T字型をした金属の棒がアメリカ製の丈夫極まるダクトテープで固定されている。

座るとちょうど右手で押し込めるようになっていて、アクセル操作をそこでやるということになっていた。

「それに今回は〈ケイ〉も同行する」

栗原から入場チケットを託された〈ケイ〉こと香も今回は突入メンバーの中にいる。

「そりゃそうですけれど………〈トマ〉、お前大丈夫か？」

「頑張り……ます、ハイ」

〈トマ〉は何度も頷いた。

「それに今回の現場は中で直接PCを繋《つな》いで制御室にハッキングをかけるほうが早い部分もある」

橋本はいいながら工具箱から巨大なワイヤーカッターを取り出した。

アメリカの税関や警察では「マスターキー」を渾名《あだな》される。大抵の太い鎖も南京錠も一発で切断できる代物だ。

「で、そのためにはお前さんにこいつを使う仕事があるんだ」

「で、皆さんはどうするんです？」

「決まってる。仮装パーティに出席するんだ。ＶＩＰ席でな」

「とりあえず、用意はしました」

〈トマ〉が持って来たキャリーバッグを開いた。

「簡単なメイクとマスク、あと手の静脈を見せないための手袋…………最近流行《はや》りのゾンビものでいけるんじゃないかと」

「私はゾンビをやっつける警察官がやりたいです！」

〈時雨〉が元気良く手を挙げた。

「この前見た映画の女刑事、格好良かったですから」

「そのコスチュームも用意してます」

〈トマ〉はぬかりなく、量販店の簡易なものではなく、サバイバルゲームなどに衣装を提供するメーカーのかなりしっかりしたものを引っ張り出した。

「ありがとう、〈トマ〉君！」

喜びの声をあげる〈時雨〉が〈トマ〉に抱きついた。

そのまま頬にキスまでする。恋人同士の微笑ましい光景だ。

「え……これは……一体……」

唖然《あぜん》とする〈ツネマサ〉の肩を、橋本はぽんと叩いてやった。

☆

城谷たち、可手良町《かてらちょう》の老人たちに用意された格好は日本兵だった。

陸軍九八式軍衣と呼ばれる砂色の服で、鉄兜ではなく、カーキ色の制帽である。

日本陸軍の歩兵……彼等にとっては父の世代のものだ。

適当に持って来たのかよれよれで、ろくにアイロンも当てられていない歩兵の戦闘服は、戦後生まれの彼等が着用すると奇妙に見えた。

皮肉と言えばこれ以上の皮肉はない。

第二次大戦、太平洋戦争後に生まれた彼等の世代は、最初の「戦争を知らない子供たち」と呼ばれていたのだから。

だがお陰でボルトアクション式のものはもちろん水平二連、城谷の持つ三連銃にいたるまで「古い鉄砲」ということで誰も不審には思われなかった。

賑《にぎ》やかで派手なパーティ会場を見下ろすＶＩＰ席は他と違って灯《あか》りは落とされ、薄闇の中にある。

カウントダウンはあと二〇分になっていた。

「本当にいいんだな？」

残った面子《メンツ》に、城谷は念を押した。

「いいさ。どうせ老い先短いんだ。いずれ老いさらばえて、ベッドから動けなくなって、天井見つめて死ぬより、若い連中の役に立って死んだほうがいい」

「私もだ……いや、それ以上にもう歳《とし》を取るのに疲れたよ」

書店店長の山崎《やまざき》と、不動産屋の村山《むらやま》が苦笑交じりに溜息をついた。

「毎朝、毎昼、毎晩、両手ですくうような分量の薬飲んで、病院に行って……二度と良くならない身体《からだ》をナントカ維持させる……俺は、達川《たつかわ》さんたちが羨《うらや》ましくなっちまったしなあ」

「私なんか、そろそろ透析をうけることになるかも、と医者に言われたよ……これからの世の中、もう長患いしながら働き続けるのもゾッとする」

そう言って、城谷を見つめて微笑んだ。

「江井《えい》さんについで、あんたまで先に逝かれちまったら、おれたちはもう寂しいなんてもんじゃねえんだ」

「そうだよ。村山さんの言うとおりだ」

「……ありがとう」

城谷は熱いものがこみ上げてくるのをなんとか飲み下した。

「末期の水杯《みずさかずき》……で飲むにしちゃあ味気ないな」

そう言いながら村山が腰の弾薬箱から取り出したピルケースの中身を一気飲みした。

「いざというとき、身体がこれ以上動かなくなったら困るからなぁ」

「あたしも痛み止めを飲まないと……」

村山も山崎もそう言って入り口で配られていたミネラルウォーターのペットボトルで薬を飲み干す。

城谷もそれに倣った……痛み止めをいつもの三倍、飲み干すだけなのだが。

心臓の薬は……と考えたが。

(停まったら停まったほうがいいな)

と考えてそのまま弾薬箱の中に納める。

痛み止めは思考力を低下させるが、あの男さえ殺すことができれば、他はもう、どうでも良かった。

「城谷さん、悪いんだが……」

と村山と山崎が声をかけてきた。

「その、痛み止めもらえるか？」

「撃たれたりするだろう？　痛いのにのたうち回りながら死ぬのもぞっとしない」

「ああ、構わんよ」

逃げるときに薬も全て引っ掴んで持って来た。

だからまだ一シート分、薬はある。

☆

入場チケットは栗原に手を回してもらっていた。

世の中にはまだ、三〇万以上を義理やしがらみで支払い、それをひょいと棄《す》てられる人間がいるらしい。

全員仮装の上武器まで所持していたが、ノーチェックで通る。

まさか一階に入るだけで三〇万、上のＶＩＰ席に入るために二〇〇万支払う犯罪者はいないだろう、という日本ならではの平和を当て込んだが故の緩さだった。

〈時雨〉はミニのタイトスカートに防弾チョッキという警官の格好、香こと〈ケイ〉は看護師、〈トマ〉はチャイナドレスである。

そして、橋本は素浪人の格好であった。

全員、顔には〈トマ〉が施した顔認証を誤魔化すためのペイントを施し、革手袋をして、これ見よがしに弾帯を巻き、ＡＫ74にタクティカルレールを装着し、各種光学機器や、後付けのフォアグリップなどを装備したものを持って歩く。

〈時雨〉にいたっては腰の後ろのラウゴアームズの〈エイリアン〉自動拳銃も剝き出しだ。

そこは不思議に咎められない。

こういうパーティ、しかも芸能人も政財界の人間も来る、となれば一般人は気合いを入れたコスチュームを着てくる。

まして三〇万円をぽんと支払える人種だ。

当然コスチュームや小道具は手作りか、オーダーメイドの気合いの入ったものになる。

〈時雨〉以外は二十四時間営業の安売り量販店の吊《つる》しで売ってるような代物だけに、その中で武器と、足下が本格的なコンバットブーツというちぐはぐさでも橋本たちは浮いていた。

受け付けは一瞬首をかしげた。

「今度出るアプリゲーなんです」

と〈トマ〉が説明するとようやく納得したようだった。

中に入ると橋本は腰に差した刀を〈時雨〉に渡した。

彼女が愛用しているハイスピードスチール製の刀である。

「このコスチュームには合わないですけれど」

苦笑しながらも、〈時雨〉はそれを背負った。

カウントダウンまであと十分ある。

三〇万ではVIP席までは行けない。

それ以上にかなり人がごった返していた。

有名人、芸能人が近くに居るという興奮でざわめき、自撮《セルフィー》りするものもいれば、馴《な》れ馴れしく有名人に話しかけようとして、警備に阻まれるものもいる。

「〈トマ〉、頼むぞ」

「はい。会場の隅まで行きます」

「あれ、ガソリン入ってますかしら?」

商業施設なのでバイクが展示されている。

五月蠅《うるさ》いエンジン音を響かせることなく、ヘッドライトを点灯させていた。

そばで代理店の人間らしいのが一生懸命客に説明をしている。

今時らしい鋭角なフルカウルのバイクだが、不思議なことにエグゾーストパイプが何処《どこ》にも見当たらなかった。

「エネルジカEGOか|。あれ、電動バイクだし、コード繋がってるから多分動くと思いますよ」

ちらりと見ながら〈トマ〉が答えた。

「あら。あれが？」

興味津々の〈時雨〉の表情に、〈トマ〉はちょっと引っかかった顔になったが、それよりも急ぐことがあるので、ノートＰＣを開いて操作を始めた。

「〈ボス〉」

「なんだ？」

「万が一に備えて、あれ、ちょっとお借りしてきます」

ニッコリ笑う。

「騒動はカウントダウンまで待てよ？」

「はい」

カウントダウンが終わると同時に、ここは真っ暗になって花火が上がる。

派手な花火の音と閃光《せんこう》は、人々の耳から銃声を隠す。

城谷が、かつて息子夫婦と孫娘を殺した曲背に何かを起こすなら、そのタイミングだと橋本は理解していた。

ふと、橋本は気配を感じて天井を見上げた。

「…………」

目を凝らす。

そしてさりげなく視線を戻した。

「〈トマ〉、ここの建物の中で通信してる連中がいたら拾え、片っ端から」

「なんです、一体？」

「俺の顔を見てろ」

「はい」

「天井のキャットウォークに、複数の人間が潜んでる。多分、狙撃手《スナイパー》だ」

「え？」

顔を上げようとする〈トマ〉の前に人差し指を立てて、橋本は視線を誘導する。

「城谷さんたち、殺されるんですか？」

「どうやら、黒幕は彼等を始末するだろうとは思ってたが、こっちの想像以上に派手なことを企《たくら》んでる気がする」

「派手なこと？」

「死体は城谷と復讐相手だけじゃすまないかもしれんということだ……死体を更に増やして、死体の山に隠す、という計画があるなら、ああいうのも頷ける……予定通り、ここのセキュリティを解除して、城谷たちの場所を特定しつつ、通信傍受、できるか？」

「や、やります」

〈トマ〉は頷いた。

☆

城谷は久しぶりに煙草に火をつけた。

二〇年ぶりの煙草は、頭がクラクラしそうな程に美味《うま》い。

あと五分でカウントダウン、という表示が出た時に、ドアがノックされた。

「ジイちゃん！」

声がして、城谷はドアを開けた。

狭霧だった。チューブトップのブラに、薄いパーカーを羽織り、下半身はタンカーパンツに、いつもの履き古したドクターマーチンのバックルブーツ。

「狭霧……夏だからって臍《へそ》を出しちゃいかんといつも言ってるだろう」

痛み止めのオキシコドンの成分で少しボンヤリとしながら城谷は飛びこんで来た褐色の肌の娘に微笑んだ。

それから、彼女とどうやって別れたかを思い出す。

「ああ、よかった——お嬢さんが上手くやってくれたのか」

「ジイちゃん、逃げよう、村山さんも、山崎のオッちゃんも、騙《だま》されてるんだよ！　あたし、殺されかけたんだ、やっぱりあのお嬢様はマトモじゃない！」

「狭霧ちゃん、急に何を……」

「あの女は、ことが終わったらあたしたちを殺すつもりなんだ！」

☆

烈夫は入り口の真上にあるＶＩＰ席にいる。

広大なイベントスペースを埋め尽くすバイクや車、ＶＲ装置などの展示会場と飲食物が混じり合った酷《ひど》く豪華な光景は、自分たちが幼いころに存在したバブル景気の時代を思い起こさせた。

カウントダウンはあと三分。

居心地が悪いのは、対面の奥が、これから犠牲になる老人たちのいるＶＩＰ席であるから、ではなく、自分のすぐ側《そば》に玲於奈がいることだ。

烈夫はカウントダウンが始まるギリギリまで、ポケットに片手を突っ込み、窓際に立って外……この場合はイベント会場内を見つめることにした。

飲み物を飲む気分ではなく、またマジックミラーとなっているとはいえ「飲み物片手に、下界を見下ろす若手議員」というのは喜ばしい話になるはずがない。

ただ、じっと会場を眺めている。

後ろで玲於奈のスマホが鳴り、彼女は立ち上がって何やら指示を出し始めたが、そこにはあえて意識を向けないようにした。

権力者はこの「見下ろす」という行為に優越感を感じるものというスタンダードな話があるが、烈夫には何も感じなかった。

優越感があるとしたらそれは、そこから抜け出たからだ。

烈夫にとって「下」とは地面と同じで「そこにあるもの」でしかない。

地面に対して優越感を抱く者は、天井に劣等感を抱く人間と同じで、よほど風変わりだろう。

烈夫が唯一「上」と思っていた人間は祖父であり、「下に置かれた」と思う人間は玲於奈だ。

故に玲於奈に下に見られることが耐えられないのだ。

彼女に比べれば曲背は「自分を上から引きずり下ろしたい」だけのハエにすぎない。

こうして並んでいても、全て玲於奈に仕切られていることに変わりがない以上、外に意識を向けるしかなかった。

カウントダウンまであと一分。

烈夫は自分たちの対面にある真っ暗なVIPブースに目をやった。

あの中に、玲於奈が手配した可手良町の連中がいる。

彼等から見て右手には、烈夫にとって致命傷になりかねない過去を知る曲背とその仲間たちがいる。

（せめて曲背だけでも殺してくれよ）

そう願う。玲於奈は「し損じた場合のことも考えている」とはいうが。

カウントダウンまであと三〇秒。

「ええ、構いません。彼に通報して下さい。兄の名前で」

その言葉が耳に入って思わず振り返った。

「どういうことだ、今の」

「気になさらないで下さい」

いつものようにニッコリと玲於奈は笑った。

「殺し合いをしてもらうほうが、面白いですから」

☆

狭霧はもっと急ぐべきだったと後悔した。

裏口は、そこを固めていた亘《わたる》たちに話をして通して貰えばスムースに行くと思って、途中、余計な「買い物」をした分だけ、事態はまずいことになっていた。

「いや、いいんだ」

全てを聞いた後も、城谷はうつろな目で頭を振った。

間違いない、痛み止めのオキシコドンを過剰摂取《オーバードーズ》している。

以前も、夜中に余りに背中が痛いと普段一錠の薬を三錠飲んだとき、判断が鈍り、時系列などがバラバラになって、異様なぐらい「今から孫娘のために猪を捕る、だから猟に出る」といって聞かず、押しとどめるのに苦労した。

今回は逆だ。ここから動こうとしていない。

オマケに山崎や村山まで、同じ顔をしていた……恐らく、城谷が痛み止めを分けたのだ。

「とにかく逃げないとマズイよ」

「私は撃つ。曲背は私の家族を奪った奴だ」

答える城谷の目も声も、あの時と同じものだった。

「ジイちゃん！」

軽い絶望が胸を灼《や》くのを感じながら、狭霧は叫んだ。

「駄目だ。私はやる」

城谷は隣のブースを指差した。

「奴はそこにいるんだ、ほら」

こちらのブースとは打ってかわって賑やかに明るい右手、曲背のブースは煌々《こうこう》とした灯《あか》りで満ち、まるでクリスマスのように子供たちとクラッカーを鳴らし、紙吹雪をまき散らして楽しむ曲背の姿があった。

「子供まで撃つつもり？」

「子供には当てない。大人だけだ」

城谷は断言した。だが意味はないことは狭霧には明らかだった。

「そんなフラフラした身体でどうするの？」

「当たってもいいじゃないか。あんな奴の子供だ、どうせ碌《ろく》な大人にはならない」

ぞっとすることを村山が口にした。

「どうせあの部屋の中にいるのはロクデナシどもだ、死んでもいいんだ。私たちと同じで」

「私たちもココに残るよ。いいかい、亘くんや君たちは予定の場所に爆弾を置いたら逃げるんだ。たしかに、お嬢さんは約束を守らないかもしれないが、守ってくれるかもしれない。それに賭けるんだ……まだ三〇〇人、戸籍がないままの人たちがいる、その人たちを私たちに代わって守ってくれ。君らにしか出来ない」

「でも……」

「達川さんたちに倣って、私たちもこういうものを持ち込んでる」

村山が部屋の真ん中においた、日本陸軍の背嚢《はいのう》を指差した。

アイスピックが突き立ったそれから、じくじくと何かが滲《にじ》み出ている。

鼻を突く、独特のナフサの匂いがした。

「銃撃が始まったら私たちは爆死する」

ふらふらと頭を揺らしながら山崎は微笑んだ。

そのくせ、背後にある灰皿からは消し忘れの煙草の煙がたなびいていた。

もうオキシコドンの過剰摂取で思考がまともに動いていない証拠だ。

「もう痛みも苦労もない場所に行ける。しかもいい事をして、だ……あんたは、計画通り亘君たちと一緒に行きなさい。監視カメラに映らないように」

狭霧は一瞬押し黙ったが、意を決して腰の後ろに差した、途中で行った「余計な買い物」、キンバーのK6Sリボルバーを引き抜いた。

以前仕事を下請けしたことのある足柄《あしがら》というヤクザから「貸しを返せ」ということで、これまで貯めていた、五〇万円の現金を叩きつけて、使用する。357マグナム弾ごとぶんどってきた。

「あたしも覚悟を決めてるんだ！　みんな、一緒に来て！」

その時、まだ燃えくすぶっている煙草の煙が何かを映した。

真っ直ぐな、赤い線。

映画でよく見るレーザーポインターのように。

いや、レーザーポインターそのものだと狭霧は気付いた。

☆

「何を言ってるんだお前は！」

会場の外から、防音加工をされた張り出し全体のガラスを震わせる、カウントダウンの声が始まった。

カウントは十から始まる。

〈九、八、七……〉

「一石二鳥ということですわ。まあご覧なさいな、お兄様…………大丈夫、お兄様を傷つけても、命に関わることや、政治活動が出来なくなるようなことにはしませんから」

にっこりと微笑み、玲於奈はソファに座ったままで対面の真っ暗な席を指差した。

可手良町の住民……彼等の「新規事業」の参加者たちの詰めたＶＩＰ席を。

その白い指先と冷たいが美しい横顔を見ながら、烈夫は、この妹が自分のやろうとしていることを知っている、という確信を深めた。

言葉の外に威圧感がある。

『お兄様のなされることぐらいは存じております』と。

（いや違う、そんなことはない、こいつはまだ、俺の考えなど知らぬはず！）

〈四、三、二……〉

「そろそろ始まりますわ」

その言葉が終わらないうちに、その隣のブースの窓ガラスが粉砕され銃声が轟《とどろ》いた。

☆

「伏せて！」

狭霧は銃口を赤い光りの先……曲背のブースへ向けた。

曲背のブースではレーザーサイトのついたグロックに、射撃安定用の伸縮式ショルダーストックを装着したものを、曲背本人と仲間たち四人が鬼の形相で構えている。

何かを相手が叫ぶ。

狭霧は躊躇《ためら》わずに引き金を引いて、銃弾は曲背のすぐ隣でイングラムM11を構えていた男の心臓に命中した。

カウントダウンが〈ゼロ〉を数え、一斉に花火が上がる。

その閃光《せんこう》の中、城谷がグズグズと倒れるのを、狭霧は見た。

「ジイちゃん！」

村山と山崎が慌てて応戦するが、同じ様に曲背と、その仲間たちの銃弾を頭部と身体に受けて、その場にくずおれた。

曲背たちが子供たちを抱えるようにして逃げ出していく中、構わず狭霧は城谷に駆け寄った。

城谷は腹部と胸、首に被弾していた。

「ジイちゃん、ジイちゃん！」

叫びながら抱き起こそうとして、それが間違った対応だとテレビで見たことを思い出し、ジャケットを脱いで袖を引き裂き、三つの患部に押し当てようとした。

「ああ……狭霧……夕霧《ゆき》……」

老人は微笑み、そのままうっと目の光が消え、呼吸が止まった。

「嘘……嘘、うそうそ！」

狭霧は目を見開き、老人の身体を揺さぶった。

だが、もう呼吸はない。

花火とは違う地響きが、床から伝わってくる中、もう息をしていない老人の身体を、狭霧は抱きしめた。

涙が溢《あふ》れる。

☆

マノカンパニーの三田の腹心、竹本《たけもと》は、最初の弾丸がブースを撃ち抜く光景を、天井近くに張り巡らされたキャットウォークで眺めていた。

伏せ撃ちの構えである。

M４アサルトライフルをベースにした、SIGザウエルのMCX。

長い銃身の周辺に冷却用に穴をあけたハンドガードが覆った先に、消音性の高いサプレッサーが装着されているのと、折りたたみ式のストックが印象的な銃だが、その命中精度と堅牢さはドイツ陸軍の次期採用を噂されるほどだ。

使用する弾丸は他の社員たちと違って7・62×39㎜NATO弾を、THV弾頭に変更したものを使う。

先端を指で摘まんだように細くなっているこの弾頭は、グレード2、つまり今竹本たちが着用している防弾ベストを無効化する貫通力と、体内に入ったときのその特殊な弾頭形状によるストッピングパワーが問題視されてる。

これなら護衛の連中の防弾ベストも貫通でき、標的を始末できる。

竹本たちはさらに三倍率の軍用スコープを装着していた。

どん、という爆発の震動が足下から伝わってきた。

可手良町の若造たちに持たせた爆弾が作動したのだ。

彼等には「仕掛けて時間通りにスイッチを押したら三〇秒以内に逃げ出せ」と説明してあるが、実際にはスイッチを押した瞬間に作動するようになっている。

これで、非常口は全て塞《ふさ》がれ、同時に、全ての携帯電話、スマートフォンの中継基地と、衛星回線が物理的に破壊されたことになる。

「状況開始」

短く喉に巻いたスロートマイクに囁《ささや》く。

真っ暗になった会場で、花火の炸裂する灯りが明滅する中、殺戮が始まった。

同じくキャットウォークにいる部下たちが、それぞれに割り当てられた標的を始末していく。

政財界の人間もいれば、政治家、芸能人もいた。

総勢一二五人。会場内の人間の実に二割に及ぶ。

天井から狙えるのはそのうち二十五人と、三田と竹本は考えていた。

あとは会場内に配置した部下たちに任せる。

曲背と可手良町の老人たち以外は、本当の依頼主である有力者の老人たちから、その思想に関わらず、「日本に将来仇成す者」と判断された、ということが共通点だ。

その理由は政治的、経済的、思想的なものから、テレビで見かけて嫌いになったからという子供めいたものまで様々である。

過激な政治発言で有名な、元俳優の司会者の頭がはじけ飛び、企業不正を暴いて有名になったルポライターは、胸を撃ち抜かれてくたりと倒れ、ファンを押しのけて逃げようとした、下ネタトークでのし上がったお笑い芸人がファンごと蜂の巣にされる。

なんとか非常口にたどり着いた政治学者はノブを回そうとした手を撃ち抜かれ、うずくまったところを背中を撃たれて転がる。

踏みつぶされる老婆や子供の悲鳴や、骨の砕ける音が悲鳴の中にかき消えた。

数千万部を世界的に売り、セレブな格闘漫画家として有名な青年は肘で目の前のファンの顔面を打ち据えて前に出ていこうとする。

神の使者のように、冷静に、冷徹に、三田たち「マノカンパニー」の社員たちは彼等を始末していく。

『しかし、動く奴は狙いにくいな、本当に』

『ったく……動くんじゃねえ！』

部下たちの舌打ちや愚痴が聞こえてくる……この辺は元ヤクザの根性が抜けきらない覚悟の足りなさだ。

(あとで説諭《クンロク》だな)

連中に拳を交えた叱責をしたい心を抑え、竹本は自分の仕事をこなすことに集中した。

竹本はＶＩＰ席の担当だ。

まずＳＰへは惜しみなく銃弾を送りこんだ。

こちらが引き金を絞るたび、いい背広を着けた立派な体格の男や引き締まった身体の女がぐずぐずと倒れ、えらそうな連中が悲鳴をあげるのがスコープ越しに見えるのが楽しい。

花火は予定では三分間続く。

まだ時間はたっぷりある。

舌なめずりをしてさらに銃弾を叩き込もうとした竹本は、ふと真横に気配を感じた。

スコープから目を離し、気配の方角を見る。

素浪人が、そこにいた。

誰何《すいか》する必要はない。

自分たちの仲間であるはずがなかった。

腰にあるＳＩＧＰ３２０を、自己最高記録の速さで引き抜こうとした竹本の喉を、膝立ちに構えた素浪人が持ったＡＫ74の銃弾が貫いた。

「隊長！」

叫んで対角線上にいた別の社員が立ち上がって発砲しようとするが、背後のドアから現れたナース服の女に首の付け根を撃たれて射殺された。

素浪人とナース服の女は、ＡＫを構えたまま走り、キャットウォークにいる社員たちを片っ端から射殺していく。

狙撃体勢に集中していた社員たちは対応が遅れ、なすすべもなく、正確で素早い射撃の前に絶命し、死体となった。

その様を、最後の息を吐きながら、竹本の眼球が映す。

☆

狭霧は泣いた。大声をあげて。
泣きながら老人たちの死体を集めた。
ばらばらに置いておくわけにはいかないと、混乱した頭でそう考えていた。
山崎と村山の死体を並べる。
山崎は綺麗に額と喉を、村山は右目から右顎、胸全体に銃弾を受けて即死だった。
三人の手を組ませ、目をちゃんと閉じさせてやる。
それから泣いた。
泣いている最中にドアが蹴破られた。
M4の銃身の下にフラッシュライトを装備した男たちが四名、駆け込んでくる。
素早く部屋の中を改め「クリア」の声が響いた。
「三名死亡、一名部外者確認、どうしますか？」
班長が三田に指示を仰ぐ。
『処置しろ』

ヘッドセットに三田の声が響いた。声の様子からして、美土里川議員と共に待避中らしい。

「了解《カピー》」

班長が通信を打ちきり、銃を構え直した。

狭霧はその場にうずくまり、泣きじゃくっていて、周囲のことに気付いていないようだった。

銃声が轟く。

ＡＫ74の銃弾を喰らって、マノカンパニーの男たちは次々と倒れた。

「な……」

班長が銃口を自分たちが入ってきたドアに向ける。

ヘッドライトが暗視装置を一瞬焼いた。

急停止しながらスライディングした電動オートバイの車体が、班長を跳ね飛ばし、すでに半壊した窓ガラスを突き破り、彼はパニックの真っ最中の会場へと落下した。

そのままフードコートの片隅に立つ、人間大サイズに縮小された、自由の女神のトーチに突き刺さる。

さらに乗っていたライダーは転がりながら立ち上がると、一瞬対応を躊躇った傭兵《ようへい》たちの腹を、目にも留まらぬ速さで抜いた背中の刀で刺し貫いた。

真っ黒に焼き付け塗装された刀を抜いて血振るいをし、ナイロンの鞘《さや》に納める。

「大丈夫ですか？」

班長が窓ガラスを突き破る音に顔をあげた狭霧の目に、死んだ男たちとよく似たヘッドセットをして、顔におかしなペイントを施し、さらに硝煙たなびくAK74を持った〈時雨〉の顔があった。

しかも身体にぴったりフィットした女警官のコスチュームにコンバットブーツ、背中には刀を背負っている。

コスプレにしては盛りこみすぎの衣装と言えた。

「どうして、ココに……」

「あなたの靴に発信器を仕込んだの。あなただけでも間に合って良かった」

〈時雨〉が手を伸ばして、狭霧を立たせた。

「逃げて下さいな。あなたならここから脱出する方法、判ってるでしょ？」

「………でも」

「ここにはもう、あなたが大好きだったお祖父様はいません。あるのは死体だけ。あなたも仲間になるのは、私が許さない」

　じっと、〈時雨〉は底光りのする目で狭霧を見つめた。

「いい？　逃げて」

「〈時雨〉さん！」

　真っ赤なチャイナドレスの〈トマ〉が飛びこんで来た。

「大丈夫ですか？」

「え……あんた……女装」

　ぽかんと狭霧は〈トマ〉を指差してしまう。

　昨夜愛し合った青年は、ベッドで〈時雨〉が言ったとおりの、見事な女装姿だった。

　唇にはルージュまで引き、うっすらと化粧まで施している。

　あの巨根と精力の主だとはとても思えなかった。

「こっちは大丈夫です。〈トマ〉、乗って下さい。会場内の他の傭兵たちを始末しましょう」

「は、はい」

「では、かならず、脱出して下さいね。なるべく早く！」

　そう言うと、〈時雨〉はエンジン音のしないバイクを起こし、鮮やかにターンを決めてチャイナドレスの〈トマ〉を乗せた。

「では」

微笑んで、〈時雨〉はアクセルを開けた。

モーター音を残し、暗闇の中へバイクは飛びこんでいく。

☆

「キャットウォークはこれで全員だな」

橋本は浪人の衣装を脱ぎ捨て、夜戦迷彩服の、まくり上げた袖を元に戻した。

「はい、そうだと思います」

香は軽く息が上がってる。

「どうした、バテたか？」

「いいえ……その……こ、興奮して」

そう言って香は身体にぴっちりしすぎたナース服のスカートをまくり上げた。

ガーターベルトに包まれた下半身、紐と僅《わず》かな布で出来た赤い下着の逆三角形の股布の端から、太腿にかけてコードが伸びている。

「それ、ずっと入れてたのか？」

「はい……だって……ご主人様が……相手にして、くださらないから」

言い終えた瞬間、香の身体がびくん、と震えた。

軽い絶頂……恐らく橋本の叱責を予想して、脳内でクライマックスを迎えたらしい。

この非常時に、あきれたマゾ根性だった。

橋本は無言で太腿のガーターベルトに挟まれた電池ボックスとコードを引き抜いた。

ぬぽん、と音がして香の股間からコンドームに包まれた卵形のバイブレーターが抜かれ、彼女はへなへなと膝から落ちた。

「お叱り……受けますぅ」

潤む目が橋本を見上げる。

「黙れポンコツ」

ぴしゃりと橋本は香の頬を張った。

このところ「お預け」をし過ぎた自分にも責任はあるが、今、この状況で香に発情しながら銃を扱わせることは出来ない。

「お前のプレイの為に戦闘してるんじゃない。防弾ベストつけろ、おかしな遊びなしで真剣にやれ」

冷え冷えとした双眸《そうぼう》が、香を射て、発情していたM奴隷はみるみる青ざめた。

橋本が本気で怒っていると理解したのだ。

「お前のせいで誰か死んだら、お前とは永遠に会わない。そういう手続きを取る」

「は、はいっ」

「いけ。お前は死んでも構わん。その代わり敵を出来るだけ多く道連れにしろ」

一瞬、香がはっとした表情で橋本を見つめた。

橋本は表情筋の一欠片《ひとかけら》も動かさない。

「わ、わかりました！」

覚悟を決めた顔で走って行く香を見ながら、橋本は溜息をついた。

(厄介なのに惚れられたもんだ)

銃弾が手すりに火花を散らす。

キャットウォークに伏せて、橋本はＶＩＰルームの張り出しから身を乗り出してこちらを撃ってきた正体不明の兵士たちに、ＡＫをぶっ放す。

ひとりが、防弾ベストの隙間を撃ち抜かれたらしく、そのまま崩れて階下に転落するのを見ながら、最後の弾倉を交換した。

まだ三人残っている。

ふたたび三人が顔を出してこちらを撃ち始めたが、その背後から銃弾を喰らって落下した。

窓ガラスギリギリでバイクを停めて、〈時雨〉が手を振るその後ろで、〈トマ〉がAKを撃ちまくって他のVIPルームに居る敵を掃討するのが見えた。

こちらも手を振り返し、橋本はAKを棄てて、謎の兵士たちが使っているSIGザウエルMCXと、その予備弾倉を奪った。

「贅沢品に慣れるとAKに戻れなくなるんだが」

弾倉がラストになったAKを肩紐《スリング》で背中に回し、橋本は走り出す。

ドアの向こうで、香が応戦しているらしいAKの発射音が聞こえた。

急ぐ。

ああは言ったが、香が死んでいいはずは、むろん、ない。

☆

〈ツネマサ〉は花火の打ち上げが始まるのと同時に、駐車場で不審な動きをするセダンを見つけた。

幌のついた二トントラックと一緒に移動していく。

サスペンションの沈み具合からして、間違いなく、数十人がその中にいる。

さらに、風が吹いて、幌がめくれると、ジャングルブーツの爪先と、M4系のリラクタブルストックが見えた。

「ただの留守番にはならねえ、ってか」

呟いて、〈ツネマサ〉はエンジンを始動させた。

「〈ボス〉、二〇人ぐらいの武装した兵隊乗せたトラックと、高そうなセダンが二台、裏口に向かって移動してます」

インカムで報告しながら、〈ツネマサ〉はトレーラーのエンジンをかけた。

『そうか、処理できそうか？』

「やってみます……車から降りない限りはなんとか」

ゆっくりとギアチェンジしながら反対側へと大回りしていく。

壁まで行きながら、足のギプスにつけた鉄パイプを使ったアクセルワークを憶《おぼ》える。

「これならやれるか」

〈ツネマサ〉はトレーラーをゆっくり反転させる……数十万人の来客を見込んで作られた駐車場は余裕で〈ツネマサ〉の操るトレーラーの不器用な方向転換に付き合うだけの広さを持っていた。

トラックは停車しようとしている。

二台のセダンからも人が降りてきた。

だれか身分の高い者を出迎える支度そのものだ。

「〈ボス〉、ちと人数が多いんでトレーラーをジャンクにします」

そう言って、〈ツネマサ〉はアクセルを足と手で踏み込んだ。

みるみる加速していく中めまぐるしくギアチェンジをする。

トラック側がこちらに気づき、先に降りた兵士たちが慌てて発砲するが、銃弾はサイドミラーを砕いただけだ。

「さあ。いくぞこの野郎！」

大きな車体の質量で何かにぶつかるときは、それがこちらの質量よりも大きなものでない限り、アクセルはとにかく踏み込むものだ、という危険運転講習で教えられたことを、〈ツネマサ〉は守り切った。

加速した十トントレーラーの衝撃にトラックは跳ね飛ばされ、さらにセダンは横転しながら転がった。砕けるガラスの音と金属のひしゃげる音は花火の音にかき消される。

さらにトラックの中、二〇人以上の兵士たちが折り重なり合い、満杯のゴミバケツの中身のようにトラックの荷台から、硬い、アスファルトの地面に放り出されるときの、骨折の音なども。

そして何人かはトレーラーの進路上に転がって轢《ひ》かれ、その震動は〈ツネマサ〉の身体にも伝わったが、歯を食いしばって無視をする。

ここで情《なさ》けを出せば殺されるのは自分だし、これはもう殺し合いなのだから。

〈ツネマサ〉はアクセルを全開のまま、トレーラーを真っ直ぐ走らせ、一旦施設の外に出た。

そのまま施設の外に広がる造成地でゆっくりとUターンする。

フロントガラスにいくつか着弾はしたが、〈ツネマサ〉自身には一発の弾丸もかすっていない。

「〈ボス〉、とりあえずトラックとセダンは転がしましたが、残存がいると思います」

『良くやった、今どこにいる？』

「敷地の外、二〇〇メートルぐらい離れてます、これから戻りますか？」

『いや、ムチャはするな、掃討はおれたちがやる』

「了解」

☆

花火が鳴り響く中、無音の電動バイクは凶悪な襲撃者といってよい。

しかもヘッドライトを消し、暗視装置付きのライダーが乗っているとなれば。

〈時雨〉はリノリウムや疑似大理石の床に上手くカウンターを当てつつ、通路を走り、階段を上り下りし、持っていたＡＫで中距離から、あるいは背中の刀を抜き、すれ違いざまにマノカンパニーの男たちを始末していった。

背後に乗る〈トマ〉も、しっかりと彼女をバックアップする。

「どうやらもう二階と三階には敵はいないみたいですね」

〈時雨〉がＡＫの弾倉を交換しながら呟いた。

「予備弾倉はあと一本ですね、お互い。敵の拾っていきます？」

「そうですね」

バイクを降りたところをいきなり襲われるのは〈時雨〉の好むところではない。

その時、倒れて動かなくなったマノカンパニーの男のヘッドセットから通信が漏れ聞こえた。

どうやら倒れて死んだ時にヘッドセットがズレたらしい。

『これより北東口へ移動する、掃討作戦を終えた者は逐次撤退を開始、いいか、花火が終わるまでには集合、くり返す花火が終わるまでは……』

「北東口ってどこですか？」

〈時雨〉の問いに、

「えーと次の階段を降りて右手に曲がったらあとは真っ直ぐ角まで行って、そこから大階段で下に降りたところの、通路奥です」

即座にタブレットモードにしたPCを取り出した〈トマ〉が答えを出した。

「行きましょう……それがきっと毒蛇の頭ですわ」

「〈ボス〉に報告を……」

という暇もなく、〈時雨〉はアクセルを開けて電動スポーツバイクは矢のように走り出した。

☆

阿鼻叫喚《あびきょうかん》の叫び声が遠くに聞こえている。

無差別殺人を目の当たりにして、自分が標的になるかも知れないという恐怖が、パニックを引き起こしているのだ。

一階の群衆たちは、広場から通じる形になっている非常口に殺到し、それが開かないために次々と押し合いへし合いをくり返しているのだろう。

辛うじて扉の向こう側に出ることが出来ても、外への入り口のシャッターは降りていて、制御装置は可手良町の若者たちの血肉とともに吹き飛ばされていて開かない。

だが、美土里川兄妹とマノカンパニーの傭兵たちは別だった。

非常電源も落とされ、真っ暗になった通路を、部下たちの持つM4ライフルの下に装着されたフラッシュライトで照らしつつ、車まで避難しながら、三田は持って来たガラスの破片を消毒スプレーで消毒した。

「議員《わかさま》、お顔をお借りしますぜ」

答えを待たず、顔を固定して破片を横ではなく縦に滑らせる。

切るのではなくひっかくためだ。

それでも鋭い破片の断面が烈夫の額と頬に幾筋もの鋭い傷をつけた。

「お手も」

こちらは破片を横に何回か滑らせる。

顔をしかめる烈夫に、三田は「判っております」と目線で報《しら》せた。

雇われているのは玲於奈にだが、三田は烈夫の読み通り、主をこの現役若手議員に乗り換えるつもりでいた。

玲於奈に仕切られるより、自分で仕切ったほうが恐らく金になる。

理由はそれだった。

烈夫は玲於奈へのコンプレックスが強いことは若頭時代に引き合わされたときから気付

いている。

じつは変なプライドなど棄てて、玲於奈に好き放題させてしまったほうがこの男の出世は早いだろうが、そうはいかないらしい。

耳に入れたインナーイヤフォンからは謎の敵がこちらを攻撃していることと、キャットウォークで狙撃をさせていた竹本たちがすでに全滅したことなどが伝わってくる。

焦りはないと言えば嘘になるが、すでに「謎の勢力の介入」は玲於奈から聞かされている。

(何者だろうが、殺せばいい)

この辺は単純なヤクザの理屈で割り切る必要があった。

恐れおののいても、仕事が遅くなるだけなのだ。

「あれは何者だと思う?」

花火の音が止み、烈夫が口を開いた。

「玲於奈さんの仰《おっしゃ》る通り、彼らはダークウェブの仕組みで動くコマかも知れません」

三田は確認された事実のみをくり返した。

ここで憶測や推測を入れれば烈夫は怯《おび》えるだろうし、それは全体の士気にも影響を及ぼす。

自分や玲於奈は別だが。

ただし、付け加える恐怖は必要だった。

「例えばこの計画に乗じて、彼等の都合で何か大きなことを仕掛けているのかも知れませんね……あなたの失脚とか」

「どうすればいいと思う？」

「人員を増やして戦うしかないでしょう」

「金か」

「そうなります。我々は金で命を売っておりますので」

我ながらいい笑顔が浮かべられた。

「いいだろう」

烈夫は秘書を指を曲げて呼び寄せ、ノートPCを開かせた。

「今は妨害電波で外には通じません」

冷静に三田が指摘すると、烈夫は舌打ちし、真っ黒なクレジットカードを懐から一枚抜いて三田に渡した。

「好きなだけ引き出せ。ただし一度だけだ。番号は後で教える」

「いいんですか？」

「私にはあと二枚ある」

世界有数のクレジットカード会社のゴールドカードの更に上、ブラックカードに予備があるのはさすが美土里川グループの御曹司というしかない。

苦笑いしながら三田はカードを懐に収めた。

「いい儲けですね」

玲於奈が珍しく嫌味を言った。

自分の裏切りを知っているのかも、という考えが、一瞬三田の頭の中をよぎったが、平然と、

「Eパニッシュメントはかなり最近進んでますからね、私の言ったことはデタラメではないのです」

玲於奈の目を見つめ返した。

「かもしれませんね」

恐るべき令嬢は一瞬の後、笑顔を浮かべた。

気付いたのか、気付いていないのかは判らない。

どちらにせよ、この死地を脱してから考えるべきことだ。

「議員、ご避難を」

「いえ、もう少しここにいましょう」

不意に足を停めて、玲於奈は言った。

「裏切り者、出てきなさい」

通路の奥でヘッドライトが灯《とも》った。

何かが飛んできて、床の上に落ちる。

それに気を取られて、傭兵たちの反応が遅れた。

けたたましい銃声が通路に轟くと同時に、銃弾が玲於奈と烈夫たちを襲い、前を護衛していた傭兵たちを撃ち倒した。

ボディアーマーはＭ４のＮＡＴＯ弾や、ＡＫ74の５・45×39㎜弾を防げても、ＭＣＸで使用する、貫通力を増した５・56×45㎜のＴＨＶ弾を防ぐグレードではない。

烈夫は悲鳴を上げながら、三田は無言で床に伏せ、玲於奈だけが決然と胸を張って立つ。

不思議に銃弾は玲於奈に当たらなかった。

「裏切ったのはそっちだろうが！」

〈時雨〉と同じく、電動バイクを奪った狭霧が、傭兵たちの死体から奪ったＭＣＸを構えて叫んだ。

周辺にナフサ系の燃料の匂いが立ちこめ、玲於奈は顔をしかめた。

「何を投げたの？」

「達川さんたちが銀行で使ったのとおなじ燃料だよ」

床には、老人たちが自決用にと持ち込んだホワイトガソリンを詰めたポリタンクの入った、旧日本軍の背嚢が転がっている。

着地の衝撃で中のポリタンクは完全に割れて、布製の背嚢からじわじわと液体が染み出て床に広がっていく。

「うっかり銃を撃てば、あの世にいくぜ？」

狭霧は皮肉な笑みを浮かべた。

「あなたも死ぬわよ？」

「あたしは最初からこの世にいないんだよ」

狭霧の笑みが皮肉から獣の笑みに変容する。

傷ついて、絶望しきった獣の笑み。

「今さら死ぬのが怖いとでも？」

「そう？」

そう言うと玲於奈はつかつかと歩き始めた。

「く、来るな！」

　まさかこの状況で、相手が無防備に歩き出すとは思わず、狭霧が声を上げる。

　途中で、玲於奈は死んだ傭兵の腰から軍用ナイフを抜いた。

「停まれ！」

　狭霧の声を完全に無視し、なおも歩み寄る。

「さあ、撃ちなさい、撃ってみなさい。あなた！」

　叫びながら、玲於奈はバイクにまたがった狭霧の目の前まで歩み寄った。

「この！」

　引き金を自棄《やけ》になって絞ろうとした狭霧の懐へ、まるで自然な動きでひょいと飛びこむと、玲於奈はその右上腕にナイフを突き刺した。

　思わず銃を取り落とし、仰向《あおむ》けにバイクごと倒れる狭霧に、玲於奈はさらに歩み寄ってMCXを拾い上げ、銃を向ける。

「いい？　教えてあげる。燃料を床にぶちまけて、この広くて長い通路で、即引火したら危険なぐらいの気化濃度になるまでには、五分から十分かかるの。こういう脅しをするなら、前もってガソリンをばらまいておくことね」

　黙ってこちらを睨《にら》み付ける狭霧に、玲於奈は微笑みかけた。

「でも、あなたのその度胸と感情の激しさには感服するわ。私のものにならない？　そうすれば可手良町の人たち全員に、ちゃんとした戸籍をあげてもいい」

ふと、ちらりと後ろを見、玲於奈は床で倒れて震えている兄を、侮蔑と憐れみと……微《かす》かな愛情の籠《こ》もった目線で眺めた。

「あなたはこれまでの人生で会ったことのない、頼れるパートナーになりそうだから」

「保証は？」

「あなたの命」

「…………お断りだね、殺せ」

「そう」

あっさり言って、玲於奈が引き金を絞ろうとした瞬間、後ろから閃光が彼女の身体を照らした。

警告も、脅しもなしに、彼女の身体が銃弾で貫かれて倒れた。

先に倒れた狭霧と、玲於奈の目が合う。

彼女は不思議そうな表情のまま、事切れていた。

「大丈夫ですか？」

硝煙のたなびくＡＫ74を手に、〈時雨〉が怒鳴るが、狭霧は答える気力がない。

と、それまで死体の中に紛れていた三田が、弾《はじ》かれたように起き上がり、部下の死体を盾に、持っていたMCXを構えながら後ろを向く。

一瞬の動作だった。

AK74の銃声が轟くが、ボディアーマーと肉体を全て貫通する程の威力はない。

三田は冷徹に、MCXの狙いをつけた。

部下の身体の盾のお陰で、電動バイクにまたがった黒髪の女の姿が見える。

MCXの引き金を絞ろうとした三田のこめかみを銃弾が掠《かす》めた。

相手のAKの弾丸が尽きた。

焦らず、三田は引き金を絞る。

最初の一発が発射されてバイクのヘッドライトが粉砕された。

二発目を放つ前に、三田の背中で続けざまに銃声がし、何かが背中で弾けた。

倒れていた狭霧が、無事な左手で構えたキンバー357マグナムの弾丸は一発だけ三田の背中に当たった。

よろけた瞬間、三田の身体が部下の死体の外に出て、三発の5・45×45㎜THV弾が、三田の喉を撃ち抜いた。

バイクの女はまだ装塡《そうてん》を終えていない。

AKの弾倉交換は弾倉交換のボタンを押せば落ち、下から叩き込めば終わるM4系統と違い、前から回転させるようにするため、どうしても遅くなる。

よろめく三田は、銃弾の主を、その最後の一瞬に目撃した。

バイクの女の背後に、チャイナドレスを着た美女がまたがっている。

「くそ……タンデムかよ」

ごぼごぼと血の泡を立てる喉で、微かに呟いた瞬間、チャイナドレスの女装青年の手に握られたAKの銃弾が三田の顔面を撃ち抜いた。

「〈トマ〉、お上手」

時雨の微笑みがヘッドライトの向こうに見えて、狭霧は驚いた。

「あ、ありがとう……ございます」

バイクの後ろにまたがって、AKを構えたまま震える〈トマ〉の股間に、〈時雨〉が手を当ててやると、女装した美青年はそのまま長い溜息をついて肩の震えを止めた。

「なんでここが……」

「いえ、手当たり次第に走りまわってたらここに出ましたの」

「やっぱりここか」

聞いたことのある声が背後でした。

野戦戦闘服と防弾ベスト姿の男と、ナース服の上に防弾ベストを羽織った女が走ってくる。

「お前等、速すぎるぞ」

「バイクは便利ですからね。〈ボス〉もお使いになれば良かったのに」

「そこのお嬢さんが、おれたちより一足先に持っていったから使えなかったんだよ」

そんな会話をしていると、

「っひゃああああああああああああっ！」

と大声をあげて烈夫が立ち上がった。

「もう嫌だ、もう嫌だ、もう嫌だ、もう嫌だ、もう嫌だ、もう嫌だ、嫌だ嫌だ嫌だ嫌だ嫌だ嫌だ嫌だああああっ！」

どうやら度重なる緊張と、妹の死に耐えられなくなったらしく、外へ向かって駆け出していく。

恐ろしい速さだった。

狭霧が停める暇もなく、余りの唐突さに〈時雨〉もあっけにとられて動けない。

橋本は黙ってＭＣＸを構え、引き金を絞った。

ＡＫ74とは違い、サプレッサーで押し殺されたＭＣＸの発射音がして、闇の奥で重いものが倒れる音がした。

「いい銃はやっぱり違うな」

　橋本は安全装置をかけたライフルを背中に回した。

「さて、そこの狭霧さんには、先ほどの手助けついでに、俺たちの退路を教えて貰おうか。予定ではどこをどう移動して脱出する予定だったんだ？」

　橋本は、しゃがんで狭霧に訊《たず》ねた。

「俺たちはさっさと帰りたいんだ……そろそろ全ての通信機器を復活させて、ここの監視カメラも起動しておかないとな」

　この避難通路にも、遠くから聞こえるサイレン音が響き始める。

　狭霧はなんとか口を開いた。

終章　狙撃地点

☆

一週間後。

橋本《はしもと》の姿は神田の地下にある有名カレー店にあった。

「いやあ、学生時代から通ってましてねえ」

ポロシャツにスラックスという珍しくラフな姿の栗原《くりはら》警視監は、ウキウキしながら有名店の列に並びつつ、橋本を出迎えた。

「久々にどうしても、食べたくなってしまいましてねえ」

ニコニコと微笑《ほほえ》む。

「こんな所でいいんですか？」

「構いませんよ。ここは狭くて見通しがいいですからね。それに普段気取った喫茶店の小鳥の餌みたいな食事ではないですし」

ははは、と笑う姿はいつもと違って明るく見えた。

☆

グラントリアエランス埼玉虐殺事件、とマスコミは後にこの日のことを命名した。

死者一二六名、重軽傷者は千人をこえ、被害総額は二〇億という大惨事が翌日のマスメディアで報じられた。

射殺されたものはうち五十六名で、残りはパニックに陥った人々によって圧死、ショック死、もしくは踏み殺され、あるいは骨折などで搬送途中で死亡した人の数である。

新文化の中心、とされるはずの施設は血塗られた初日を飾り、管理会社は倒産することとなり、出資会社四十六社はその数年ことごとく赤字決算となって塗炭の苦しみを味わうこととなった。

当然、原因究明は急がれ、警視庁には特別捜査本部が置かれた。

捜査は混迷を極めた。

マノカンパニーのハッカーにより、施設内の監視システムは全てダウン、さらに客のスマホも携帯電話も不通なうえ、Ｗｉ－Ｆｉシステムを介したウィルス侵入により事件の起こった間の記録映像は何も残されていない。

中に入っていたテレビカメラマンたちの中に、アナログのビデオテープ仕様のカメラをもっているものが一人いたが、彼が映したのは、VIP席で窓からこちらを見下ろす美土《みど》里川烈夫《りかわれつお》と、混乱しきった場内で逃げ惑う人々と銃声、さらに銃弾を受けて死ぬ文化人や芸能人の姿、というスキャンダラスだが、事件解明にはなんの役にも立たないものだった。

それでも捜査本部は必死になって犠牲者の背後を洗い、死体全ての背後を洗った。

結果、マノカンパニーを雇った、国会議員、美土里川烈夫と玲於奈《れおな》の骨肉の争いという苦しい言い訳になった。

裏口で〈ツネマサ〉が跳ね飛ばした、トラックに乗っていたマノカンパニーの生き残りと、セダンで待っていて難を逃れた烈夫の秘書は、それぞれ玲於奈に雇われていた自分たちの社長である三田《みた》が、玲於奈の側につくことを知っており、KUDANの存在を知らない以上、恐らく兄妹の仲が悪化したことが今回の事件の引き金になったと証言した。

誰もが今回の虐殺を計画した老人たちのことは口にせず、あるいは知るよしもない立場でもあったが、老人たちは慌てて火消しを行ったようだ。

悪役とされたのは玲於奈だった。

彼女は過激な優生学思想に染まり「日本の未来の為に」彼女が不要と判断した人物を一

斉に殺し、烈夫はそれを食い止めようとした、と。

美土里川グループの御曹司とご令嬢、というこれまでのイメージもまた、マスコミやネット雀《すずめ》の想像力をかき立てた。

マスコミ各社はこぞってこの大スキャンダルを暴き立て、やがて主を失って統率力を失った秘書長が自殺すると、他の秘書たちや邸《やしき》の使用人たちは、烈夫と玲於奈の近親相姦関係を暴露し、殺された文化人や政治家、芸能人は彼等のどちらかに味方することを表明したため殺された、という信じがたい話を次第に「嘘のような本当の話」として報じていった。

その片隅で、城谷《しろたに》たちの死亡は「商店街の老人たちが、最後の贅沢として遊びに来て巻きこまれた」哀れな事件として軽く報じられ、無戸籍の高中亘《たかなかわたる》たちにいたっては、身元不明の死体、でしかなく、記事にすらならなかった。

☆

「…………というわけで、美土里川グループは今テンヤワンヤですが、それ以上に面白かったのは政財界のご老人たちでしてねえ」

「はあ」

「半分近くが引退すると言い出しました。あそこで死ななかった人間は彼らを怖《おそ》れて何も言わないでしょうけど、命じた連中は報復を怖れてるようです」

心底楽しそうに栗原は笑った。

「まあ、下手に捜査の手が及び始めたら、現役であり続けると色々問題が起こりますから。当然でしょう。ようやく悪い夢から覚めた、というところでしょうか」

あの世代は「晩節を汚した」と言われることを極度に怖れるところがありますから、と運ばれてきたゴロリと肉の転がるポークカレーを、ひとすくい、栗原は口の中に入れた。

「いやあ、こういうものが変わらないのは、ホントにすばらしいですねえ」

「ところで、可手良町ですが」

「ああ、まあ、これまで提出されていた怪しい書類に関しては、全部お目こぼしになるでしょう。ただ、書類そのものがないこの二年の居住者に対しては何もできません」

「そうですか」

「ところで、死んだ江井孝夫《えいたかお》の息子ですが、千葉のほうで印刷屋をやってるそうです。親の会社を畳むに当たって、どうしても棄《す》てきれない良手脇《よてわき》市の戸籍書類用紙が束になってあるようですよ？　三〇〇人から五〇〇人分ぐらい」

「…………なるほど」

「まあこの一ヵ月以内に『再提出』するんですな。きっと美土里川兄妹と仲が良かった政財界のご老人たちが、最後の善行を積んでくれると思いますよ？」

「……栗原さん、どういう脅しをなさったんですか？」

「脅してなんかいません。先生方のご厚情にすがる、それだけです」

「で、代わりに見逃すと？」

「見逃しなんかしませんよ。彼等がボロをだしたら容赦無く逮捕状が出ます。ただ、私のほうから捜査本部へ積極的に情報を流したりはしない、と」

「…………」

この腹芸の塊のような金主であり、元上司を、橋本は唖然《あぜん》と見るしかなかった。

「まあ、それはそれとして」

橋本は話題を切り替えようとしたが、

「追加予算の件でしたら、駄目です。今回はね。〈ツネマサ〉君が壊したトレーラーの修理代はこれまでの積み立てでまかなって下さい」

にべもなく栗原は言い、さらにカレーをすくう匙《さじ》を早めていく。

「どうしてもですか？」

「予算枠は決まっているのですよ、君」

素知らぬ顔で言われれば仕方がなかった。

橋本は自分の分のカレーを口に運び始めた。

腹は立つが、確かに美味《うま》い。

☆

曲背《まがせ》は仲間たちと一緒に、ゴルフ練習場でクラブを振っていた。

ただし、子供用の台の上で。

台の下には、彼から金を借りた不動産屋が、手足を縛られ、震えながらティーを口に咥《くわ》えている。

練習場のスタッフは曲背たちの雰囲気を怖れて近づかないし、他の客も見てみないフリをしていた。

「んー駄目だよ、村田《むらた》ちゃん。オレから金摘まもうなんてさ」

ゆっくりと七番アイアンを振りかざし、震えるティーの上に置かれたゴルフボールに当てる、を繰り返しながら曲背は言った。

「オレさぁ、金好きなんだよねえ」

ひゅん、とゴルフクラブが宙を切り、不動産屋は固く目を閉じた。

ゴルフボールが高々と空に舞う。

安堵《あんど》の余り、溜息をついた不動産屋の口の中にティーがはいってむせて慌てて吐き出す。

「こら、吐き出すんじゃないよ！」

その胃に蹴りを入れる。

「あーあ、マー君切れちゃったよぅ」

「あーなるととまんねーからなぁ」

仲間たちがケラケラと笑った。

一週間前に、自分が過去殺した夫婦の親に殺されかけたことや、その際に昔なじみが殺されたことも、もう曲背の頭の中にはない。

今だけが彼の前にあって、それは面白おかしい暴力と金に満ちている。

「三日も、まった、んだ、から、よっ！」

曲背は、身体《からだ》を曲げる、自分の親ほどの年齢の不動産屋に次々と蹴りを入れ続けた。

「手前ぇか、ガキ、の、腎臓、でも、心臓、でも、売れ、や！」

最後にその顔の上に、曲背はゴルフシューズの靴底を叩き込もうとした。

その頭がはじけ飛ぶ。

倒れる曲背の姿を、呆然《ぼうぜん》と眺めるふたりの仲間の頭が次々とはじけ飛んだ。

.375H&Hマグナム弾の銃声はやや遅れて届く。

☆

そこから一〇〇メートル離れたビルの屋上の、更に上にある貯水タンクの上で、ダメージジーンズにスニーカー、ぴっちりしたTシャツの左肩に包帯が覗《のぞ》く狭霧《さぎり》は、深い溜息をついた。

髪をまとめた輪ゴムを取り去って投げ捨てる。

城谷の遺した三連ライフルが、土嚢《どのう》代わりの毛布の上、装着したスコープを輝かせつつ、銃身から陽炎《かげろう》を立ち上らせている。

「三人とも確かに死にましたわ」

狭霧の側《そば》で同じく伏せながら軍用双眼鏡を覗き込んでいた〈時雨《しぐれ》〉が宣言した。

こちらも長い黒髪を、シュシュで後ろでまとめている。

こちらは長袖のブラウスにスラックス、パンプスという姿だ。

彼女は狙撃には不可欠の、目標・着弾点等の情報を伝える補助者《スポッター》の役回りを買って出ていた。

「吹き飛ばした頭が生えてくるぐらい、下等生物な人たちですけれどもね」

「ありがとう、もう死んでもいいや」

青空を見上げながら額に浮き出た緊張の汗を拭いもせず、狭霧は呟《つぶや》いた。

「じゃあ私たちの為に生きて」

そう言って、〈時雨〉は狭霧の唇を奪った。

「ちょ、ちょっと！　あんた〈トマ〉君がいるんでしょう？」

「ええ、でもあなたも欲しい」

じっと〈時雨〉は狭霧を見つめ、狭霧はやがて頰を赤らめて横を向いた。

〈時雨〉は微笑《ほほえ》みつつ立ち上がり、手をさしのべる。

暫《しばら》く迷った後、狭霧はその手を握った。

立ち上がり、毛布とライフルをゴルフバッグに納め、ふたりは屋上から階段を下り始めた。

「あなたの事はこれからなんて呼びましょうか？」

「〈狭霧〉でいい……どうせ、あたしに本当の名前なんかないんだから」

階段を下りながら、寂しげに、〈狭霧〉は笑った。

☆

なんとかギプスが取れた〈ツネマサ〉は〈トマ〉の運転するハスラーの助手席にいた。

あれから「盗難車」として無事に発見され引き渡されたので、かなりボコボコのままであるが、〈トマ〉は愛車が戻ってきたことを喜んでいた。

橋本を待ちつつ、ウキウキとハンドルを握り直したりダッシュボードを撫でたりしている〈トマ〉へ、

「お前、いい気になるんじゃないぞ」

むすっと〈ツネマサ〉は釘を刺した。

「え？」

「この前の頰にキスだよ、キス！〈時雨〉さんにあんまりベタベタさせるなよ。決然としろ」

「は、はあ……」

「お前は弟みたいに思われてるんだ。変な恋愛感情を抱いたりしたら、お前……あ、あとで傷つくのはお前だからな」

頰にキスされた〈トマ〉への嫉妬が半分、本気の忠告が半分である。

忠告のほうは、〈ツネマサ〉の完全に善意だった。

二秒ほど、〈トマ〉は固まっていたが、

「あ……は、はい」

といつも通りへこへこと頭を下げた。

「あ、そろそろコイン切れますよ」

視界の隅でコインパーキングのメーターが料金切れの点滅を始めたのを見て、〈トマ〉は話題を切り替えた。

「ってことはそろそろ〈ボス〉が出て来るのかな？」

〈ツネマサ〉が車から降りると、地下のカレー屋から、橋本が上がってくるのが見えた。

その後ろを小太りの壮漢が満足そうな笑みを浮かべて歩いている。

二言三言、その壮漢と話をして、橋本は丁寧に頭を下げて別れた。

「お疲れ様です、〈ボス〉」

〈ツネマサ〉は最敬礼の意味も込めて後部座席のドアを開けた。

「すまんな。車が車検で使えなくて」

「いえ」

「ところで……誰ですか今の人」

〈トマ〉の質問に、橋本は無表情のまま、

「ただの通りすがりの怖いおじさんだ」

とだけ答えた。

「さっさと出せ。俺はこれから資金繰りを考えにゃならん…………今回は完全に金にならない仕事だったからな」

橋本は腕組みして、不機嫌に黙り込み、〈トマ〉と〈ツネマサ〉は顔を見合わせたものの、やがて来週は修理に出る予定のハスラーは、ゆっくりと車の流れの中へと滑り出た。

いつもにもまして、夏の陽射しが降り注ぐ街中を、橋本たちを乗せて、車は御徒町《おかちまち》方面へと去って行く。

この作品は徳間文庫のために書下されました。
なお本作品はフィクションであり実在の個人・団体などとは一切関係がありません。

徳間文庫

警察庁私設特務部隊KUDAN

ゴーストブロック

2020年3月15日　初刷
著者　神《かみ》野《の》オキナ
発行者　平野健一
発行所　株式会社徳間書店
東京都品川区上大崎三－一－一　〒141－8202
目黒セントラルスクエア
電話　編集〇三(五四〇三)四三四九
販売〇四九(二九三)五五二一
振替　〇〇一四〇－〇－四四三九二
印刷
製本　大日本印刷株式会社

ISBN978-4-19-894544-2　(乱丁、落丁本はお取りかえいたします)

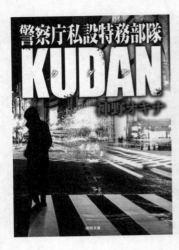

徳間文庫の好評既刊

北林 優

警視庁鑑識課

アブラムスの夜

西新井警察署管内の公園で焼死体が見つかった。現場へ出動した警視庁鑑識課第一現場鑑識係六班の松《まつ》原《ばら》唯《ゆい》警部は、酷い暴行を受けた痕跡を見つける。そして強行犯捜査六係係長の権《ごん》堂《どう》正《まさ》憲《のり》警部は、目撃情報から犯行に係わったらしき少年たちを追う。その捜査途中、学校のプールで、少年の一人が手を拘束されたまま溺死した。彼の背中にナイフで刻まれた文字〝アブラムス〟。その意味とは……。